江山醫統

卷10

天道難言

石章魚 著

順應天意，司法自然
那豈不就是順其自然
凡事睜一隻眼閉一隻眼
什麼都不用做？

目錄

第一章

皇宮秘史

胡小天仔細回憶著昨日看到那幅畫像的情景，
淩嘉紫的祭日正是大年初一，世上不會有那麼多巧合的事情。
胡小天並沒有輕易將這件事說出來，
皇宮之中秘史多多，隨便說話搞不好會招來殺身之禍，
他現在的麻煩已經夠多，還是少惹麻煩為妙。

一千個人的眼中就有一千個哈姆雷特，龍曦月眼中的這個君子其實就是簡皇后眼中的小人。

卑鄙小人這四個字送給胡小天她都嫌不夠解氣，可是小人往往得志，連簡皇后也不得不承認，小人混得通常要比君子好很多，而且小人的命也很大，想當初她派到紫蘭宮的宮女太監，如今都已命喪黃泉，反倒是胡小天這個無恥小人仍然活蹦亂跳，洋洋得意。

連文太師都整胡小天不死，足以證明這小子命大，而且他的背後還有過硬的靠山。想起姬飛花，簡皇后就恨得牙根癢癢，她從未像恨姬飛花這樣恨過別人，她認為自己和皇上之間的關係之所以落到如今的境地，全都是姬飛花從中作梗的緣故。和姬飛花相比，任何人都會變得可愛起來。

來馨寧宮拜年的人很多，畢竟皇后是後宮之主。即便是林菀這種一直和皇后不睦的妃子也過來給皇后拜年，心胸向來不怎麼寬廣的簡皇后，今兒也表現得雍容大度，和藹可親，迎來送往。

胡小天跟著龍曦月來到馨寧宮外，剛好遇到從這裡離開的林菀和葆葆，想不到葆葆來得這麼快，這會兒功夫就跟著林菀來到了馨寧宮，看到胡小天，不由得想起清晨在他那裡羞人的一幕，黑長的睫毛瞬間垂了下去，不敢和胡小天的目光相遇。

這細微的表情變化並沒有逃過林菀的眼睛，林菀心中暗罵，小浪蹄子，瞎子都能看出你跟這個小太監有一腿。

當著這麼多外人胡小天掩飾得很好，裝得跟沒事人一樣，在龍曦月和林菀相互問候之後，也樂呵呵湊了上去：「林昭儀吉祥，小天給您拜年了。」

自從明月宮的事情之後，林菀還沒有直接跟胡小天打過交道，上次她讓胡小天往文雅床上偷放血影金蠶，顯然是存著將兩人都害死的打算，卻沒有想到胡小天福大命大，居然躲過了一劫，文雅卻沒有那麼運氣。可那天晚上究竟發生了什麼，林菀也無從得知，明月宮一夜之間被燒了個乾乾淨淨，這場風波雖然最終沒有牽涉到她的身上，可是林菀一直也心緒不寧，胡小天沒死，假如他出了事情，不排除這廝將自己交給他蟲子的事情全都供出來。

還好最後胡小天化險為夷，從頭到尾也沒有供出她半個字，若非心虛，林菀也不會乖乖答應會善待葆葆，她也說過只要葆葆願意走，她絕不強留，不過葆葆那妮子卻似乎突然改變了主意，要留在凌玉殿了，林菀現在反倒不好處理跟她的關係，發生了這麼多事情之後，她們之間自然不能像過去那樣姐妹相稱彼此無猜，她又不能真正以主人的身分壓迫這個小宮女，彼此的底細彼此清楚，更何況葆葆有了胡小天這個靠山，所以林菀現在對葆葆處處陪著小心，比起過去還要客氣。葆葆正是看出了這一點，所以才肆無忌憚地留在了凌玉殿。

聽到胡小天給自己拜年，林菀笑靨如花，讓葆葆賞紅包給他。胡小天也是來者不拒，笑眯眯收了，那邊馨寧宮的宮人已經迎了出來，雖然胡小天有話想跟林菀單獨說，可現在並不是敲打她的時候，只能暫時壓下這個念頭，跟著龍曦月一起先去給皇后拜年。

馨寧宮中聚了不少人，一年之中很少這麼熱鬧，胡小天拜過年，說完吉祥話，就站在一邊。心中琢磨著，等這邊的事情忙完，還得出宮去給權德安拜年，雖然權德安最近接連幹了不少坑害自己的事情，可面子上的事情還必須做到。

這會兒功夫小公主七七也到了，看到胡小天在場，一雙眼睛眨啊眨啊的頓時興奮了起來。

胡小天心中暗暗叫苦，這七七簡直是自己命中的魔星，自己是她的興奮劑嗎？怎麼每次見到自己，她都表現得那麼興奮？

七七來馨寧宮只不過是為了走個形式，她對簡皇后壓根沒多少尊重，否則就不會經常幹出當眾駁她面子的事兒。拜年之後，悄悄將安平公主拉到了一邊，小聲嘀咕著什麼，目光時不時還朝胡小天這邊望來。

胡小天心中有些敏感，總覺得這丫頭嘀咕的事情跟自己有關，可看看周圍，這馨寧宮人多眼雜，想必七七還是有所顧忌的，不會幹出什麼太出格的事兒。

總算等到了離開的時候，來到馨寧宮外面，胡小天暗自鬆了一口氣，向安平公主道：「公主殿下，接下來咱們去哪裡？皇上那邊嗎？」

安平公主笑道：「回頭我跟皇后她們一起過去，你另有任務。」

胡小天愕然道：「公主派我去做什麼？」

此時看到小公主也從宮裡面出來，遠遠向他們揮了揮手。安平公主道：「七七說是要讓你幫她做點事情，我答應了。」

胡小天頭皮發麻，公主啊公主，你實在是太好說話了，自己男人豈能說借就借？

安平公主也看出胡小天的表情有些為難，反倒寬慰他道：「你放心吧，七七不會刁難你的。」

胡小天心中暗歎，才怪！事已至此，唯有硬著頭皮走了過去。

小公主七七笑道：「胡小天，今兒你是我的人了。」

胡小天忍氣吞聲地行禮道：「小天願聽公主殿下差遣。」

七七朝安平公主揮手道別，到背著小手向前走去，拋下一句話道：「跟我來！」

胡小天道：「去哪裡？」

七七道：「今兒我姑姑將你借給我了，我讓你去哪裡你就得去哪裡。」

胡小天道：「公主的意思是，今兒就算把我給賣了，我也得幫您點錢？」

七七笑盈盈道：「不錯！」她回頭打量了一下胡小天：「就你這模樣，還不如一頭豬值錢！」

胡小天道：「要說值錢還得是公主，公主殿下是皇上的掌上明珠，無價之寶，比豬值錢多了。」

七七雙眸圓睜，可旋即又格格笑了起來：「胡小天，你越是想惹我生氣，我偏偏就不上你的當。」

七七要去的地方是承恩府，這倒是跟胡小天想到了一處，兩人叫了輛馬車，從皇宮的北門出去，過了正陽大街，朝著正北鼓樓的方向一路行進，很快就來到鎖春巷。

昨晚的大雪將巷口的一間草棚壓塌，擋住了去路，七七讓車夫將馬車停在巷後，和胡小天下了車。

幾名小太監正在巷口處清理著路障。

為首的一人卻是小太監福貴，過去在承恩府聽差，不過現在去了御馬監。看到胡小天他驚喜道：「胡公公來了！」然後他方才看到走在胡小天身後的小公主七七，一幫太監慌忙停下手中的活兒跪了下去。

七七皺了皺眉頭道：「幹什麼？動靜這麼大。」

胡小天低聲道：「這是找公主要紅包呢。」

七七道：「我沒帶錢啊，小鬍子，借點錢用用。」

胡小天道：「我沒錢！」

七七一雙美眸虎視眈眈地望著他道：「你個摳門太監，剛剛收了那麼多的紅包，你當我沒看到？」

「那是我的錢……」

「我也沒打算貪墨你的銀子，拿出來分給他們，等咱們回宮，我加倍補給你。」七七信誓旦旦道。

胡小天心裡這個鬱悶啊，老子磕了多少頭才賺來這麼點兒銀子，還沒捂熱就要分給別人，可既然七七說了要雙倍補給自己，一國公主總不至於賴帳，於是胡小天幫著七七打賞了這幫小太監。

胡小天給這幫小太監賞錢的時候，七七已經先行進入了承恩府。

福貴接過胡小天遞來的銀子，眉開眼笑道：「多謝胡公公了。」

胡小天道：「別謝我，要謝就去謝公主殿下。你不是在御馬監嗎？怎麼回來了？」

福貴道：「今兒是大年初一，特地回來給權公公拜年，剛巧看到路口的棚子塌了，就幫忙清理一下。」

「權公公在？」

福貴點了點頭道：「在呢。」

胡小天來到承恩府，看到權德安披著一件半新不舊的灰色斗篷，站在院子裡，左臂上停了一隻黑色的鷹隼，他右手拿著鮮肉正在給鷹隼餵食，先來一步的七七卻不知去了哪裡？

胡小天笑逐顏開道：「小鬍子來給權公公拜年了，祝權公公開年大吉，步步高升，身體健康，長命百歲！」

權德安兩道白眉八字形蹙在了一起，這張臉即便是露出了笑意也顯得非常的古怪，又往鷹隼嘴裡塞了一條鮮肉，然後抖動了一下左臂，鷹隼振翅飛起，發出一陣撲稜稜的聲音。胡小天舉目向那隻鷹隼望去，卻見鷹隼在承恩府的上空盤旋了一周，然後倏然向南方的高空中飛去，宛如一道黑色閃電般瞬間消失於天際之中。

胡小天讚道：「好俊的一隻鷹！」

權德安乾笑了一聲，微駝的背躬得越發厲害了：「起來吧！」

胡小天直起身來，權德安將準備好的福袋遞給了他。胡小天道：「權公公何時養的寵物？」

權德安笑了笑，一語雙關道：「這年頭養寵物總比養人要可靠一些，這些畜生，你給牠肉吃至少牠懂得感恩戴德，不會有被出賣的危險。」

胡小天焉能聽不出他話裡的嘲諷含義跟著嘿嘿一笑，心中暗罵，你才是老畜生呢，是你對不起我在先，明月宮的事情，你差點沒把我給坑死，什麼提陰縮陽根本就是把我活生生練成太監的法門。若說我出賣你，也是被你逼的。

權德安向他手中的福袋看了一眼道：「不看看裡面是什麼？」

胡小天笑道：「權公公給我的肯定是好東西。」

權德安陰惻惻笑道：「看看！」

胡小天這才打開福袋，裡面裝著的卻不是銀子，而是幾顆藥丸，看樣子應該是百花滴露丸，胡小天道：「權公公上次給我的百花滴露丸還沒有吃完呢。」頓時明白權德安送給他百花滴露丸的真正用意，老太監陰著呢，是在提醒自己，性命仍然被他握在手裡，解鈴還須繫鈴人，天下間只有他才能夠化解自己體內的異種真氣，不然終有一日胡小天會走火入魔而死。

胡小天現在早已沒有了當初的顧忌，李雲聰交給他無相神功的吐納法門，明月宮失火當晚，文雅本來想要害他，卻想不到他因禍得福，機緣巧合完成了突破，雖然胡小天不清楚現在自己有沒有將權德安傳入體內的功力化為己用，不過從目前的身體狀態來說，感覺很好，應該是有所成就，如果李雲聰沒有騙他，這無相神功足以化去體內的異種真氣，再不用害怕權德安的要脅。

權德安道：「有備無患，過幾天你就要護送公主前往大雍，途中也許用得上。」

胡小天道：「權公公，小天有一事不明，為何您要保舉我前往護送安平公主呢？」

權德安道：「不是咱家保舉，而是小公主保舉你。」

胡小天聞言一怔，當初在皇上面前，七七分明是要把他調到儲秀宮做事，自己聽得清清楚楚，權德安居然當著自己的面說謊話。不過七七這個人也不可信，她和權德安的關係極其密切，上次就是兩人串通一氣在司苑局酒窖裡幹掉了魏化霖，說不定這次的事情又是兩人串謀，近朱者赤，近墨者黑，七七那小丫頭跟著這老太監在一起混得久了，小小年紀學得心機深沉陰險狡詐，全然沒有同齡少女的純真。比起龍曦月，同樣都是龍家的子女，怎麼做人的差距就那麼大呢？

權德安道：「只要你將安平公主平平安安地護送到大雍完婚，就是大功一件，回來之後，皇上必有封賞，這樣的美差，別人求之不得呢。」

胡小天道：「只是這途中會不會有風險？」雖然是詢問，可他早已知道答案，即便是送親能夠順利成行，這一路之上也是休想太平的。

權德安道：「哪有什麼風險，大康境內有咱們的人全程護衛，到了大雍那邊，他們會有專人迎親護衛，你也就是跟著走個形式，做做樣子，無需出力，就等著立功領賞。」

胡小天心想你這個老狐狸會那麼便宜我，嘴上卻千恩萬謝道：「多謝權公公成全。」

這時候一個少年公子從裡面走了出來，卻是小公主七七，這會兒功夫她已經換上了一身男裝，藍色武士服，外披黑色裘皮大氅，長身玉立，面如冠玉，還真有那麼點颯爽英姿，當然若是論到男裝打扮還是慕容飛煙最好看，跟慕容飛煙自然流露的英氣相比，七七只能是一棵豆芽菜，還沒有完全發育的豆芽菜，畢竟是個孩子，還沒有長大，自然談不上什麼女人味。

七七來到他們兩人身邊，原地兜了一個圈兒，笑道：「怎麼樣？」

胡小天笑道：「公主殿下，這身倒是蠻適合你。」

七七狠狠瞪了他一眼道：「什麼意思？你說本公主長得像個男人？」心眼兒多也未必是什麼好事。

胡小天把頭一低：「你權當我什麼都沒說。」

七七道：「去，把衣服換了，跟我出去逛逛！」

胡小天愣了：「我？換衣服？」

「不是你還有誰？穿著這身出去，是不是想全城人都知道你是個太監？」

七七來承恩府的目的原來是把這裡當成了中轉站，從承恩府離開的時候，七七已經化身為一個騎著白馬的貴介公子，胡小天也弄了匹黑色駿馬跟上，要說這馬兒長得也算高大健壯，乍看上去神駿非常，人靠衣服馬靠鞍，胡小天的這身衣服卻完全配不上他的這匹坐騎，青衣小帽，狗皮坎肩，典型的家丁工作服，還不如自己的那身太監服來得威風。這種階級分明的社會，貴賤之分全都寫在外面。

出了鎖春巷，胡小天請示道：「公主殿下，咱們這是要往哪兒去？」

小公主道：「去大相國寺，還有你給我記住了，不許叫我公主，要叫我公子。」

胡小天道：「是！公子！」

因為是大年初一，大相國寺裡裡外外擠滿了前來上香的善男信女，真可謂是人山人海。胡小天看到人頭攢動的場面不由得抱怨道：「公子，咱們好像來錯地方了。」眼前的情形讓他想起了過去超市老頭老太領免費雞蛋的場面，大過年的他可沒心情在這兒排隊。

小公主道：「沒錯！」她縱馬沿著一旁的道路行去，胡小天唯有跟在她的身後，發現她輕車熟路，應該不是第一次前來，兩人繞行到大相國寺後面的小樹林裡，七七翻身下馬，將馬兒栓在樹上，胡小天看了看這裡倒是沒人，也將馬兒拴好了。卻見七七來到院牆旁，足尖一點已經跳了上去，雙手攀住圍牆邊緣，稍一用力，就爬了上去。站在圍牆上看到胡小天仍然還在原地，向他揮了揮手道：「上來！」

胡小天對燒香原沒什麼興趣，他笑道：「不如我留在外面等候公子，順便看護馬匹。」

七七道：「康都治安向來良好，百姓路不拾遺，夜不閉戶，不用你看！趕緊給我上來！」

胡小天無奈地搖了搖頭，這小丫頭幹什麼都是頤指氣使的，讓人感覺很不舒服。想不到這位小公主翻牆越戶倒是一把好手，看她俐落的身手，應該和自己師出同門，十有八九權德安也將金蛛八步教給了她，這身手不去當賊可惜了。前來燒香的雖然很多，可是大家都是誠信祈福而來，像小公主這樣翻牆而過的倒還真沒有幾個。佛祖要是真能看到，也未必肯保佑她。

胡小天向後退了幾步。

小公主看到他不進反退，秀眉頓時顰了起來，顯然想要發火。可隨後看到胡小天在一連串的助跑之後，騰空飛掠而起，身體在飛到圍牆上方的時候，用右手在圍牆上方輕輕一撐，然後在空中一個瀟灑地翻轉，穩穩當當地落在院子裡面。

胡小天不無得意地拍了拍手，然後扶正因為凌空翻牆而弄歪了的小帽。

小公主方才知道這廝是有意賣弄，極其不屑地哼了一聲，騰空跳了下去，丟給胡小天八個字的評價：「故意賣弄，自命不凡！」

胡小天得意一笑，今兒心情大好，得虧葆葆幫忙，將自己的命根子給叫了出來，不然這個年必然過得極其悲慘。他低聲道：「咱們是去大雄寶殿上香嗎？」

小公主搖了搖頭，她舉步向前方走去，看來她對這大相國寺的內部道路是極其的熟悉，胡小天趕緊跟在她的身後。他們翻牆而入的地方是大相國寺的後院，平時是僧侶休息的地方，外人是禁止入內的，所以外面人聲鼎沸，喧囂無比，可這後院仍然清幽寂靜。再加上今天香客眾多，幾乎所有僧人都去前面幫忙，後院反倒比平時的人更少。

胡小天跟著小公主從後院西北角的小門進入，這後面一大片地方乃是大相國寺的塔林。胡小天越走越是奇怪，這塔林乃是大相國寺歷代高僧坐化之地，卻不知小公主來這裡做什麼？心中雖然好奇，也沒有輕易發問，七七的性情他多少還是瞭解一些，雖然她年齡不大，可城府極深，她若是不想告訴自己的事情，怎麼問都沒用。

七七來到一座七層塔前停下，那佛塔上堆著殘雪，有不少茅草從殘雪中露出來，看得出很久沒有人清掃，和周圍的佛塔也沒有什麼分別。七七一言不發伸手清理塔上的茅草。

胡小天走過去想要幫忙，手還沒有碰到佛塔，就聽到七七斥道：「你別動！」

胡小天心想老子好心搭上了驢肝肺，你當我想動？於是退了幾步，袖手旁觀，順便幫她望風，畢竟是翻牆來到這裡，有點做賊心虛。

七七將塔上的茅草清理乾淨，然後在佛塔面前跪了下來，恭恭敬敬向佛塔磕了三個頭，雙手合什，雙眸緊閉，應該在祈禱什麼。胡小天認識她這麼久，還是頭一次看到她如此虔誠。心中暗自奇怪，不知道這塔下埋的是什麼人？跟她到底有何關係？

此時遠處響起腳步聲，胡小天舉目望去，卻見一名身穿灰色僧袍的年輕僧人帶著一捆香燭緩步走了過來。

那僧人也在同時看到了他們，因為翻牆而入，胡小天畢竟有些心虛，可是那僧人表情平靜無波，彷彿沒看到他們一樣，年輕僧人逐一在佛塔前方的香爐內插上香燭，然後合什參拜。

很快年輕僧人就來到他們清掃過的佛塔，年輕僧人仍然是點了三支香，叩了三個頭。起身欲走的時候，胡小天忍不住道：「這座佛塔下埋的是那位高僧？」

年輕僧人微笑道：「塔林之中一共藏著三百七十七位僧人的佛骨，每一座佛塔都沒有名字，在佛祖的眼中，眾生皆平等，沒有什麼高低貴賤的分別。」他說完繼續向前走去。

胡小天望著那僧人淡定的面容，心中不由得生出欣賞之意，想不到這僧人如此年輕，心性居然修煉得如此平和。

七七卻道：「所謂眾生平等，只不過是你們佛門弟子編出的一個謊言罷了！」

那年輕僧人聽到這裡，不由得停下了腳步，轉身向七七合什道：「小施主，出家人不打誑語。」

七七冷笑道：「什麼出家人不打誑語，這句話就是假話，塔林之中有三百七十七座佛塔，可佛塔有高有低，有大有小，有些佛塔清理得乾乾淨淨，有些佛塔卻茅草叢生，殘破不堪。」

年輕僧人淡然道：「一花一世界，一木一浮生，萬事萬物都有它生長的理由，在施主眼中它們只是雜草，可在雜草的眼中，我們和它們未嘗有什麼根本的區別，這世間其實並沒有那麼多的不平，而是世人的心中有太多的不平。」

胡小天心中暗讚，這年輕僧人口才了得。

七七呵呵笑道：「佛祖說過眾生平等，為何佛祖會安心接受萬眾的膜拜？你口口聲聲眾生平等，為何甘心屈膝跪倒在一尊佛像的腳下？整日拜佛誦經，卻連佛就是你，你就是佛的道理都不懂，以你的慧根即便是禮佛一輩子也不可能有什麼進境。」

年輕僧人顯然想不到七七的言辭居然如此犀利，一時間被她問得愣在了那裡。

胡小天雖然沒有跟著插話，可是卻感覺七七的話很有道理。

年輕僧人終於沒有回答七七的話，轉身向前方繼續走去。

七七望著那尊佛塔，眼圈兒卻突然紅了，她咬了咬嘴唇，低聲道：「你知不知道我為何要來祭掃這佛塔？」

胡小天搖了搖頭。

七七道：「我娘當年就是撞死在佛塔之下！」

胡小天內心劇震，他忽然想起在縹緲山上看到的那張畫像，畫像中的人像極了七七，對了，她的忌日正是大年初一，難道那個凌嘉紫就是七七的娘親？如果她是，可為什麼老皇帝卻要給她畫像立牌？不科學啊！胡小天不敢繼續想下去。

七七的話解釋了她因何要在新年第一天來到大相國寺塔林的原因，原來是祭拜她的母親。

胡小天仔細回憶著昨日看到那幅畫像的情景，凌嘉紫的祭日正是大年初一，世上不會有那麼多巧合的事情。胡小天並沒有輕易將這件事說出來，皇宮之中秘史多多，隨便說話搞不好會招來殺身之禍，他現在的麻煩已經夠多，還是少惹麻煩為妙。

七七和胡小天原路返回，仍然選擇翻牆而出，他們出來之後，卻發現原本拴在樹林之上的兩匹馬早已不知去向。

這下兩人傻眼了，七七氣得直跺腳：「這幫偷馬賊，若是被我抓到，一定砍了他們的腦袋。」

胡小天心中暗笑，你剛不是說康都治安良好，民風淳樸，路不拾遺，夜不閉戶，話才說完，這就被人給偷了。

七七看到他唇角的笑意，猜到這廝在想什麼，怒道：「笑什麼笑？全都怪你！」

胡小天愕然道：「干我屁事？」心想剛才老子要留下來看護馬匹，明明是你不讓，非得讓我跟著爬進廟裡，出了事情卻都賴在我的身上。

七七指著他的鼻子道：「都是你這個掃把星，每次遇到你，總不會有什麼好事。」

胡小天苦笑道：「公子先別急著埋怨，咱們出去看看，興許能夠找到偷馬賊呢。」他心裡明白得很，跟這位公主壓根沒有任何道理可講。

七七經他提醒，這才停下抱怨，兩人一起向林外走去，在附近找了一圈，也沒有看到他們的坐騎，想來是讓人順手牽走了，今天大年初一，到處都是人潮湧動，想要在茫茫人海中尋找到他們的馬匹，哪有那麼容易。

七七驕橫慣了，新年第一天就遇到了這種倒楣事，一張臉頓時拉了下來。胡小天倒是不以為然，路不拾遺，夜不閉戶，只有小孩子才會相信，現在大康危機四伏，連年欠收，老百姓的日子一天比一天難過，雞鳴狗盜的事情只會越來越多。今天遭遇的事情，只是社會動盪的一個縮影。

兩人步行離開了大相國寺，眼看已經是中午了，七七走了半天路，感覺有些饑渴，她向胡小天道：「喂，你身上還有錢嗎？」

胡小天搖了搖頭。

七七瞪了他一眼：「小氣鬼，我餓了，拿出錢來請我吃飯。」

胡小天苦笑道：「公子，我身上就那麼點銀子，剛在鎖春巷幫您全都打賞給那幫小子了，現在身上連一文錢都沒有了。」

七七哼了一聲道：「權公公剛才不是給了你一個紅包。」

胡小天叫苦不迭道：「你說那個老摳門啊，他就給了我幾顆糖丸，把我當小孩子哄，我對天發誓，裡面連一文錢都沒有。」

七七苦著臉道：「我現在是又渴又餓，你想想辦法。」

胡小天道：「辦法倒是有幾個，一是去搶！」這廝陰險地望著不遠處一個大腹便便的胖子，從那貨的穿著打扮一看就是個土豪暴發戶。

七七搖了搖頭道：「不可以，我是何等身分，豈能做那種事情。」對她來說國法即是家法，龍家制定的法令，身為龍家人怎麼可以破壞呢。

胡小天道：「那就是伸手去討！」

「叫花子？我才不幹呢，我是什麼身分。」

胡小天心想你是什麼身分？無非是生在帝王之家，有個皇帝老子，還真以為自己身分有多麼高貴？剛剛沒聽那和尚說啊，眾生皆平等，沒什麼高低貴賤之分。

七七看了看遠處的皇城，又看了看胡小天，她本想去大相國寺之後好好在外面逛逛，卻想不到遭遇了這種倒楣事，她小聲道：「還有什麼辦法？」

胡小天打量著她道：「你這裘皮大氅不錯，應該能夠值些銀子。」

「什麼意思？」

「不偷不搶，又不願去討飯，剩下的就只有當了，我這身家丁服就算我願意當，人家當鋪也未必肯收，也就是你這件裘皮大氅了。」

七七白了他一眼道：「跟你一起我怎麼這麼倒楣？連衣服都要當掉。」

胡小天暗笑，你活該，又不是我主動跟著你的，大過年找不自在怨得誰來。

大年初一開門的當鋪倒是不少，越是新年，當鋪的生意反倒越好，對老百姓來說年關難過，家境不好的老百姓就算是砸鍋賣鐵也會想盡辦法過個好年。

胡小天和七七來到京城最大的興源當鋪，將七七的那件裘皮大氅當了五十兩銀子，要說這裘皮大氅至少要值三百兩，七七雖然對金錢沒什麼概念，可也明白今兒讓人狠宰了一刀。不過胡小天告訴她當鋪也是有期限的，只要在約定的期限內帶著當票來贖，無非是多付給店家一些利息。七七當然不會在乎這麼件衣服，很快當掉裘皮大氅的那點不爽被外出放風的愉悅所取代。

胡小天擔心她凍著，特地給她買了件狗皮襖讓她穿上，樣式雖然不怎麼樣，可畢竟便宜，五兩銀子就解決了保暖的問題，剩下的四十五兩足夠他們兩個好好揮霍一下。

七七畢竟還是個未成年的小姑娘，東瞧瞧西看看，對外界的一切都感到非常好奇。剛才出承恩府的時候，她披著裘皮大氅，一看就是個氣度不凡的貴介公子，可現在把狗皮襖換上，跟胡小天走在一起明顯拉近了距離，如果說胡小天像個家丁，她這身打扮也就是個趕車的。所以說佛要金裝人要衣裝，氣質好是一方面，裝扮也是一方面。

即便是貴為當朝公主，身穿臃腫的狗皮襖，頭上再被扣上一頂兔毛帽子，從外表上已經很難推測出她的身分。

陪著七七逛街可真不是一件容易的事情，每家店鋪，每家攤位，大到珠寶玉器，小到針頭線腦，沒有她不感興趣的，髮簪耳飾，胭脂水粉，麵人糖葫蘆，她幾乎都想買，不一會兒功夫，胡小天手上已經抓了一大把的物件。這貨冷眼看著七七，七七一邊走一邊晃，一邊得意洋洋地啃著糖葫蘆，要說這位公主吃相也實在不雅，你啃就啃吧，時不時地還伸出柔軟粉嫩的小舌頭在糖葫蘆上舔弄。

胡小天心中暗歎，堂堂一國公主也不注意點個人形象，這年頭要是有狗仔隊偷拍啥的，保管這妞的不雅形象得上初二報紙的頭版頭條。

七七極其陶醉地在糖葫蘆上舔了一口，瞇起的雙眸忽然睜開，惡狠狠盯住胡小天道：「看什麼看？沒見過別人吃東西？」

胡小天心想吃東西見過，像你這種吃相的小姑娘還真沒有幾個。

七七的注意力又被路邊一捏麵人的給吸引了過去，湊上去要了一個猴子。雖然不值什麼錢，可這走一路賣一路，眼看胡小天的這雙手都要拿不過來了，當跟班也不是那麼容易的事情。胡小天好心提醒她道：「喂，公子！」

七七舔了口糖葫蘆道：「什麼事？」

胡小天道：「這都中午了，咱們是不是去吃飯啊？」

七七道：「吃什麼吃，一天到晚就知道吃，我又不餓。」

胡小天愕然道：「剛不是你說餓了。」

「那是剛才！」七七總算咬了口糖葫蘆，胡小天忽然明白了，她走一路零零碎碎地吃一路，這會兒肯定是不餓了。此時前方鑼鼓鳴響，卻是有玩雜耍的在天橋邊開始表演。

七七快步趕了過去，當真是哪兒熱鬧往哪兒湊，畢竟是小孩家心性。

胡小天摸了摸兜裡的銀子，這會兒功夫已經下去了一大半，再這麼下去，恐怕要被這位小公主給揮霍一空，陪著逛了一上午，胡小天也餓了，趁著七七湊在人堆裡看表演的功夫，在路邊買了兩個熱大餅，切了半斤熱牛肉，捲起來就吃，虧誰也不能虧待自己的肚子。

七七被雜耍表演所吸引，站在人群中拚命鼓掌，小手都拍紅了，看到賣藝的過來請賞，馬上想起了胡小天，轉過身去看到胡小天就站在自己身後，兩個大腮幫子鼓鼓地跟個猴兒似的。雙眸眨了眨道：「居然貪墨我的銀子偷吃東西，偷吃什麼呢？」

胡小天攤開雙手，搖了搖頭，表示自己什麼都沒吃，嘴裡塞滿了牛肉說不出話來。

七七瞪了他一眼，直接去他腰間找錢袋子。

胡小天將錢袋子取下，正準備從裡面掏錢，卻被七七一把全都搶了過去，極其大方地將裡面的銀子全都倒了出來，噹啷啷，全都落在那賣藝人的銅盆裡面，極其瀟灑，極其大方地來了一句：「都賞給你了。」

那賣藝人一下得了幾十兩賞錢樂得合不攏嘴，連連鞠躬道謝。胡小天卻傻了眼，真是個敗家女啊，裘皮大氅當來的銀子一轉眼功夫就這麼沒了。

七七倒沒有覺得什麼，她對金錢原本就沒什麼概念，興之所至，別說這幾十兩銀子，就算是一千兩一萬兩散出去也不會皺一下眉頭，她拍了拍胡小天的肩膀表示要走。

胡小天卻伸手指著前方，七七還以為他捨不得那點銀子，忍不住譏諷道：「瞧你那點出息，花的又不是你的錢，心疼成這個樣子。」

胡小天嘴裡塞著牛肉說不出話來，急得乾瞪眼仍然指著遠處。

七七笑道：「至於嗎？我的錢，你心疼什麼？」

胡小天費勁了千辛萬苦，總算把嘴裡的那口餅給咽了下去，含糊不清道：「馬……咱們的馬……」

七七霍然轉身望去，卻見有一人騎著她的那匹白馬悠然自得的經過，正上了前方的天橋，大街上人來人往，騎白馬的並不少見，可七七的紅色馬鞍非常醒目，所以胡小天一眼就認出來了。

七七也沒想到會在這兒遇到偷馬賊，頓時怒火中燒，尖聲道：「還不快追！」不等胡小天啟動，她已經快步衝了出去。胡小天擔心她有什麼閃失，趕緊也跟了上去。

那名偷馬賊是個三十多歲的漢子，縱馬來到天橋最高處，下意識向後看了一眼，看到胡小天和七七兩人正拚命擠開人群向他追了過來，此人皺了皺眉頭，本來還沒意識到這兩人是衝著自己來的，可是目光和七七相遇，頓時察覺到對方眼中的憤怒和殺機。偷馬賊極其警覺，馬上意識到了危險來臨，他用力一抖馬韁，那馬兒摔開四蹄向前方奔去，偷馬賊大聲呼喝道：「讓開，讓開！馬驚了，馬驚了！」他這一叫，人們紛紛向兩旁避讓，後方的人們生怕馬兒折回頭傷到了自己，也急忙後撤，這樣一來反倒給想要追上去的七七和胡小天造成了層層阻礙。

眼看那偷馬賊越逃越遠，胡小天勸道：「算了，別追了！」

七七根本聽不進去他的話，看到前方人潮湧動，想要擠開人群肯定是要費上不少的功夫，忽然靈機一動，攀爬到天橋石欄的上方，踩著欄桿向前方跑去。

胡小天擔心她會出事，只能也學著她的樣子爬了上去。七七站在光滑的橋欄之上仍然蹦跳自如，如履平地，一看就知道她的輕功有些根底，應該是從權德安那裡學到了不少的武功。從這個角度上來說，胡小天和她也算得上是師出同門。

七七成功越過天橋，前方仍然擁擠不堪，七七眨了眨眼睛，忽然騰空飛躍而起，落點卻是一名路人的腦袋，那人還沒有回過神來，七七已經從他腦袋上再度跳起，落點選定另外一顆腦袋。

七七雖然身輕如燕，可踩下去還是有些力量的，當然不至於傷著腳下的那人，可誰大過年的都圖個喜慶，剛出門就被人在腦門上踹，自然感到晦氣，斥罵聲，詛咒聲，誇張的驚叫聲響成一片。

胡小天只是借了一個肩膀就來到了街道右側的屋頂之上，沿著傾斜的屋頂發足疾奔，雖然權德安教給他的功夫比不上七七花樣繁多，但是自從胡小天在無相神功上有所突破後，僅僅學會的兩樣武功卻是突飛猛進。對一個武者來說，基礎才是最重要的，地基決定上層建築，沒有堅實可靠的基礎，又怎麼可能蓋起萬丈高樓。

經過天橋之後，擁堵的情況有些減弱，那偷馬賊縱馬狂奔而起。

七七怒吼道：「哪裡走！」她凌空而起，落下的時候將前方的一名騎士從馬上踹了下去，搶了他的坐騎，縱馬狂奔，心中恨極了那名偷馬賊，今日一定要將之抓住，方解心頭之恨。

那偷馬賊逃跑之時不忘回身，看到七七騎著一匹棗紅馬風馳電掣般向自己追來，臉色不由得一變，揮動馬鞭狠狠抽打坐騎，白馬一聲狂嘶，撒開四蹄向前方狂奔而去。

胡小天雖然沒有坐騎，可是他居高臨下能夠看到兩人的位置，翻牆越戶，抄近路追趕兩人的腳步，雖然只憑著雙腿步行，也沒有被他們兩人甩開。

道路之上一名小販挑著兩筐瓷器緩慢經過，忽聽左側傳來驚呼之聲，他轉身望去，不由得大驚失色，卻見一名騎士騎著白馬正亡命向自己奔來，那小販嚇得魂不附體，想要逃走，怎奈雙腳已經不聽自己的使喚，一屁股坐在地上，挑著的兩個大筐也歪倒在地，裡面的瓷器摔了個粉碎。

白馬倏然已經來到他的面前，那偷馬賊一拉馬韁，大聲呼喝，白馬竟然騰空飛躍而起，從小販的身體上方飛躍而過。

那小販還沒有回過神來，七七騎著棗紅馬再次殺到，那小販嚇得捂住了腦袋，心想吾命休矣。七七也是學著那偷馬賊的樣子，用力一提馬韁，棗紅馬也從小販的身體上方越過。兩匹健馬一前一後絕塵而去，只剩下那小販心疼的哀嚎聲。

偷馬賊在前方拐入向左的巷口，七七揮鞭不停抽打馬匹，想要這馬跑得更快一些。頭頂忽然傳來胡小天的聲音：「公子，算了！」

七七抬頭望去，卻見胡小天正在右側的屋脊之上狂奔，只憑著雙腳居然速度不次於自己，想不到這廝的輕功居然如此厲害。七七沒有搭理他，繼續向前追去，拐入右側的巷口，卻發現前方失去了偷馬賊的影蹤。巷口內冷冷清清，看不到一個人的影子。

胡小天從前方跳了下去，攔在七七的馬前，氣喘吁吁道：「算了，窮寇莫追。」他感覺情況有些不對，生怕冒冒然追上去中了埋伏。

七七怒道：「讓開！再敢攔著我，我就對你不客氣。」她揚起手中的馬鞭。

胡小天對這位刁蠻公主真是有些無奈了，老子是一片好心，如果你不是當朝公主，我才懶得管你的死活。

就在此時，後方緩緩駛來了一輛破舊的馬車，前方也響起馬蹄聲，卻是那偷馬賊騎著白馬從一座宅院中現身出來，冷冷望著胡小天和七七道：「今兒是大年初一，我只不過給兄弟們弄點肉吃，過個肥年，你們就對我苦苦相逼，以為老子當真好欺負嗎？」

右手的食指和拇指圈在一起含在嘴中吹了一個響亮的呼哨。卻聽到一陣雜亂的腳步聲，從他的身後湧出了數十名衣衫襤褸的乞丐。那些乞丐手中全都拿著打狗棒，有人手中還端著要飯碗。

第二章

蟠龍金牌失而復得

難道這老乞丐事先就知道自己的身分？
想起剛剛失而復得的蟠龍金牌，頓時明白過來，
蟠龍金牌絕非俗物，但凡有見識的人猜出自己的來頭並不難。

胡小天暗叫不妙，怎麼被引到乞丐窩裡來了，今兒八成是遇到丐幫了，從古到今丐幫都是天下第一大幫派，真要是招惹了他們豈不是麻煩透頂。悄悄回身望去，這是在考慮後路，卻見後方來了兩輛破破爛爛的馬車，已經完全將他們的後路堵住，馬車之上各自站了五六名乞丐，他們手中舉著打狗棒，仔細看還和其他人的略有不同，打狗棒的尾端尖銳無比，標槍一樣，應該是用來投擲的。心中暗暗叫起苦來，想不到新年第一天就如此倒楣，不但被賊偷，而且追賊追到了賊窩，陷入對方包圍圈中。

七七看到對方這麼多乞丐湧上來，也覺得有些心虛，可她從來都是個不服輸的性子，柳眉倒豎咬牙切齒道：「偷馬賊，你偷了本公子的馬匹，居然還敢聚眾鬧事，信不信我上報官府，將你們這群乞丐全都抄家滅門。」到底是公主，威脅別人都帶著一股子高高在上的皇家風範，只可惜今天威脅的對象好像有些不對。

那偷馬賊聽到這句話，向左右看了看，臉上充滿嘲諷的笑意：「兄弟們，你們聽到沒有，這公子哥兒要將咱們抄家滅門呢。」一幫乞丐全都哈哈大笑起來。

偷馬賊冷哼一聲道：「讓這兩個小娘皮見識一下咱們丐幫的威風！」

所有乞丐舉起了手中的打狗棒，同一節奏地拄在地面上，若是一根棍子點地倒也算不上什麼，可是幾十根棍子同時撞擊在地面上聲勢就雄壯起來，卻聽到蓬蓬蓬一陣聲響，那幫乞丐同時喝道：「丐幫丐幫，天下無雙，笑傲四海，雄霸八方，天下第一，唯我丐幫！犯我幫威，非死即傷！」

胡小天聽得直皺眉頭，目光卻沒有停歇下來片刻，他在考慮著如何脫離困境。這會兒功夫連兩旁的屋頂上也來了不少的乞丐。這小巷子居然是丐幫幫眾在康都的一個窩點，七七只顧著追趕偷馬賊，卻想不到陷入了對方的包圍圈中。

七七揚起馬鞭指著那為首的偷馬賊道：「什麼天下無雙，雄霸八方，你們這幫乞丐根本是想造反！天子腳下，皇威浩蕩，竟然說出此等大逆不道的話，還不束手就擒，跟我去官府認罪！」

胡小天暗歎這丫頭也是被慣壞了，識時務者為俊傑，當前的形勢下，絕不是耍威風的時候，裝慫跑路，去搬救兵才是正本。

那幫乞丐聽她這樣說，不由得哈哈大笑起來。

胡小天輕輕拉了一下七七的手臂，呵呵笑道：「大過年的大家也不必傷了和氣，我家少爺脾氣不好，今兒冒犯了諸位兄弟還望見諒，都在江湖上混飯吃，低頭不見抬頭見，做朋友總比做仇人好，今天的事情也算是一場緣分，那匹馬送給各位兄弟了。」胡小天拱了拱手，好漢不吃眼前虧，對方數十人，他們只有兩個，敵眾我寡，跟人硬拚絕非明智之舉。在實力可以碾壓對方的情況下，威武霸氣，耍耍威風那叫頭腦清醒，若是在實力遠遠遜色於對手的情況下，盲目硬拚，那叫傻帽。

七七雖然年紀不大，可論到頭腦之靈活絕不次於胡小天，她當然懂得識時務者為俊傑的道理，原指望著三兩句話將這幫烏合之眾嚇退，可看到眼前的形勢，知道哪怕自己是當朝公主也沒什麼用處，畢竟遠水解不了近渴，就算她能將十萬御林軍全都調來，等趕到了只怕也晚了。七七心氣還是高傲的，向胡小天這種認慫的話她才不屑於說，不過她也不敢再胡亂說話，選擇保持沉默。

胡小天朝七七使了個眼色，牽著馬調轉馬頭準備離去，卻發現那三輛破破爛爛的馬車仍然將巷口堵住，車上十多名乞丐仍然高舉手中的打狗棒，只要他們的頭領一聲令下，這些打狗棒就會標槍一樣向胡小天和七七飛去。

「此時想走已經晚了！」那偷馬賊淡淡然道。

胡小天又轉過身去，笑道：「退一步海闊天空，讓三分風平浪靜，大過年的何必拚個你死我活。」他拍了拍七七搶來的這匹棗紅馬道：「這匹馬權當是見面禮，也送給諸位朋友了。」形勢所迫，不得不選擇再次讓步，只要順利離開此地，馬上調來官兵，必然將這幫乞丐一網打盡。

偷馬賊饒有興趣地望著胡小天，緩緩點了點頭道：「小子，你倒也算得上識時務。可你們一路把我追到了這裡，當著那麼多的兄弟，這讓我朱八情何以堪，這麼著吧，我給你們一個機會，馬匹留下，衣服也全都給我留下，把衣服脫光了在老子面前磕三個響頭，我就讓我的兄弟們放你們一條生路。」

胡小天一聽這還了得，這幫叫花子實在是有些欺人太甚，偷了我們的馬，搞到最後跟我們理虧似的。連他都無法接受的事情，更何況七七這位高傲的公主。他低聲向七七道：「等會兒我去引開他們，你尋找機會先逃走。」雖然胡小天對七七沒多少好感，可畢竟這位小公主是他陪著出來的，只要遇到麻煩，肯定要拿他是問。所以心中就算不情願，硬著頭皮也得往前頂。

七七聽到胡小天的這句話沒有任何的表示，雙手只是抓緊了馬韁，雙目冷冷盯住那幫乞丐。

胡小天昂首闊步走向朱八道：「朋友，倚多為勝算什麼本事，是條漢子的跟我單挑。」在古老的年代，這一招屢試不爽，古人比現代人榮譽感更強，更愛面子。

朱八咧開嘴，露出一口焦黃的牙齒，呵呵笑道：「老子占盡優勢，為何要跟你單挑？玩武力那是莽夫才幹的事情，我什麼身分？」

胡小天被這貨氣得哭笑不得，你什麼身分？一要飯的還有身分？看來自己想要單挑的念頭無法如願。

朱八道：「可大過年的，你既然提出來了，我也得滿足你的願望。大力，你陪他玩玩。」

人群中響起一聲沉悶的回答聲，一幫乞丐分向兩旁，中間現出一條道路。然後就聽到沉重的腳步聲，地面似乎都震動起來了，胡小天單從腳步聲已經聽出來者不善，抬頭望去，卻見人群中走出來一個身高過丈的莽漢。上身穿著一件破破爛爛的黑棉襖，用一條藍色腰帶紮著，褲子已經看不出本來的顏色，上面打滿補丁，褲腿有些過短，還露出半尺左右的腳脖子，腳上沒穿襪子，踩著一雙草鞋。

國字面龐，濃眉大眼，皮膚黝黑，一雙拳頭跟醋鉢似的，走出人群，挺胸而立，宛如一尊鐵塔站在胡小天的面前。

胡小天看到這貨的樣子，心中頓時敲起了小鼓，他指著朱八道：「嗨！我說你呢，咱們兩人的恩怨，你牽扯其他人作甚？有種的話，咱倆單挑。」

朱八嘿嘿笑道：「激將法，沒用！大力！上！」

那大漢向前跨出一步，草鞋落在青石板道路上，腳下的青石板喀嚓一聲從中龜裂開來，裂紋宛如蜘蛛網一般向四周輻射而去。

胡小天倒吸了一口冷氣，想不到這幫乞丐之中還真是臥虎藏龍，胡小天拱手道：「這位兄台，有禮了！」

那大漢也學著胡小天的樣子拱了拱手。

胡小天道：「想不到這位兄台要飯吃都能練成如此的身材，真是令人佩服佩服。」

那大漢道：「少廢話，來吧！」

胡小天道：「可惜啊，你只長身體不長腦子，他讓你上你就上，你傻啊！那個朱八分明在玩你啊，他把你當成他的一條狗噯，想怎麼使喚就怎麼使喚，他根本就不尊重你啊，兄台，你也是爹媽生的，又不是天生卑賤，憑什麼聽他指揮？怎麼可以甘心被人利用呢？」

朱八哈哈大笑：「大力，他在挑唆咱們兄弟倆的感情！」

大力悶吼一聲：「他是俺親哥！俺就是他爹媽生的，離間俺兄弟關係，我捶死你！」一聲如悶雷，蓄勢待發。

「什麼？」胡小天一臉的尷尬，原本想挑唆人家關係，可沒想到他們居然是親兄弟兩個。一旁七七本來還有些心虛，可看到胡小天的尷尬模樣，忽然覺得說不出的好笑，忍不住格格笑了起來。

胡小天道：「慢著！」

朱大力揚起的拳頭又停頓在空中。

胡小天道：「這位兄弟，咱們都是講究規矩的好漢，比試之前，咱們最好還是約定一下。咱們是文鬥還是武鬥？」

朱大力道：「啥？」

胡小天道：「文鬥就是你一動不動站在那裡讓我打三拳，然後我再站在這裡一動不動讓你打三拳，武鬥就是毫無章法胡亂出拳，大家都是文明人，我看還是文鬥。」

朱大力轉身看了哥哥一眼，朱八笑道：「小子，真是陰險狡詐，大力，你放心陪他玩，在咱們的地盤上他翻不上天。」他將胡小天兩人看成了甕中之鱉，現在只是想多找點樂子。周圍的那幫乞丐也是一樣的心思，全都抱著膀子站在旁邊看熱鬧，所有人應該都對朱大力擁有絕對的信心，只等著上演一場朱大力暴揍胡小天的場面。

朱大力道：「文鬥就文鬥，你先來！」

胡小天道：「咱們先說好了，沒打完這三拳，誰要是動了誰就是孫子！我先打你，我三拳沒打完，你要是敢動，你跟你哥都是我孫子，回頭你打我的時候，你三拳沒打完，我要是動了，我就是你們倆的孫子。」

朱大力想了想，好像不吃虧，於是點了點頭道：「好！」他原地紮起了馬步，雙腳重重一頓，喀嚓喀嚓，又有兩塊青石被他踏裂。

胡小天暗歎，這樣明目張膽地破壞市容，居然沒有城管過問，啥子年代喲！活動了一下筋骨，七七來到他身邊低聲道：「你成嗎？」

胡小天低聲向她道：「回頭我動手的時候，你隨時準備逃走，往後逃。」

七七眨了眨眼睛似乎已經明白。

朱大力已經不耐煩了，催促道：「有完沒完？」

胡小天笑了笑，緩步走了過去，揚起了拳頭。

朱大力大叫了一聲：「呔！」來吧。

胡小天深深吸了一口氣，宛如一頭豹子般衝了出去，揚起右拳照著朱大力的小肚子就是一拳，凝聚全力的一拳聲勢也頗為駭人，胡小天對自己的武功多少還有點信心，同時也希望朱大力是個外強中乾的貨色，興許自己能一拳將他幹翻呢？

胡小天真正出手之後才知道這種可能性根本就不存在，他的拳頭如同撞擊在一塊鐵板之上，雖然聲勢駭人，可是擊中目標之後對方的身體竟然紋絲不動。反震得自己手臂痠痛不已。

朱大力嘿嘿笑道：「小子，撓癢癢嗎？再來！」

胡小天暗叫不妙，難怪朱八派這莽漢出來，此人一身橫練功夫相當厲害，別說是三拳，恐怕讓自己打三十拳也不會將他怎樣。

胡小天悄然向七七使了個眼色，再次揚起了拳頭，朱大力凝神靜氣，等待他第二拳落下的時候，胡小天卻虛晃一圈，繞過朱大力，大步向人群中的朱八衝去。擒賊先擒王，胡小天在心中權衡了一下眼前的局勢，對方雖然人多，可是這幫叫花子應該是烏合之眾，只要將帶頭的朱八制住，應該可以控制住大局。牽一髮而動全身，他一啟動，必然會引起對方陣營的變動，七七也就有了逃離的機會。

在胡小天啟動的同時，七七已經掉轉了馬頭，手中寒光閃爍，卻是她掏出了暗藏的匕首，閃電般插落在馬臀之上，棗紅馬被匕首刺傷，疼痛不已，發出一聲嗚律律的淒厲嘶鳴，揚起四蹄，向巷口衝去。

兩輛破車並排將路口擋住，棗紅馬負痛，不顧一切地衝向那兩輛破車，試圖用身軀將馬車撞開，十多名乞丐舉起手中的打狗棒，尖端對準了那匹棗紅馬，噗！噗！噗，尖端刺入棗紅馬肉體的聲音不絕於耳，七七卻早有準備，在棗紅馬被刺的剎那，身體從馬背之上騰空而起，虛空中連續兩個反轉，落地之時已經逃出了包圍圈外，她頭也不回地向遠處逃去。

胡小天看到她成功逃走，心頭一鬆，可馬上就被空前的壓力所佔據，幾十名乞丐全都虎視眈眈地望著他，胡小天雖然成功吸引了對方的注意力，但是他想要在人群中擒住朱八根本沒有可能，方才衝出去兩丈距離，就已經被湧上來的乞丐擋住，一根根打狗棒指向他，將他攔在正中。

朱大力哇呀呀怒吼一聲，轉身走向胡小天。

胡小天哈哈笑了起來：「朱大力，我才打了你一拳，你居然就動了，剛剛咱們說什麼來著？你跟你哥全都是孫子。」

朱大力聞言忽然想起剛才自己的確答應過，一雙腳頓時又牢牢釘在地上，他可不想給人當孫子。

朱八卻沒有弟弟那麼好騙，冷笑道：「兄弟，跟這種小人不用廢話，一起上給我狠揍他，讓他親爹親媽都認不出他的模樣。」

這幫乞丐得了命令，頓時大吼著向胡小天衝去。

胡小天大吼道：「全都給我住手！我乃朝廷命官，誰敢動我就是欺君犯上！」

七七已經脫離險境，胡小天不怕暴露身分。

他這一嗓子還真把這幫乞丐給震住了，自古以來民不與官鬥，除非明打明的造反，誰聽到朝廷命官四個字都會在心底斟酌一下。

朱八一雙眼睛充滿狐疑地望著他，卻見胡小天青衣小帽，這帽子還歪戴著，經典的家丁裝扮，哪個朝廷命官會穿成這個樣子，稍一遲疑便狂笑起來：「你要是朝廷命官，我就是大康皇上！」

一幫乞丐都跟著哈哈狂笑，顯然無人相信胡小天的話。

胡小天一咬牙，將腰間的蟠龍金牌給亮了出來，大聲道：「睜開你們的眼睛看清楚，此乃御賜蟠龍金牌，見到金牌如同見到當今皇上，爾等還不趕緊給我跪下。」

那幫乞丐齊齊將目光聚集在金牌之上，胡小天的話他們分不出真假，可金牌應該是真的，每個人都判斷出來了。有人道：「真金啊！」

又有人道：「發財了！」朱八道：「哈哈，兄弟們，把金牌給我搶過來！」這幫人眼中只有金子，御賜的蟠龍金牌對他們而言不具備任何的威懾力。

胡小天其實真正的用意也就是拖延時間，七七順利逃走，按照常理來推斷，這丫頭應該是去搬救兵了，只要自己多拖一會兒，脫困的機會就大一些。可胡小天心裡也有些沒底，以他跟七七的交情，以七七的秉性，未必肯跟他同甘苦共患難，否則就不會溜得那麼痛快。掏出蟠龍金牌本來以為能夠震懾住這幫乞丐，卻想不到起到了反作用，激起了乞丐們心中的貪欲。

這幫愛財如命的乞丐一擁而上，意圖將金牌從胡小天手中搶奪過來。

一根打狗棒朝著胡小天的胸膛戳來，胡小天眼疾手快，左手握住棍梢，右手肘部在棍上一頂，硬生生將打狗棒從對方手裡搶了過來。棍棒剛剛握在手中，就有十多根打狗棒向他的腳下橫掃而來。

胡小天騰空躍起躲過地上的橫掃，頭頂又有十多根棍棒鋪天蓋地地擊落下來。胡小天雙臂平舉打狗棒，硬生生承受住對方的攻擊，十多根打狗棒同時落下的力量何其強大，胡小天雖然有權德安十年功力在身，畢竟還欠缺一些火候，關鍵時刻不能將之隨心所欲地發揮出來，震得他雙臂發麻，打狗棒脫手飛出，踉踉蹌蹌向後退出數步。

身後響起沉悶的腳步聲，卻是朱大力從後方殺到，大吼道：「全都給俺閃開，這小子是我的！」他反應比別人慢半拍，這會兒方才醒悟過來剛才是中了胡小天的圈套。

胡小天轉過身去，卻見朱大力的一隻拳頭倏然奔向自己的面門，胡小天不敢怠慢，也是一拳迎了過去。

蓬的一聲巨響，兩人周身的氣浪如排山倒海般向四周輻射而去，一時間飛沙走石，一眾乞丐被沙塵逼得睜不開雙眼。胡小天只退了三步，卻是他在危難之時竟然成功提起全部內力，扛住了對方的一擊。

朱大力怎麼都沒有想到胡小天居然能夠接住自己的霸道一拳，因為胡小天強橫的反擊，整個人居然興奮了起來：「好！有點意思！」此時方才意識到這個眉清目秀的小子絕非銀樣鑞槍頭的樣子貨，他揮拳準備再次發動攻擊。

卻見胡小天原地蹦跳了起來，雙手來回揉搓，剛才的硬碰硬對拳砸得他手指骨骸欲裂，痛不欲生，原本想打腫臉充胖子，硬撐下去，可實在是撐不住。

蹦跳的時候，腰間的蟠龍金牌竟然噹啷一聲落在了地上。胡小天趕緊躬身去撿，朱大力卻不給他這個機會，大吼一聲，向前跨出一步，雙耳灌風，即便是最普通的招式，經他使出也是聲勢駭人。

胡小天不得不向後退去，朱大力一身橫練功夫爐火純青，和這種人硬碰硬只有自己吃虧。

那幫乞丐看到地上的金牌，眼睛都是一亮，稍一猶豫之後，馬上蜂擁而上，意圖率先將金牌搶到手中。這樣一來反倒幫了胡小天，擋住了朱大力的第二波攻勢。

現場一片混亂，胡小天看到人群中的朱八，抬腳踢倒前方的一名乞丐，看來想要扭轉戰局的唯一機會，就是將這幫乞丐的頭兒給控制住。

兩旁屋頂上的乞丐也紛紛下來助陣，只有左側屋頂之上仍然有一名衣衫襤褸的老乞丐高臥其上，一邊曬著太陽，一邊啃著雞腿，陽光照射在地面上，蟠龍金牌奪目的金光剛好映在他的臉上，似乎刺痛了他的眼睛，老乞丐皺了皺眉頭。此時忽然感覺到身下的瓦片開始微微顫抖起來，迷迷糊糊的眼神瞬間變得清明澄澈，他舉目向遠方望去，卻見遠處正有一隊皮甲武士宛如黑雲壓境般迅速向他們所在的巷口湧來，再往另外一側望去，同樣有一支數百人的隊伍正在向巷尾包抄。

老乞丐慌忙啃了兩口雞腿，自後背破布袋中取出了一支嗩吶，湊在油乎乎的嘴上吹了起來。

一聲響亮的嗩吶響徹雲霄，眾人齊刷刷抬起頭來向上望去，那老乞丐咧開嘴巴道：「官軍來了！」

那幫乞丐聞言一驚，朱八當機立斷，大聲道：「兄弟們，風緊，扯呼！」眾乞丐紛紛撤退，其中還有人不甘心上前強搶那塊蟠龍金牌，眼看就要抓住金牌，卻想不到胡小天折回頭來，足尖將金牌挑起，金牌飛到半空中，他一伸手想要抓住，冷不防半空中一隻烏黑乾枯的手爪伸了過來，搶先將蟠龍金牌抓在手中。

胡小天抬頭望去，卻見那老乞丐不知從何時竄了出來，滿是油污的左手一把將金牌抓住，右手仍然不忘啃那隻沒有吃完的雞腿。

胡小天看到金牌落到他的手裡，慌忙伸手去奪，這金牌乃是皇上御賜之物，若是遺失，後果不堪設想。

眼看就要抓到金牌，胡小天心中暗喜，這老乞丐的動作究竟還是太慢了。

那老乞丐打了個哈欠，滿嘴的酒氣：「給你！」

胡小天一把抓了個正著，手中堅硬滑膩，卻是被老乞丐啃乾淨的雞腿骨。胡小天簡直不能相信自己的眼睛，剛才明明是衝著金牌過去的，卻沒想到抓住後卻是一隻雞腿骨，心中又是驚奇又是噁心，想不到這老乞丐竟然是一個深藏不露的高手。

此時朱大力暴吼一聲，向胡小天橫衝而來，朱大力最恨別人跟他玩陰謀詭計，怒吼道：「臭小子，看看咱們誰才是孫子！」一拳直奔胡小天面門而來，胡小天將手中的雞腿骨向他扔了過去，此時也顧不上什麼蟠龍金牌，拔腿就逃，他頭腦靈活，即便是在混戰的時候仍然不忘觀察周圍環境，三步併作兩步衝到牆根處，蹭蹭蹭，展開金蛛八步瞬間已經爬到屋頂之上。

乞丐們這會兒四散而逃，朱八大叫道：「大力，扯呼！」

卻想不到朱大力殺紅了眼，不顧一切地向屋簷上爬去，他雖然一身橫練功夫，怎奈輕功不行，努力了幾次都沒有爬上去，胡小天站在屋頂之上哈哈大笑，指著朱大力道：「孫子噯，你上來，讓爺好好教訓教訓你。」

朱大力氣得眼歪嘴斜，忽然暴吼一聲，一腳踢在牆壁之上，那房屋原本就陳舊不堪，哪還禁得起他這一腳，牆壁轟然倒塌，屋頂瞬間傾斜坍塌。

胡小天慌忙逃離，沿著傾斜的屋頂一路狂奔，跳躍到另外一個屋頂之上。

朱大力爆發出一聲哇呀呀的怒吼，衝著胡小天的下一個落腳點衝去，如同天神下凡，又如碾壓一切的坦克，以摧枯拉朽的氣勢發動他的狂暴攻擊。

胡小天望著瘋牛一樣的朱大力也覺得心驚，還好官兵此時已經殺到，將巷口兩側的出入口堵住，那幫乞丐大都已經逃走，還剩下十餘個的老弱病殘因為腳程太慢所以被落下，當然其中也有例外，朱大力殺紅了眼，明明有機會逃走卻選擇留下追殺胡小天。

胡小天看到援兵到來，樂得哈哈大笑，遠處七七身穿狗皮襖騎在一匹白馬之上宛如一道閃電率人殺入巷口，高呼道：「胡小天，不要驚慌，我來救你啦！」

幾百名官軍同時殺到，此等聲勢何其駭人，那幫乞丐嚇得魂不附體。朱大力也暫時忘記了追殺胡小天，轉身望向周圍，此時想要逃走已經晚了。

胡小天向七七揮手，張嘴想要呼喊的時候，冷不防一隻手從身後捂住了他的嘴巴，胡小天雖然沒有看清是誰，可是從熟悉的酒臭味已猜到是剛才的那名老乞丐。

胡小天大驚失色，玄冥陰風爪扣住對方的手腕，身軀一擰，右手向老乞丐襠下抓去，若非到了危急關頭，胡小天也不會動用如此歹毒的手法對付一個老者。

右爪還沒有觸及到對方的身體，就感覺到身體突然變得麻痹，失去了所有的力量，老乞丐將胡小天的身軀扛在肩頭，似乎毫不費力，目光向下方掃了一眼。

官兵擁入狹窄的小巷，弓箭手瞄準了尚未來得及逃走的乞丐。

小公主七七在眾人的護衛下衝入巷子，大聲道：「全都給我束手就擒，否則格殺勿論！」

胡小天也聽到了七七的聲音，卻苦於發不出半點聲音，眼看著救兵到來，卻不能跟他們會合，這是何等的鬱悶和痛苦。老乞丐扛著胡小天，足尖在屋頂上輕輕一點，然後身軀宛如鳥兒一般飛掠而起。

胡小天眼看著自己的身體被帶著飛起又落下，一雙眼睛因為驚恐而瞪得滾圓，怪只怪自己過於大意，竟然淪為對方劫持的人質。

老乞丐帶著胡小天來到了一座破敗的城隍廟中，將他隨手扔在了地上，然後來到廊柱旁坐下，任憑陽光懶洋洋照射在他的身上，彷彿剛才的那場生死搏鬥跟他毫無關係，從破破爛爛的布袋中掏出一壺酒，擰開壺塞灌了一口，然後極其舒服地打了個酒嗝。

胡小天嘗試著活動了一下身體，發現自己的穴道被解開，居然可以行動自如了，小心從地上爬了起來，站起身撣了撣身上的泥土，抱拳向老乞丐道：「前輩，晚輩胡小天這廂有禮了。」從老乞丐剛才表現出的身手，胡小天已經意識到他是位深藏不露的武學高手，自己在他的面前根本連半點反手之力都沒有。

老乞丐咧開嘴笑了笑，露出一口參差不齊的牙齒：「小子，有些來頭啊！」他從懷中掏出那面蟠龍金牌在手中來回把玩。

胡小天看到蟠龍金牌，目光不由得一亮，向前走了一步，恭敬道：「老前輩，晚輩有眼不識泰山，冒犯之處還望多多擔待，這金牌乃是御賜之物，還請前輩還給我，若是晚輩遺失，只怕會是抄家滅族的大罪。」

老乞丐看了他一眼，隨手將金牌丟給了他，不屑道：「什麼好東西，老叫花子不稀罕。」

胡小天萬萬沒有想到他居然隨隨便便就還給了自己，接到金牌在手，心中漸漸安定下來，這老乞丐看來對自己並無惡意。他將金牌收好，又道：「前輩，今日之事並非是我想跟貴幫作對……」從老叫花子超人一等的身手判斷，對方的身分必不尋常，或許是丐幫的幫主也未必可知。

老乞丐道：「我懶得管你們的閒事，可東西還給你了，你是不是也得為我做點事情？」

胡小天恭敬道：「老前輩儘管吩咐。」

老乞丐道：「今兒你們官府抓了不少的叫花子，其實你們抓走了也沒什麼用，罪不至死，這幫叫花子如果關起來，也是白白浪費你們官府的糧食。」

胡小天笑道：「晚輩明白，等晚輩回去，就安排他們將您的人全都放了。」胡小天這句話說得一語雙關，一是答應放人，二是有個前提，要老叫花子把自己給放了。

老乞丐呵呵笑道：「你這娃兒好生有趣，我何時說過要放你走了？」

胡小天道：「前輩武功高強，胸襟廣闊自然犯不著跟小輩一般計較。」他一邊說話一邊偷偷觀察著老叫花子的神情。

老乞丐哈哈大笑，雙目向胡小天望來：「嘴巴還真是夠甜，難怪能夠在宮中混得風生水起。」

胡小天聽到老乞丐這麼說，心中不覺一怔，難道這老乞丐事先就知道自己的身分？想起剛剛失而復得的蟠龍金牌，頓時又明白過來，這面蟠龍金牌絕非俗物，但凡有些見識的人由此猜出自己的來頭並不難。

老乞丐道：「你且去吧，去晚了只怕那幫叫花子又要受罪。」

胡小天恭恭敬敬向老乞丐作了一揖道：「前輩放心，小天必然不辱使命。」他轉身走了兩步，來到廟門前，卻又折回頭來，向老乞丐笑道：「前輩，晚輩還有一事忘了詢問，不知前輩高姓大名？」

老乞丐呵呵笑了一聲道：「怎麼？你小子還想以後找我尋仇？」

胡小天道：「晚輩絕無此意，只是感覺到跟老前輩特別投緣，所以才有此一問。」

老乞丐笑道：「姓徐，名字倒不記得了。」又灌了口酒，將酒壺放在一邊，打了個哈欠，雙手抄入袖口之中打起了瞌睡。

胡小天再想跟他說話的時候，這老乞丐卻打起了呼嚕。胡小天搖了搖頭，望著陽光下的老乞丐，忽然感覺這老頭兒落寞而孤單，他也很奇怪為何會生出這樣的感覺，猶豫了一下，忽然做出了一個極其意外的舉動，他將自己的狗皮坎肩脫掉，重新回到老乞丐身邊，輕輕為他蓋在身上，然後方才轉身離去。

聽到胡小天的腳步聲遠去，老乞丐緩緩睜開了雙眼，望著身上的狗皮坎肩，表情居然顯得有些感動，揉了揉鼻子，用力抱緊了那件狗皮坎肩，繼續做他的好夢。

七七帶著官兵將小巷裡裡外外搜查了個遍，仍然沒有找到胡小天的影子，也不能說這次是一無所獲，至少抓住了十二名乞丐，其中就包括剛才跟胡小天文鬥的朱大力，按說朱大力本來不應該被官兵抓住，只是因為他殺紅了眼，一心想抓住胡小天狠揍一頓宣洩心頭之恨，所以才會身陷囹圄。

胡小天兜了個圈子回到巷口的時候，七七正在發怒，她厲聲道：「你們給我聽著，就算是將康都翻個底兒朝天，也要將胡小天給我找出來，傳我的命令，全城範圍內搜捕乞丐，但凡見到乞丐全都給我抓起來，嚴刑拷問，一個都不許放過。」這位小公主顯然是動了真怒。

十二名乞丐被五花大綁，等待他們的就是嚴刑拷問，此時這幫乞丐開始害怕了，得知七七是大王朝公主之後，方才明白今天是惹了個大麻煩，如果知道對方的來頭這麼大，誰也不敢招惹這種是非。

七七穿著狗皮襖，走到那群乞丐面前，那幫乞丐被押著跪在地上，七七怒視他們道：「說！你們把胡小天弄哪兒去了？」

不是這幫人不願說，而是他們真不知道。要說骨頭嘴硬的還要數朱大力，他大聲道：「不說又怎地？我們丐幫弟子個個鐵骨錚錚，寧死不屈！」

七七怒道：「我讓你寧死不屈！」揚起馬鞭照著朱大力就抽打了過去，啪啪兩鞭抽完，朱大力仍然挺著脖子大吼道：「有種就殺了老子，腦袋掉了不過碗口大的疤，十八年後，老子還是一條好漢。」他表現得頗為硬氣。

七七怒火中燒，鏘的一聲從一旁侍衛的腰間抽出一柄腰刀，揚起腰刀瞄準了朱大力的脖子就要砍下去：「我倒要看看，你當哪門子的好漢……」眼看腰刀就要落下，遠處忽然傳來一個熟悉的聲音道：「刀下留人！」

七七心中一震，這聲音分明是胡小天，她轉身望去，卻見胡小天正氣喘吁吁地從人群中擠了過來：「刀下留人……刀下留人……」

七七看到胡小天平安無事方才放下心來，隨手將腰刀扔給那名侍衛，高聲道：「你死哪兒去了？害得我為你白白擔心半天。」

胡小天擠了進來，一邊擦汗一邊道：「一言難盡啊！」他對七七的為人非常瞭解，自己再晚一刻過來，說不定七七真能將朱大力給砍了，胡小天倒不是擔心朱大力被殺，他是擔心自己，剛才那個老乞丐的身手他已經見識過了，萬一因為殺了老乞丐的徒子徒孫跟他們結上樑子，恐怕以後的麻煩就大了。

七七瞪了他一眼道：「那就回頭再說。」

一旁將領向她請示道：「公主殿下，這些乞丐如何處理？」

七七冷哼一聲道：「竟然敢偷本公主的坐騎，還敢口吐狂言，全都給我砍了！」

那幫乞丐聽到公主要殺他們，嚇得一個個哭號震天。

胡小天道：「且慢！」

七七道：「你怎麼回事兒？總是跟我作對！」

胡小天悄悄將她拉到一邊，低聲道：「給個面子，把他們全都放了。」

「放了？」七七簡直不能相信自己的耳朵。

胡小天壓低聲音道：「實不相瞞，他們剛剛把我抓走又放了出來，就是為了交換這些乞丐。這幫叫花子好不厲害，查出了我的身分，甚至連我爹娘住在哪裡都查得清清楚楚，他們放話出來，說只要我們敢動他們的人，就對我爹娘不客氣。」

七七不屑道：「那儘管讓他們試試，你放心，我派人前往你爹娘那裡保護他們，決不讓他們出事。」

胡小天歎了口氣道：「公主殿下，閻王好見，小鬼難纏，大過年的，咱們犯不著跟這幫叫花子一般見識，就算你讓人保護我爹娘，總不能白天黑夜盯著，天下叫花子數都數不清，真要是惹了他們，別說是我，就算小公主您也有沒完沒了的麻煩，打又打不盡，殺又殺不絕，整天像蒼蠅一樣嗡！嗡！嗡！圍著咱們轉悠，您想想煩不煩啊。」

七七抿了抿嘴唇，似乎被胡小天說動，可她轉瞬之間又改變了主意：「他們偷了我的坐騎，還圍攻我們，我若是放過他們，顏面何在？以後還如何在將士面前立威？」

胡小天心想你一個小孩子立個屁的威風？低聲道：「公主殿下，狗咬了你一口，你總不能再反咬狗一口。」

「你！」七七氣得張口結舌。

胡小天苦口婆心道：「您是當朝公主何等身分，何必跟這幫叫花子一般見識，放了他們只會顯得您寬宏大量，胸懷廣闊。」說話的時候，還故意朝七七的飛機場上瞄了一眼。

七七感覺這廝的目光不懷好意，下意識地縮了縮胸。女人天性使然，別管大小，戒備心總是有的。胡小天暗歎到底這個時代還是傳統女性居多，若是換成現代社會，男人往女人胸口上一瞄，女性的正常反應不是縮胸而是挺胸了。

七七道：「話雖然這麼說，可就這麼放了他們，這口氣我無法咽下。」

胡小天笑道：「公主大人不記小人過，放了他們就是。」

七七目光中充滿疑竇：「胡小天，你這麼賣命地幫他們求情，這其中是不是有什麼秘密啊？」

胡小天道：「有什麼秘密？我就是實話實說。」

七七冷笑道：「今兒該不是你跟這幫叫花子串通一氣故意想害我吧？」

胡小天頭皮一陣發麻，這小公主怎麼那麼多壞心眼兒，老子要是想害你何必等到現在？小小年紀就是個陰謀家，等她長大了那還了得？他苦笑道：「公主殿下難道忘了，今天可是您叫我陪您出宮的。」

七七雙眸一轉，輕聲道：「放了他們不是不行，不過你得答應無條件幫我做三件事情。」

胡小天道：「行！」別看他答應得痛快，可心中卻有自己的小算盤，承諾就是個屁！能辦到我幫你辦，辦不到老子絕不會辦。

看到胡小天答應得如此痛快，七七反倒有些懷疑了，她低聲道：「你得向我先發個誓，若是你將來反悔，你就斷子絕孫！」

胡小天倒吸了一口冷氣，心想你好毒，可轉念一想，這誓言對太監來說等於沒發一樣，當了太監可不就斷子絕孫嗎？他點了點頭道：「行，我答應你。不過，你總得讓我知道你的條件是什麼？」

七七笑道：「現在不說。」她目光轉向那幫乞丐，落在黑大個朱大力的身上，馬上火又上來了，指著朱大力道：「放過其他人倒沒什麼，這黑大個不能輕饒，竟敢當眾頂撞我，除非他當眾給我磕三個頭，不然我決不饒他。」

胡小天無奈地搖了搖頭，來到朱大力身邊拍了拍他的肩膀，朱大力怒目而視，宛如一頭暴怒的雄獅，恨不能把胡小天給當場撕了。

胡小天笑瞇瞇摟住他的肩膀道：「這位兄弟，身材不錯，有沒有看到那邊那位。」胡小天嘴巴朝小公主七七努了努。

「怎樣？」朱大力怒吼道。

胡小天歎了口氣道：「兄弟，氣大傷身，做人得認清形勢，現在她同意放了你，不過有個條件，必須要你給她磕三個響頭。」

「做夢去吧，男子漢大丈夫為人做事當頂天立地，頭可斷，血可流，尊嚴不能丟。」

胡小天笑道：「屁的尊嚴，腦袋都沒了還談什麼尊嚴。」

「腦袋掉了不過碗大的疤，十八年後，我朱大力還是一條好漢。」

胡小天真是哭笑不得，拍了拍他的肩頭道：「你要是存心找死，我也不攔著你，不過這年頭想死也沒那麼容易，我先把你的這幫同伴給砍了。」他的話剛一說出口，其餘的乞丐就開始哭天搶地，哀嚎道：「這位大人，跟我們無關啊，剛才追殺您的是朱大力，冤有頭債有主，您找他報仇啊，我們都是看熱鬧的，您抓錯人了……」

朱大力看到這幫沒骨氣的同伴，忍不住呸了一口。

胡小天低聲道：「我話還沒說完，你越是想死我越要留下你的性命。」他附在朱大力耳邊壓低聲音道：「我讓人割了你的話兒，讓你入宮當太監。」

如果說別的朱大力還不害怕，掉腦袋不過是碗大的疤，可命根子要讓人割掉，活著也是生不如死，他嚇得臉色發青：「你……士可殺不可辱……」說話顯然沒有剛才那麼足的底氣了。

胡小天壓低聲音道：「割了你還不算，還要讓人把你脫光了遊街示眾，幫你揚名立萬。」

朱大力聽胡小天說完這句話，滿腦袋都是汗，饒是他膽大，此時也不禁心驚膽戰，他實在想不到這世上竟然有如此歹毒陰狠之人。朱大力雙目緊閉，忽然衝著七七的方向梆梆梆就是三個響頭，磕完之後仍然不敢睜開雙眼，又羞又惱道：「你們殺了我吧，給我一個痛快。」

耳邊卻聽到嗤嗤一聲輕笑，朱大力被這悅耳的笑聲所吸引，將眼睛睜開了一條細縫，卻見七七朝著他笑了起來，這一笑宛如春風拂面，一直吹到了他的內心深處，朱大力只感覺到心中暖融融的，有如喝醉了微醺的感覺，剛才的尷尬和羞惱頃刻間消失得無影無蹤。

七七擺了擺手道：「算了，放他們走吧！本公主不跟這幫叫花子一般計較。」有了她的命令，胡小天趕緊讓人給這幫乞丐鬆綁，朱大力起身之後，仍然懵懵懂懂，茫然望著小公主。胡小天看到他發呆，忍不住推了他一把道：「噯，都放了你了，還不趕緊走人？」

朱大力摸了摸後腦勺道：「公主不是女的嗎？他怎麼是個爺們？」

胡小天忍不住哈哈大笑，這朱大力還真是憨厚可愛：「快走，不然我讓人將你抓起來喀嚓了。」

朱大力向胡小天抱了抱拳，他並不是真傻，自然明白他們能夠脫身全都仰仗胡小天的緣故，粗聲粗氣道：「就此別過，後會有期。」

一幫乞丐獲得自由之後，沒命地逃走了，轉眼之間已經逃了個一乾二淨。

七七來到胡小天身邊，用肩膀扛了他手臂一下：「別忘了，你剛剛答應過我的事情。」

胡小天笑道：「放心吧，一定忘了……」

「什麼？」

「一定忘不了。」

一場風波過後，七七雖然還想繼續在外面遊玩，可聞訊趕來了這麼多的御林軍前呼後擁，總不能走哪兒都帶著那麼多人，這樣的貼身保護讓她頓時失去了興致，決定即刻回宮。

胡小天卻沒有跟她一起回去，悄悄向七七請命，今兒是大年初一，他好不容易出來了一趟，總得去爹娘那邊磕個頭，拜個年。這也是人之常情。向來刁蠻任性的七七，在這件事上表現得倒也通情達理，答應了胡小天的要求，沒有勉強他跟著一起回宮，算是給了胡小天一個不小的人情。要說剛才胡小天在危急關頭的表現還是讓她有些感動的，隻身擋住那幫叫花子，把逃生的機會留給自己，別看胡小天平時嬉皮笑臉沒個正形，可到了關鍵時刻還真有些勇氣。

胡小天和七七分手之後，獨自一人前往了水井兒胡同。上次深夜前來還是跟隨姬飛花一起，今天總算可以在大年初一光明正大的前來拜年。自從給皇上解除了病痛，他在皇宮中的地位無疑也是越來越高，如果真能這樣順風順水地走下去，說不定將來也能成為姬飛花那樣獨當一面的人物，每念及此，胡小天還真有些悠然神往呢。

來到自家門口，看到房門開著，門上貼了幅春聯，上面寫著：新年天意同人意，喜事今春同舊春。尋常不過的對聯，胡小天駐足門前看了看，又悄悄觀察了一下周圍的動靜，想想胡家如今的境況也是淒涼，父母要蝸居於此，時刻還要擔心被人監視。

胡小天走入院落之中，大聲道：「爹，娘！孩兒回來給您們拜年了！」

胡小天的聲音剛落，卻見母親徐鳳儀從室內走了出來，含淚道：「兒啊！娘莫不是聽錯了，你來了！你真的回來了。」

胡小天不顧院落之中殘雪未乾，撲通一聲就跪倒在地上，激動道：「娘！小天回來了，來給您和爹拜年了！」他連續磕了三個響頭。

徐鳳儀撲上來一把將他抱住，淚水不停留下：「兒子，快起來，快起來。」

母子兩人相互攙扶著站起身來，胡小天這才發覺家裡只有娘親一個人，老爹卻並不在家裡，心中一沉，以為又出了什麼變故，低聲道：「娘，我爹呢？」

徐鳳儀抹乾眼淚道：「自打前天就被召到了戶部，說是去幫忙核對帳目，直到現在都沒回來。」

胡小天道：「娘，就您一個人在這裡？」

徐鳳儀道：「也不是一個人，剛剛大壯來了，這會兒去買鞭炮了，說是等你爹回來放，圖個喜慶。」

胡小天笑了笑道：「大壯總算還有些良心。」

娘倆來到房間內，房間雖然簡陋，可火盆子燒得非常溫暖，桌上地上也放了不少的年貨，都是胡小天讓小卓子趁著出門採買的時候偷偷送過來的。徐鳳儀道：

「兒啊，今兒能多留一些時候嗎？等你爹回來，咱們一家人也好吃個團圓飯。」

望著母親一臉期待的表情，胡小天又怎麼忍心拒絕，握住她的手道：「娘，放心吧，孩兒過來就是陪爹跟娘吃團圓飯的。」

徐鳳儀道：「我這就去做飯，興許你爹待會兒就能回來了。」

胡小天對父親何時回來也沒有把握，心中不禁有些擔心，老爹去戶部已經三天了，為什麼還沒有回來？該不會遇到了什麼麻煩吧？待會兒需要找人打探一下。他笑道：「娘，不急，咱們娘倆說說話，等爹回來再做。」

徐鳳儀點了點頭，拉住胡小天的手不放，仔仔細細看著兒子，眼圈有些發紅道：「娘上半輩子始終爭強好勝，可到頭來才發現，什麼榮華富貴，什麼出人頭地都是浮雲，這世上沒有什麼事能夠比得上一家人在一起。」人如果不失去，又怎會知道擁有的可貴，徐鳳儀追憶往昔不禁唏噓，幸福於他們胡家來說，來得是如此短暫，兒子癡癡傻傻了十六年，好不容易才清醒過來，胡家卻又遭遇如此橫禍。

胡小天道：「娘，終有一天，孩兒會出人頭地，會讓您和爹過上好日子。」

徐鳳儀慈和笑道：「娘別無所求，只求咱們一家三口隨時都能夠見到。」

胡小天點了點頭，發現母親的鬢角多了幾根白髮，伸手想要幫她拔去，撥開頭髮，卻發現裡面藏著更多的白髮，這段時間向來養尊處優的老娘遭受了不少的辛苦折磨，心中一陣酸楚，抿了抿嘴唇。

徐鳳儀從兒子的表情上看出他因何而辛酸，微笑道：「人都有老的一天，娘最大的願望就是看到你在有生之年能夠重獲自由。」一句樸素平淡的一句話卻讓胡小天感動得熱淚盈眶，母愛是無私的，自己在來到這個時代之後，在心中的確經歷了相當長的一段迷惘，他本以為對胡不為、徐鳳儀夫婦不會產生那種難以割捨的親情，甚至一度產生了想要逃離胡家的願望，可在風波到來之後，他卻發現在他的內心深處一直都存在著血濃於水的親情，父母對他的關愛或許從他幼年之時便一點一滴地融入到他的血脈之中，這種潤物細無聲的親情之愛彌足珍貴，最讓人難以割捨。若非因為這樣的感情，他當初也不會冒險返回康都，事實上他也從未後悔過自己當初的這個選擇。

胡小天道：「娘，一定會有自由的，皇上現在對我很好，我相信用不了多久，他就會赦免咱們胡家，咱們就可以過上自由自在的日子。」其實這話他連自己都不相信，一朝天子一朝臣，老爹是太上皇的寵臣，屬於被堅決打倒的一批，想要翻身平反恐怕難於登天。

徐鳳儀雖然並不相信這一天有可能到來，但是又不忍心破壞兒子心中美好的願景，微笑點了點頭道：「若是有那麼一天，咱們娘倆去金陵看看，我答應過你姥姥，本來說今年春節要帶你回去，看來只能對她老人家食言了。」

徐鳳儀的娘家也是金陵大戶，此次胡家的風波對金陵徐家影響並不算大，皇上法外開恩，並沒有追究徐家的責任，但是自從胡家落難之後，徐家便和胡家斷了聯絡，此事也是不得已而為之，形勢逼人，如果不劃清界限，必然會被牽連進去。

胡小天道：「我姥姥有沒有跟你們聯絡過？」問完之後就意識到自己這話有些多餘，現在胡家落難，所有昔日的親朋好友生怕被他們連累，一個個爭先恐後地跟他們斷絕關係，唯恐避之不及，又怎會主動跟他們聯絡？

徐鳳儀搖了搖頭道：「小天，以後若是有機會見到你姥姥，你千萬不可怪她絕情，你姥姥是娘這一生中最敬重的一個。」

胡小天點了點頭。

徐鳳儀充滿感傷道：「四十年前，你姥爺為了一個女人，拋妻棄子，將我們一幫孤兒寡母扔在金陵城，不聞不問。如果不是你姥姥挑起了這個家的重擔，就不會有以後徐家的發揚光大，我們兄妹四個，數我最任性最不懂事，從沒有給徐家幫過任何忙，卻帶給徐家這麼大的麻煩，想起來我這個做女兒的真是不孝。」

胡小天笑道：「娘，那就振作起來，等以後有機會將姥姥接過來，好好伺候她，孝順她，讓她安享晚年。」

徐鳳儀黯然歎了一口氣道：「我何嘗不想，只是不知道以後還有沒有機會。」

「一定會有機會！」胡小天信誓旦旦道。

此時門外傳來梁大壯的聲音：「夫人！老爺回來了！」

第三章

抉擇

人在面臨選擇的時候往往會感到迷惘，知子莫若父，
胡不為當然知道兒子這句話的真正意義，
後宮之中三股勢力，這三股勢力都想要利用自己的兒子。
胡小天放下茶盞，在桌上寫下了，李、姬、權三個字，
顯然是想老爹幫助自己做出決斷。

母子二人聞言大喜，慌忙迎出門外。卻見胡不為身穿灰色棉袍在梁大壯的陪同下走了進來，雖然胡不為心中幻想著兒子可以回來相聚，卻知道兒子人在宮中，身不由己，看到心中願望成真，也是激動非常，用力點了點頭道：「天兒回來了！」

胡小天衝上去磕頭，胡不為撫鬚哈哈大笑，他是由衷的高興，這兩天在戶部整理帳目的時候，也聽說了兒子在皇宮中大顯神威，為皇上解除病痛的事情。

父子之間的感情表露並不需要哭泣和淚水，一個眼神，幾聲大笑彼此已經心領神會，胡不為將兒子從地上拉了起來。

梁大壯慌忙跪了下去：「大壯給少爺磕頭！」

胡小天今天兜裡沒了銀子，還是胡不為替他給了紅包，今年的紅包自然和往年無法相比，但是無論多少，也都是一番心意。徐鳳儀前往廚房做飯，梁大壯打來熱水，胡不為先洗了把臉，接過胡小天遞來的毛巾，擦了擦臉道：「這兩天戶部召我過去清理帳目，忙得昏天黑地，今日上午方才有些空閒，這不，徐大人讓我們回家看看，晚上還要回去呢。」

「徐大人？」胡小天念叨了一句，低聲道：「莫不是那個徐正英？」

胡不為淡然一笑：「正是！」過時的鳳凰不如雞，想當初胡不為貴為戶部尚書，徐正英只是他手下的戶部侍郎，現如今胡不為已成戴罪之身，而徐正英卻倖免於這場風波仍然官居原職，胡不為反倒在徐正英的手下聽命了。

胡小天心中暗罵，想起胡家落難的時候，徐正英還想出賣自己，這筆帳早晚都要找他償還。

胡不為微笑道：「我在戶部聽說了你給皇上治病的事情，只是不知到底是真是假？」

胡小天道：「確有其事，不過應該沒有傳說中那麼神乎其神，乃是皇上洪福齊天罷了。」發現梁大壯仍然在一旁候著，輕聲道：「大壯，你去廚房幫我娘做事。」

梁大壯明白是胡小天讓他迴避，應了一聲，起身去了。

胡小天道：「爹，大壯是不是經常來？」

胡不為道：「隔幾天就會來一次，也算他還有些良心。」說話的時候，右眼向胡小天眨了眨，分明在暗示這其中並不尋常。

胡小天心領神會，胡家正處在非常時期，即便是梁大壯也不能輕信，老爹多一份警惕也是應該的，父子兩人之間的秘密是不可讓外人知道的，否則萬一被人出賣，很可能會招致殺身之禍。

胡小天道：「皇上剛剛派我去紫蘭宮伺候安平公主，過了十五應該會出個遠門。」

胡不為眉頭一皺：「去哪裡？」

胡小天道：「據說要讓我當遣婚使，護送安平公主前往大雍完婚。」他雖然從多方已經得到了消息，可是正式的任命仍然沒有下來，所以至今無法確定。

胡不為道：「此去山高水長，路途遙遠，你凡事務必要小心了。」心中雖然充滿不捨，但是並沒有在兒子的面前表露出來。

胡小天看了看周圍，用手指在茶盞中蘸了蘸，在桌上寫道：「逃走之機！」

胡不為伸出手掌將桌上的字跡抹去，然後用力搖了搖頭，也學著兒子的樣子蘸濕手指在桌上寫道：「一舉一動，盡在他人掌握之中。」抹去之後，又寫道：「逃，必死無疑。留下，方有生機。」胡不為為官多年，見慣風浪，對於形勢的把握遠超常人。

胡小天道：「聽說雍都是個不錯的地方。」

胡不為淡然道：「外面再好，哪能比得上故鄉，我這輩子最大的願望就是終老於此。」他又在桌上寫道：「你走，不用管我們。」

胡小天搖了搖頭，試圖勸服父親跟他一起逃走，寫道：「我已計畫周詳，萬無一失。」

胡不為笑道：「咱們一家人能夠在新年相聚，已經是上天賜給我最大的禮物。」繼續寫道：「我和你娘自有辦法保全性命，你走！」

胡小天道：「爹，以後每年我都會陪著你們一起過年。」堅毅的目光告訴老爹，他若不走，自己絕不獨自離開。

胡不為唇角露出一絲欣慰的笑意，意味深長道：「留在這裡，只要家人在一起，日子總會好起來，人得學會向前看。」他從桌上拿起一枚大康通寶，放在攤平的掌心上，伸到兒子的面前，然後牢牢握緊在掌心之中。

胡小天心中一動，老爹的這一舉動分明在告訴自己，大康的財富仍然在他的掌握之中。

胡不為拉過兒子的手掌，將那枚銅錢放在他的掌心，低聲道：「爹囊中羞澀，只能給你這些了。」

胡小天捏住那枚銅錢，望著父親的雙目，心中似有所悟。他蘸濕手指寫道：「權德安、文承煥、皇上。」

胡不為伸出手去，將正中的文承煥擦去，輕聲道：「大過年的，牆頭上的荒草居然忘記清理了。」

胡小天明白老爹的意思，他顯然是在說大康太師文承煥只是一株搖擺不定的牆頭草。

胡小天又寫道：「皇上似乎害怕姬飛花。」

胡不為點了點頭，抹乾水漬，在上面寫道：「夾縫求生，務必小心。」

胡小天寫道：「李雲聰、太上皇、洪北漠。」

胡不為看到這三個名字的時候，目光陡然一亮，抬起頭盯住兒子的眼睛。

胡小天指了指太上皇的名字，然後在下方寫了個瘋字。

胡不為皺了皺眉頭，然後用力搖了搖頭，顯然否認胡小天所說的這種可能。以他對龍宣恩的瞭解，此人的內心極其強大，神經堅韌如紮根深山的老竹，沒那麼容易被命運擊垮，李雲聰其人胡不為雖然知道，但是在他的印象中此人只是一個藏書閣的管事太監，一直都沒有太過注意，至於洪北漠，身為天機局曾經的首席智者，其人行事神龍見首不見尾，據說在新皇登基之前已經逃離康都，但是此人對龍宣恩無比忠心，兒子將此三人寫在一起，分明是在暗示自己，老皇帝仍然在圖謀復辟。

胡小天端起茶盞，抿了口茶道：「孩兒心中真是迷惘啊。」

人在面臨選擇的時候往往會感到迷惘，知子莫若父，胡不為當然知道兒子這句話的真正意義，後宮之中三股勢力，這三股勢力都想要利用自己的兒子。

胡小天放下茶盞，在桌上寫下了，李、姬、權三個字，顯然是想老爹幫助自己做出決斷。

胡不為久久凝望著這上面的三個字，終於還是歎了一口氣道：「你長大了。」

胡小天笑了起來，老爹也不知道應該選擇何方陣營，也許一切還得靠自己。

此時梁大壯端著托盤進來，笑道：「老爺，少爺，菜來了！」

胡不為笑著站起身來：「好，咱們一家人團團圓圓，好好吃頓飯！」

炮竹聲中辭舊歲，在胡不為的有生之年中，這個新年最為難忘，胡小天本想多陪他們一會兒，老爹老娘卻催促他早點回宮，以免招惹麻煩。

胡小天倒不怕什麼麻煩，以他如今在宮中的身分和地位，再加上皇上御賜的蟠龍金牌，即便是在外面留宿不歸，也不至於遭到責罰。可爹娘為兒女考慮得總是多一些，寧願控制住心中的思念，也要為兒子多著想一些。

胡小天走出水井兒胡同，大街小巷到處洋溢著一片喧囂熱鬧的景象。胡小天的心情卻沒有感到任何的輕鬆，原本計畫要安排父母一起逃離康都，卻想不到老爹在這件事上表現出如此的堅持，他並不想走。從剛才和老爹的交流中知道，老爺子應該仍然掌握著大康的秘密財富，身為大康前戶部尚書，掌管大康財政十餘年，老爹絕不是一個普通人物。他握住大康通寶的剎那已經將這一資訊充分傳達給了自己，胡小天甚至懷疑，老爹的忍辱負重或許是為了將來某日的東山再起。

為何龍燁霖會留下老皇帝的性命，為何父親對保全性命會有如此的把握，這一個個問題縈繞在胡小天的心頭，讓他感到迷霧重重。

新年的傍晚，龍燁霖獨自坐在御書房內，經歷了昨晚和今晨的熱鬧和喧囂之後，他更需要冷靜，新的一年並沒有帶給這位大康新君任何的希望，他現在的處境可謂是內外交困，舉步維艱。

門外響起小太監尹箏的通報聲，卻是左丞相周睿淵前來拜年。

得到龍燁霖應允之後，周睿淵來到御書房內，尹箏從外面將房門帶上。周睿淵緩步來到龍燁霖的面前道：「陛下新春大吉，國運興隆，微臣來遲，還望陛下恕罪。」他屈膝想要跪下，卻被龍燁霖攔住，微笑道：「都說過了，你我單獨相處之時不必拘泥於禮節，你是朕的師尊，朕應當先行前往你那裡給你拜年才對。只是朕大病初癒，他們都不讓朕出門。」

周睿淵道：「皇恩浩蕩，臣誠惶誠恐。」

龍燁霖邀請周睿淵在書桌前坐下，望著這間御書房道：「周先生還記得十年前的大年初一，父皇將我們兄弟召到這裡來，讓你給我們講學的事情嗎？」

周睿淵微笑點頭：「陛下真是念舊啊，過去這麼久的事情您還能夠記得。」

龍燁霖歎了口氣道：「有些事朕永遠都不會忘。」他抿了抿嘴唇道：「這段時間，先生為大康操碎了心，朕心中感激不盡。」

周睿淵道：「臣甘願為大康鞠躬盡瘁死而後已，以臣之餘生回報陛下知遇之恩。」

龍燁霖道：「朕登基已有半年，這半年之中，幾乎沒睡過一個好覺，過去先生曾經教我，說做皇帝乃是天下最辛苦的差事，朕現在總算是深有體會了。」他的唇角泛起一絲苦笑。

周睿淵道：「陛下心繫萬民，先天下之憂而憂，後天下之樂而樂，實乃大康百姓之福。」

龍燁霖望著周睿淵，看了好一會兒，方才歎了口氣。

周睿淵道：「陛下因何歎息？」

龍燁霖道：「過去朕是先生的學生時，先生看到朕有什麼不足之處，總會毫不留情地指出，即便是先生責怪我，朕心中也明白先生的好處，感覺先生跟朕心心相印，可是現在朕卻覺得先生離我越來越遠，莫非是朕做錯了什麼？」

周睿淵道：「陛下並沒有做錯，只是陛下乃一國之君，君臣有別，臣自然不能像過去那般對待陛下。」

龍燁霖道：「周先生，這裡只有你跟我，你別把朕當成皇上，還是像過去那樣，朕是您的學生，你是朕的老師，朕有什麼做得不對的地方，只管向我明言。」

周睿淵道：「微臣不敢。」

龍燁霖聽到他這麼說，突然心中一股無名火起，忽然抓起桌上的硯台重重扔在了地上，怒吼道：「有何不敢？你究竟有何不敢？朕只想聽你說幾句真心話，難道這也不可以？為何朕現在想找個說話的人都沒有？」

皇上雷霆震怒，周睿淵的表情卻一如古井不波，他緩緩跪了下去，撿起被龍燁霖摔爛了一個角的硯台，低聲道：「大康西北七州連年欠收，已有五月未曾下過雨雪，若然情況繼續下去，今春必然旱情嚴重。東南琅琊郡遭到颱風襲擊，海水倒灌入城，城內房屋倒塌，人畜死傷無數。承春民亂，近千餘名百姓衝入州府和當地官兵發生衝突……」

「夠了！」龍燁霖大吼道，他不是不知道，而是不想提起這些事，即便是知道又能怎樣，大康目前的財政根本無法同時解決這麼多的事，龍燁霖寧願選擇逃避。

周睿淵道：「臣幾乎每時每刻都要面對這些事，陛下無一日安寢，臣何嘗不是一樣。蒙陛下器重，對臣委以重任，臣身居高位，必然要以天下百姓疾苦為先，並非是臣離陛下越來越遠，而是臣之精力無法兼顧。」

周睿淵心中暗歎，自從擔任大康左丞以來，龍燁霖幾乎將大康帝國所有的政務全都壓在自己的身上，本以為大康可以因為皇位的更迭，而發生一些新鮮的氣象，卻想不到大康又如一個沉痾難返的病人，一如往日，氣息奄奄。龍燁霖任用的這幫臣子，不是忙著溜鬚拍馬，就是忙著排除異己，真正將精力放在國家經營上的少之又少，僅憑一人之力想要扭轉整個大康朝堂的陋習也只能是有心無力。

龍燁霖道：「朕知道你辛苦，可是你知不知道朕也不好受，大康搞成現在這個樣子是朕的緣故嗎？」龍燁霖指著縹緲山的方向：「朕從他的手上接過這個爛攤子，四十一年，整整四十一年，祖宗的基業就在這漫長的歲月中被他揮霍殆盡，留給朕的只是一個空殼，國庫空虛，人心背離，讓朕怎麼辦？你讓朕怎麼辦？」發洩一通之後，他的情緒似乎穩定了一些，頹然坐在椅子上，擺了擺手道：「你先起來坐下再說。」

周睿淵再度站起身來，將破了一個角的硯台放在書案之上。

龍燁霖歎了口氣道：「朕現在總算明白，當初你阻止朕採用姬飛花提議的原因了。」

周睿淵沒說話，目光低垂，表情顯得極其凝重。

龍燁霖道：「朕被他利用了，朕想要的只是皇位，可是他想要的卻是我們龍氏的江山。」

周睿淵仍然沒有說話，一直以來龍燁霖展露出的都是他對姬飛花的寵愛和信任，甚至因此而傳出了無數的風言風語，龍燁霖對外從來都是對姬飛花表現的極其維護，即便是在自己的面前也從未說過姬飛花的一句壞話，周睿淵不知這位天子為何突然在自己面前這麼說，他在姬飛花的問題上必須要慎之又慎。

龍燁霖道：「朕仍然記得先生當年跟我說過的話，你讓朕再忍耐一年，除非逼不得已，不可採用這等激進的方法。朕被仇恨蒙蔽了雙眼，以為父皇要殺我，至今朕方才知道，他並未對朕下過格殺令，真正下令的另有其人。」

周睿淵默然無語。

龍燁霖道：「朕若是聽你的話，留下老三的性命，也許西川暫時不會反。朕若是聽你的話，晚一年登基，先穩定大康的內部，也許不會失了民心，現在的情況要好得多。」龍燁霖緩緩搖了搖頭道：「只可惜朕被那閹賊蒙蔽，以為朕登上這個位子就可以讓天地改換顏色，讓江山舊貌換新顏，重振大康之聲威，重現祖宗之輝煌，現在看來朕錯了，完全錯了！」

周睿淵道：「陛下心中究竟怎麼想？」

龍燁霖咬牙切齒道：「朕首先要做的，就是除掉那個閹賊！」

周睿淵聽得心驚膽戰，他站起身來，先是拉開房門向外面看了看，然後又推開窗戶看了看窗外，確信的確無人在外，方才關好門窗重新回到龍燁霖身邊坐下，壓低聲音道：「陛下，大康的江山再也禁不起風雨了。」

龍燁霖不解地望著周睿淵，目光中充滿了狐疑：「愛卿這是何意？」

周睿淵歎了口氣道：「臣雖然不懂得治病，可是卻明白，一個性命垂危的病人，首先要做的是保命，而不是治病，唯有扶植根本恢復元氣，才可以慢慢治療他的病症，如果妄下猛藥，只怕適得其反。」

龍燁霖低聲道：「奸賊不除，國無寧日。」

周睿淵道：「臣在燮州鄉下有一棟祖屋，從建成到現在已經有一百年了，堂屋的房樑廊柱因為經年日久已經開始腐朽，臣想修建祖屋，將之交給一位工匠，那工匠並沒有急於換去腐朽的廊柱房樑，而是在房內架設木柱進行支撐，等到堂屋穩固之後，方才逐一更替腐朽的廊柱，陛下知道是何道理？」

龍燁霖道：「若是急於更換腐朽廊柱，恐怕會有房屋傾塌之憂。」

周睿淵道：「這只是其中的一個原因，其實這些腐朽的廊柱之中，程度也有輕有重，即便是最腐朽的那一根，在房屋之中也能夠起到一定的支撐作用，其實臣就算不維修這間房屋，仍然可以支撐一些時候，或許十年，或許二十年也不會有什麼問題。」

龍燁霖緩緩點了點頭，他明白周睿淵接連舉了兩個例子真正的用意何在，低聲道：「你勸我留下胡不為史不吹這幫人，也是因為這個原因吧。」

周睿淵道：「陛下千萬不要忘記，國之根本不在於江山，不在於臣子，而在百姓，治國如行船，百姓乃是載舟之水，水能載舟亦能覆舟。即便大康這艘船已經老舊，可是水流若是平緩溫順，一樣可以成功靠岸，無論這艘船如何的堅固雄偉，可是巨浪滔天，依然有覆舟之憂，所以陛下無論任何時候都不能忘記要將百姓放在第一位。」

龍燁霖道：「國泰方能民安，如今國庫空虛，連年欠收，朕如何才能收復大康的民心？」

周睿淵道：「巧婦難為無米之炊，老百姓餓著肚子自然會心生怨氣，臣這段時間一直在審核大康這些年來的收入帳目，臣懷疑我所掌握的帳目並非大康的真實情況。」

龍燁霖臉色驟然一變：「什麼意思？」

周睿淵道：「大康數百年基業，國庫不至於空虛若此。」他並沒有將話挑明，相信皇上應該理解了自己的意思。

龍燁霖盯住周睿淵的雙目，目光中流露出幾分錯愕，其中又夾雜著幾分欣喜，在他篡位之前，一心想成為大康的帝王，可是真正登上皇位之後，方才發現大康的國庫空虛已經超乎他的想像。老頭子在四十一年的在位生涯中將國庫的錢糧揮霍一空，留給他的只是一個千瘡萬孔的爛攤子。

一個人無論擁有怎樣的雄心，在現實面前也不得不低頭，面臨無錢可用的困境，龍燁霖也一籌莫展。他的治國理念，更多的時候是存在於理想之中，真正面對現實的時候，馬上發現理想和現實的差距如此之大。

龍燁霖壓低聲音道：「你是在懷疑胡不為拿出的只是一本假賬？」

周睿淵道：「他應該沒有那麼大的膽子，即便他擔任這麼多年的戶部尚書，掌管大康錢糧，也不敢做出此等瞞天過海的事情，太上皇也不會糊塗到這麼大的事情都沒有察覺。」

龍燁霖雙目之中流露出凜冽寒光，咬牙切齒道：「若是他當真敢這麼做，朕必將他抄家滅族方解心頭之恨。」

周睿淵道：「陛下，胡不為就算再精明也不可能做得毫無痕跡，臣這段時間以來，清理了太上皇在位之時的所有帳目，胡不為擔任戶部尚書的這些年並沒有任何的問題。」

龍燁霖道：「那你剛剛是什麼意思？」周睿淵剛才的那番話讓龍燁霖感到一陣欣喜，在龍燁霖的內心深處，反倒希望胡不為在任的時候做過手腳，太上皇在位的時候如果真有一個秘密金庫，那麼就能夠緩解自己眼前面臨的窘境。

周睿淵道：「胡不為的前任戶部尚書楚源海因為貪污被查，此案曾經轟動一時。」

龍燁霖點了點頭道：「不錯，朕也記得這件事，楚源海貪贓枉法，利用職權虧空國庫，當時我父皇下令徹查此事，從他家中搜出數目驚人的財產，統計之後，竟然等於大康兩年的國庫收入。」

周睿淵撫鬚道：「臣記得，單單是在楚源海家的地窖中搜出的赤金就有十八萬兩，現銀三百萬兩，更不用說其他奇珍異寶。」

龍燁霖道：「此人乃是大康立國以來的第一貪臣。」

周睿淵道：「太上皇雷霆震怒，楚源海滿門抄斬，所有查抄的財產全都收歸國庫。」

龍燁霖有些奇怪，不知周睿淵為何突然提起了這件事，當年轟動大康的貪腐案已經過去了十九年，這十九年中父皇早已將昔日查抄的財富揮霍一空，再提起這件事又有什麼意義？

周睿淵道：「微臣翻看這件陳年舊案之時，有一個發現。」

「什麼發現？」

「當年承辦這件案子的官員全都已經不在人世。」

龍燁霖皺了皺眉頭：「楚源海貪腐案至今已經過去了整整十九年，當年承辦那件案子的官員即便是活著，也是行將就木之人了，離開人世也不意外。」

周睿淵搖了搖頭道：「不僅僅是主持辦案的大理寺卿蕭國讓，也不限於他的副手，甚至包括當年參與查抄的捕快士卒，無一例外，全都不在人世！」

龍燁霖此時方才意識到這件事的不同尋常，愕然道：「怎麼可能？」如果說承辦的官員自然死亡還說得過去，畢竟他們的年齡擺在那裡，可那些捕快士兵，當年大都是一些青壯年，到現在也就是四五十歲，怎麼會全都死去？此事必有蹊蹺。

周睿淵道：「我找人查過，當年承辦案子的這些人在十年之內全部死去，有作奸犯科被殺，有突發疾病而亡，還有種種意外身亡，這其中少有善終。」

龍燁霖道：「怎會如此？」

周睿淵道：「也許楚源海貪污的財富遠遠不止這些，也許他貪污的背後另有隱情。」他的言外之意就是這些人應該全都是被某個神秘的力量滅口。

龍燁霖在書桌上拍了一掌道：「此事我父皇必然一清二楚。」

周睿淵道：「陛下，這件事並不簡單。倘若當年楚源海一案另有玄機，那麼查抄只是表面功夫，背後隱藏的真正秘密又是什麼？」

龍燁霖低聲道：「如果父皇在這件事上有所隱瞞，他究竟想掩蓋什麼？大康明明就是我們龍氏的天下，他為何要貪墨自己的東西？」

周睿淵欲言又止，大康雖然是龍氏的天下，可天下間並不是所有的人都姓龍，國庫裡的銀子並非龍氏私有，取之於民用之於民，即便是皇上動用國庫中的銀錢，也需要徵求群臣的意見，並非是隨心所欲，任意揮霍，幾乎每個皇帝除了國庫之外，都有自己的私密金庫，太上皇龍宣恩也不例外。周睿淵說這番話的目的，是要提醒龍燁霖，老皇帝很可能有一個秘密金庫一直沒有曝光。

周睿淵道：「陛下，大康財政吃緊，務必要儘快得到解決，如果拖到今春仍然沒有改善，只怕積累的隱患會全都爆發出來。」大康真實的情況比他所說的更加惡劣，周睿淵並沒有將全部的情況告訴龍燁霖，從龍燁霖的表現來看，這位新君也不想知道。

龍燁霖不由得歎了口氣，自登基以來，內憂外患已讓他焦頭爛額。在他心中最信任的兩個人是權德安和周睿淵，可兩人給他的建議卻並不相同，周睿淵建議他將精力傾注到治國上去，而權德安給他的建議卻是儘早清除異己，以免夜長夢多。

周睿淵對自己昔日的學生，如今的大康天子已經越來越失望，龍燁霖的眼界和胸襟比他預想之中還要狹隘，身為一國之君卻看不到大康的真正危機所在，姬飛花的野心每個人都看在眼裡，但此人羽翼已豐，想要除掉他還需從長計議，當務之急是要穩定諸方關係，全力發展大康的經濟。大康王朝已經處於崩潰的邊緣，權力失去還有機會奪回來，可是一旦民心散了，國家完了，你還當哪門子的皇帝？這些話周睿淵不能說，以他對龍燁霖的瞭解，他若是說出這番話，可能會遭到龍燁霖的懷疑。並不是每個人都能夠放下胸中的仇恨，並不是每個人都能夠成就大事。

周睿淵離開御書房的時候，留下了一句話：「陛下身體康復之後，有機會可以去皇城外走走看看。」皇城的高牆成就了皇家的威嚴，同時也將皇家和外界隔絕開來，龍燁霖這位新任天子並不知道外面的真實情況。

周睿淵感覺自己如同一個疲於奔命的裁縫，拚命縫補著大康這件破衣爛衫，可是剛剛縫補好這一塊，馬上又有更大的一塊破洞出現，讓他無奈的是，他手頭可用的針線和布料已經不多了。

胡小天回到紫蘭宮的時候，已經是晚霞滿天，剛剛走入宮門，迎面遇到紫鵑，紫鵑禁不住斥道：「喂，胡公公，你倒是逍遙自在，出去玩了一整天，把公主一個人扔在了馨寧宮。」

胡小天笑道：「紫鵑姐姐，不是我扔下公主不管，是公主把我出租給了小公主。」

宮裡的宮女太監幾乎每個人都領教過小公主的刁蠻難纏，聽聞是這麼回事兒，紫鵑格格笑了起來：「人又不是東西，居然也可以出租，胡公公想必今天過得一定是非常精彩了。」說完又意識到自己這句話無意中罵了胡小天，笑得越發暢快了。

胡小天歎道：「精彩，精彩至極。」他向裡面看了看：「公主殿下在裡面？」

紫鵑道：「今兒秦姑娘來了，公主留她在宮中住下，兩人正在裡面談心呢。」

胡小天道：「如此說來，我還是別去打擾了。」

紫鵑笑道：「公主殿下說了，讓你來了之後馬上過去見她。」

胡小天道：「這樣啊！」

龍曦月和秦雨瞳兩人正在宮中對弈，胡小天走進去的時候，正趕上秦雨瞳中盤認輸，秦雨瞳道：「公主殿下棋藝高超，雨瞳自愧不如。」

龍曦月笑道：「不是我棋藝高超，而是你有意讓我，過去咱們可一直都是互有勝負的。」

秦雨瞳道：「我可沒有相讓，棋藝如此，竭盡所能。」

龍曦月道：「雨瞳，你輸在沒有勝負之心，而不是技不如人。」

秦雨瞳剪水雙眸凝視龍曦月的那雙美目，輕聲道：「公主這句話反倒提醒了我，之前公主下棋也沒有勝負之心，今天好像棋風大變，不知公主最近遇到了什麼喜事，開始變得如此主動，事事爭先呢？」

一句話問得龍曦月俏臉發熱，如果秦雨瞳不說，甚至連龍曦月自己都沒有意識到，人的改變往往是在不知不覺中發生，最晚發現這一變化的那個卻又往往是她自己，龍曦月輕聲道：「也許是因為即將離開的緣故，勝也好敗也好，總比和棋的記憶要深刻。」今日前往馨寧宮，從簡皇后那裡得知，她嫁往大雍的日子提前了，龍曦月並沒有因此而感到惶恐，也許在她心中早已接受了要遠嫁的事實，早晚這一天都會到來。

秦雨瞳正想說話，卻聽到胡小天尖著嗓子道：「公主殿下，小的回來！」

龍曦月美眸中自然而然地流露出一絲喜色，雖然她自認為掩飾得很好，可是仍然沒能逃過秦雨瞳的眼睛。

胡小天來到兩人面前，向龍曦月行禮之後，又向秦雨瞳行禮：「小鬍子見過秦姑娘，祝秦姑娘新年吉祥。」

秦雨瞳聽到他尖聲尖氣的聲音總覺得心頭有些不舒服，輕聲道：「胡公公吉祥。」

胡小天眼珠子轉了轉，往棋盤上溜了一眼道：「小的沒有打擾兩位下棋吧？」

龍曦月道：「剛好下完了，小鬍子，你去準備一些酒菜，今晚秦姑娘就留在這裡住下。」

胡小天道：「是，小的這就去安排。」

胡小天轉身出去，剛剛走出宮室的大門，就聽到外面傳來通報之聲：「永陽公主到！」

胡小天愣了一下，永陽公主就是七七，本以為今天自己的麻煩到此為止，卻想不到這妮子居然也來紫蘭宮湊起了熱鬧，該不是專程來找自己的吧？

此時小公主七七帶著兩名太監大搖大擺地走了進來，胡小天迎面遇上總不能不打招呼，樂呵呵迎了上去，恭敬道：「小的參見公主殿下，祝公主越長越高，越變越美，好好學習，天天向上！」

七七聽得把白眼都翻了出來，斜睨胡小天道：「你損我？以為我聽不出來？」

胡小天笑道：「不敢，不敢，誇都來不及。」他向兩旁看了看道：「你們說咱們小公主是不是越長越高，越變越美？」一幫宮女太監齊聲道：「是！」有誰敢說不是。

七七道：「這麼說，我還得給你賞錢了。」

胡小天樂呵呵道：「多謝公主。」他上前一步低聲道：「賞錢歸賞錢，您是不是先把上午欠我的那筆帳給還了？」

周圍宮女太監聽到這小子居然當眾找公主要賬，一個個都是忍俊不禁，可當著喜怒無常的小公主面前誰也不敢笑出聲來，慌忙低下頭去，生恐被七七看到。

想不到素來脾氣古怪的小公主居然沒有生氣，向身邊太監道：「給他！」

一名小太監拿出了一個錢袋子遞給了胡小天，胡小天掂量了一下，沉甸甸的，當著小公主的面打開，發現裡面金光閃閃的全都是金葉子，比起他今天借給小公主的那點錢要多出數倍，胡小天樂呵呵將錢袋子收好，向小公主拱了拱手道：「安平公主和太醫院的秦姑娘都在，我去準備晚膳，小公主要不要留下來吃飯？」

七七道：「廢話，你去御膳房幫我點一個佛跳牆，一個蒸熊掌，一個脆皮乳鴿，還有……」七七一連串報了八道菜名，胡小天聽得頭大，暗罵自己嘴欠，老子怎麼想起問她，這不是多嘴嗎？不過轉念一想也是吃他們龍家自己的東西，自己只是幫忙跑腿罷了。

胡小天親自去了一趟御膳房，過年的這幾天，也是御膳房一年中最忙的日子，不但皇上那邊要照顧到，後宮嬪妃也都要照顧到，這其中當然會有輕重緩急，因為各宮地位的不同，御膳房也會區別對待。

紫蘭宮的地位在皇宮中顯然算不上什麼，龍曦月這位即將遠嫁的公主也享受不到特別尊崇的厚待，可七七不同，御膳房若是敢怠慢她的事情，激怒了這位小公主，說不定她真敢將御膳房的爐灶給砸了。一方面抬出七七的旗號，另外一方面還有胡小天本身的面子。

那幫御廚自然優先照顧，重點對待。

胡小天也沒有空著手過去，小公主剛給他的金葉子也賞了幾片給掌灶的御廚。在御膳房的時候湊巧遇到了過來給皇上安排宵夜的小太監尹箏，尹箏看到胡小天，遠遠就叫了起來：「胡公公吉祥，胡公公吉祥。」

胡小天也笑著拱手還禮，因為周圍出來進去的宮人不少，尹箏也沒有表現得太過親熱，倘若周圍無人，說不定早就一個頭磕下去了。

胡小天拉著他的手來到遠離人群之處，笑道：「老弟，我正想著你呢。」

尹箏道：「哥哥，兄弟一早就想過去給您拜年，可是皇上安排的事情實在太多，我是真抽不開身。」

胡小天悄悄抓了把金葉子出來，趁著無人注意塞到了尹箏的手裡：「兄弟，拿著！」有錢能使鬼推磨，在皇宮中混得越久就越明白多半太監都貪財的本性。

尹箏也沒有推辭，向周圍看了看，迅速掖到了懷裡，感激道：「難得哥哥還念著我，等兄弟抽出空閒，一定去給哥哥磕頭。」

胡小天假惺惺道：「你我兄弟何須如此客氣。」

尹箏低聲道：「今兒周丞相去了御書房，皇上發了火，還把他最喜歡的那塊端硯給摔了。」尹箏心中明白，胡小天的金子也不是白拿的，自己必須要有所表示，馬上就提供了一個消息給胡小天，其實他也不清楚這消息對胡小天有用還是沒用。

胡小天對周睿淵的事情並不關注，只是一直以來他都認為周睿淵是皇上面前的寵臣，又是皇上曾經的老師，在新年第一天，皇上居然對他發火，這件事似乎有些不太尋常，卻不知什麼事情得罪了皇上。

胡小天道：「兄弟，可否安排個機會，讓我去給皇上磕頭拜年？」尹箏抿了抿嘴唇，想了想方道：「此事我來安排，不過應該要緩兩天了。」

胡小天微笑道：「不急，不急！」

兩人也沒有說太多話，胡小天辦完事情，讓人直接將菜送去紫蘭宮。

所有菜送到紫蘭宮的時候，夜幕已經降臨，雖然效率不低，可胡小天仍然被小公主抱怨了一通，說他辦事不力。

胡小天對七七的性情已經有了深刻瞭解，她說她的，只管當是耳旁風，說完就算了，料想她也不會當真把自己怎樣。以胡小天的身分本來只能站在一旁伺候著，充當一個端茶送水的角色。龍曦月體恤他辛苦，輕聲道：「小鬍子，這裡沒你事了，你也累了一天，回司苑局休息吧。」

胡小天暗自鬆了口氣，總算可以解脫，正準備離開，卻聽七七道：「辛苦了一天就坐下吧，陪我們喝酒。」

胡小天慌忙道：「公主折殺我了，我怎麼敢當。」

七七道：「少廢話，你別假惺惺的，放眼這皇宮之中就數你膽子最大，你什麼事兒不敢幹？」一句話說得胡小天心驚肉跳，這妮子不會當著秦雨瞳的面揭穿自己的秘密吧。

還好安平公主龍曦月及時替他解圍：「既然七七都說了，你就坐下，反正也沒什麼外人，你自己出去別胡說就是了。」

胡小天應了一聲，去一旁搬了個錦團挨在小公主身邊放下，也沒有急著坐，端起酒壺先給三位大小美女將酒杯斟滿。

秦雨瞳始終沒怎麼說話，悄然觀察著幾人的神情，總覺得他們之間似乎有什麼不為人知的秘密。

龍曦月端起酒杯道：「能夠聚在一起就是緣分，今天也許是我在大康過的最後一個新年了，咱們同乾了這一杯酒，祝願大康國泰民安。」

七七道：「姑姑這話說得是，來，乾了！」她說話豪氣干雲，可過去應該從未喝過酒，抿了口酒，就皺起了眉頭：「好難喝，辣死了。」轉臉看了看胡小天，這貨蔫不吭聲的已將杯中酒喝完了，於是將酒杯遞到胡小天面前：「你幫我喝了。」

胡小天愕然道：「啥？」她倒是沒拿自己當外人。

「讓你喝你就喝了，別廢話。」

胡小天只能將她杯中酒倒入自己杯子裡，一口飲盡，還得千恩萬謝：「多謝永陽公主賜酒。」

七七笑道：「以後最好對我放尊重點，不然我賜毒酒給你喝！」

「呃……」大過年的，用不著那麼歹毒吧。

秦雨瞳即便是喝酒吃菜也帶著面紗，不時轉過身去，迴避眾人眼光，七七看得好不習慣，輕聲道：「秦姑娘，這裡反正也沒有外人，你將臉上的面紗揭掉就是，不用有什麼顧忌。」

秦雨瞳道：「不是雨瞳心有顧忌，而是擔心我容貌醜陋驚擾了公主。」

龍曦月又替秦雨瞳解圍道：「七七，不得無禮。」

七七道：「姑姑，我可沒有不尊敬秦姑娘的意思，秦姑娘，我有件事一直都感到很奇怪，不知當問還是不當問？」

秦雨瞳淡然道：「公主殿下但問無妨。」

「你的師父任先生號稱天下第一神醫，難道他治不好你臉上的傷疤嗎？」

龍曦月斥道：「又在胡說。」

秦雨瞳卻並不介意，輕聲道：「是雨瞳不願接受醫治，和師尊無關。」

七七道：「我聽說玄天館不但醫術高超，而且全都是武功高手。」

秦雨瞳道：「外界傳言不足為信，玄天館以濟世救人為己任，所有弟子修習的乃是天道之術，並非是什麼武功。」

「何謂天道之術？」

不但七七好奇，胡小天也感到好奇，玄天館儼然已經成為目前這一時代醫學界的第一塊金字招牌，可是除了秦雨瞳之外，他對玄天館的瞭解少之又少，其實即便是秦雨瞳，他也遠遠稱不上瞭解，玄天館在他心中變得異常神秘，之前還曾經聽姬飛花說過任天擎是天下間他最佩服的三個人之一，能讓姬飛花此等梟雄佩服的人，必然是當世了不起的人物。

秦雨瞳道：「簡單地說就是順應天意，司法自然。」

七七哦了一聲，似有所悟。

一直沒說話的胡小天道：「順應天意，司法自然，那豈不就是順其自然，凡事睜一隻眼閉一隻眼，什麼都不用做？」

七七聽到他的這個解釋禁不住格格笑了起來，龍曦月看了胡小天一眼，面露嗔怪之色，顯然怪他沒有給自己的好朋友面子，當眾給她難堪了，她卻不知道胡小天和秦雨瞳的交情由來已久。

秦雨瞳早已到了喜怒不形於色的地步，淡然道：「從字面上理解或許就是如此，還好這世上並不全是膚淺之人。」

誰都聽出來了，她話語中暗藏機鋒，分明在說胡小天膚淺。七七一雙眼睛流露出異樣的光彩，她是唯恐天下不亂，若是能夠看到胡小天和秦雨瞳當場爭執起來那才有趣呢。龍曦月俏臉一陣發熱，雖然秦雨瞳說的是胡小天，她卻感同身受，為胡小天感到難堪，正想開口為胡小天化解。卻聽胡小天道：「小天見識淺薄，秦姑娘這句話的意思在我的理解就是，無論戰火紛飛，朝代更迭，老百姓流離失所全都是天意，天要下雨娘要嫁人隨它去，一切都要順應天意，修煉天道之術就不能違背老天的意思。」

在胡小天咄咄逼人的追問下，秦雨瞳居然感到一絲心浮氣躁，她性情寡淡，之所以能夠在諸多弟子之中脫穎而出，和她遠超常人的理智和冷靜有著直接的關係，若是別人這樣問，她或許會置之不理，可是發問者是胡小天，她卻有種被人誤解的憤懣，秦雨瞳道：「若是胡公公這樣理解，我也無話可說，不過這世上的多數事情都是天意如此，並非人力所能改變。」

龍曦月聽到這句話，一雙美眸頓時黯淡了下去，她不由得想起了自己，遠嫁大康，成為兩國和平的一顆棋子，就是她的命數，上天註定的事情，無論如何努力都是無法改變的，看了胡小天一眼，想起胡小天深情款款的那番話，她相信胡小天會為了對她的承諾不惜一切代價，可是又何必讓喜歡的人為自己冒險呢？

胡小天道：「天道？我不知道何為天道，更不懂何謂順應天意，倘若老祖宗順應天意，就不會和自然抗爭，依舊赤身裸體留在山林之中茹毛飲血，學不會鑽木取火，不會懂得築巢建舍，更談不上農耕放牧。如果大康順其自然就不會有龍氏數百年的江山社稷，外族入侵又何必要拿起武器保家衛國？如果你們玄天館真正做到順其自然，又何必花費精力去幫助別人解除病痛，何不任由其生老病死？」

秦雨瞳被胡小天一連串的發問問得啞口無言。

龍曦月原本黯淡的目光重新變得明亮起來，七七讚道：「說得好！」還唯恐天下不亂地拍起了巴掌。

胡小天並沒有得理不饒人，呵呵笑了一聲道：「一家之言，大家千萬別笑話我。」

龍曦月嗔怪道：「小鬍子，休得無禮，秦姑娘是我最好的朋友。」她完全是做做樣子，內心深處自然是和胡小天站在一起。

秦雨瞳道：「胡公公是有大智慧的人，雨瞳說不過你。」說不過未必代表你胡小天的話就有道理，秦雨瞳也不是輕易服輸之人。

七七道：「胡小天說的也不是沒有道理啊，人要是一切都順其自然，全都聽憑老天的安排，那麼活著還有什麼意義？」

胡小天道：「人類的歷史就是人和自然的鬥爭史，在我看來人定勝天！」極其樸素的道理，在這時代的人聽來卻是如此的驚世駭俗，連七七都覺得胡小天的這句話實在是太過狂妄了。

胡小天說完這句話也覺得自己有些說多了，起身告辭道：「不妨礙你們聊天了，小鬍子司苑局還有事，先行告退了。」

龍曦月點了點頭，她也不想胡小天繼續胡說八道下去，讓秦雨瞳難堪。

胡小天離開了宮室，卻看到七七跟了出來，在後面叫道：「你給我站住！」

胡小天唯有停步，恭敬道：「公主殿下有什麼吩咐？」

七七道：「你忘了，今天答應過我什麼？」

胡小天笑道：「還請公主明言，小天答應您的事情實在太多，真不知道您說的是哪一件事情？」

七七瞪了他一眼道：「我放過那個黑大個的時候，你答應我什麼？」

胡小天心想這就讓我兌現承諾了？還真是快啊，笑瞇瞇道：「您要是不說，我都忘了。」

七七道：「你敢忘！」她向胡小天勾了勾手指。

胡小天低頭哈腰地湊了過去，七七壓低聲音道：「安排一下，我要夜探酒窖。」

胡小天驚得舌頭伸出去半截。

「怎麼？行還是不行？別以為把舌頭伸出來，裝成一條狗就能糊弄過去。」

胡小天苦笑道：「今天不成，公主殿下，此事我來安排。」

七七伸出三根手指頭：「三天，三天之內，你務必要把這件事安排妥當。」

「一定！」

七七聽到他答應下來，這才轉身回了紫蘭宮，胡小天心中暗歎，酒窖的地下密道已經不成為秘密了，可七七為何對這條密道如此有興趣？難道是權德安在背後指使？

第四章

鬥爭白熱化

李雲聰默然無語，胡小天所說的這番話可能性極大，
宮廷之中，權德安和姬飛花的鬥爭已經漸趨白熱化，
為了除掉姬飛花，權德安會不擇手段。
污蔑姬飛花和太上皇勾結意圖復辟，
這個罪名絕對可以將姬飛花置於死地。

胡小天之所以提前離去，主要是還想去姬飛花那邊一趟，雖然昨晚就見過了，可今兒於情於理都該去給他拜個年，等到了內官監卻撲了個空，姬飛花去了皇上那裡。

胡小天只能返回了司苑局，史學東等人本以為胡小天今天會在紫蘭宮留宿，看到他回來慌忙迎了過來，史學東道：「胡公公吃飯了沒有？我讓他們去準備。」胡小天擺了擺手道：「不用，我在紫蘭宮吃過了。」

胡小天當晚選擇在酒窖內休息，關上窖門，想起白天和父母相見的情景，老爹顯然是心意已決，不願隨同他離開康都，若是爹娘不走，自己也不好獨自離去，只是龍曦月的婚期臨近，十五之後就要遠嫁大雍，須得想出一個萬全之策，將她解救出來。既要保護龍曦月安全逃離，又要想出一個辦法將自身的責任推得乾乾淨淨。

胡小天正想得入神，忽然聽到一個陰惻惻的聲音道：「咱家等了你整整一天，也不見你過來給我拜年。」

胡小天吃了一驚，雖然沒有看到對方的樣子，卻已經猜到來人是誰，唯有李雲聰才能神不知鬼不覺地從密道來到這酒窖之中。

胡小天笑道：「正準備過去呢，想不到您老就先來了。」他轉過身去，卻見李雲聰一身黑色宮服，腰間束著巴掌寬的紅色腰帶，倒是平添了幾分過年的喜慶，臉上洋溢著似笑非笑的表情。

胡小天起身道：「李公公請坐。」

李雲聰也不跟他客氣，在酒桶旁坐了下來，輕聲道：「這兩天過得可好？」

胡小天笑道：「托李公公的福，日子過得還算湊合。」心中已經猜測到李雲聰深夜前來所為何事。起身來到一旁倒了一杯葡萄酒端到了李雲聰的面前，酒窖裡最不缺的就是美酒。

李雲聰接過酒杯抿了一口，砸了砸嘴，借著燭光環視這間酒窖，低聲讚道：「果然是神仙一樣的日子，不但冬暖夏涼，而且守著這麼多的美酒，想什麼時候喝就什麼時候喝。」

胡小天道：「李公公若是喜歡，每天晚上都過來，這裡的美酒隨便你喝。」

李雲聰嘿嘿笑了一聲，深邃的雙目打量著胡小天道：「昨天見到太上皇了？」

胡小天點了點頭道：「見到了。」

「如何？」

胡小天歎了口氣道：「說出來只怕李公公要失望，他現在已經老糊塗了，說話做事瘋瘋癲癲，沒說幾句話就一把扼住了安平公主的脖子。我若是再晚一步，恐怕他就親手掐死了自己的女兒。」

李雲聰道：「如此說來，太上皇的身體還硬朗得很啊。」

胡小天因他的這句話忽然醒悟過來，在自己看來龍宣恩已經瘋癲，可在李雲聰的理解卻是龍宣恩的身體依然健康硬朗，否則又怎會做出這樣的舉動，胡小天心中暗歎，老皇帝果然陰險狡詐，看來他的舉動並非瘋癲所致，而是要通過這樣的行為向外界傳遞信號，自己在不知不覺中充當了這個消息的傳送者。論到心機，自己和這幫老謀深算的老妖相比終究還是嫩上不少，不過反正也談不上什麼損失。想要從李雲聰那裡得到想要的東西，就必須要有所付出。

胡小天將自己陪同安平公主去縹緲山的情景從頭到尾說了一遍，李雲聰聽得很認真，關鍵之時，不忘打斷胡小天發問。胡小天也是儘量講得詳細，說到雲廟燒香的時候，胡小天道：「我在雲廟之中看到了一幅畫像畫得頗為傳神。」

「誰？」

胡小天裝出苦思冥想的樣子，想了一會兒方才道：「好像叫做凌嘉紫，她是太上皇的妃子嗎？」

李雲聰目光閃爍，緩緩搖了搖頭道：「咱家從未聽說過這個名字。」

胡小天一直在留意李雲聰的反應，他回答自己的時候目光分明在望向別處，從心理學上來說這是一種有意的迴避，李雲聰十有八九沒對自己說實話。胡小天又道：「慕容展那個人究竟是何方陣營？」自從在縹緲山下慕容展有意針對他之後，胡小天對此人的身分立場產生了懷疑。

李雲聰道：「此人乃是皇上一手提拔而起，皇上既然將縹緲山交給他，想必對他非常地信任，咱家聽說他之所以能夠擔任大內侍衛總管，還是因為姬飛花的保薦呢。」

胡小天心中越發奇怪了，如果慕容展是姬飛花的人，那麼昨天他為何要對自己步步緊逼？人心叵測，天知道他到底是何方陣營，乾咳了一聲道：「過了十五，我可能就要隨同安平公主一起前往大雍，這次恐怕要走上幾個月了。」

李雲聰道：「真是想不到，皇上居然會派你當遣婚使。」

胡小天道：「據說是權公公極力保薦的緣故。」

李雲聰道：「權德安對你還真是不錯。」

胡小天道：「李公公難道不擔心他會在這件事上做文章？」

李雲聰白眉皺起：「做什麼文章？」

胡小天道：「李公公看來並不關心皇宮中其他的事情，明月宮失火，權德安和文承煥兩人本想借著這件事將小天置於死地，若非皇上恰巧生病，小天只怕很難脫身。」

李雲聰冷笑道：「你未免高看了自己，他們真正想對付的那個人是姬飛花，你只是一顆棋子罷了。」

胡小天點了點頭道：「小天本以為這次成為遣婚使，護送安平公主前往雍都，乃是皇上賞賜我，可仔細一琢磨，事情好像並不簡單。」

李雲聰默默將那杯酒喝完了，靜靜期待胡小天的下文。

胡小天道：「也就是昨天，小天見到太上皇之後忽然想起，安平公主乃是太上皇的女兒，之前她也求過皇上想去縹緲山靈霄宮探望太上皇，可是一直沒有獲得皇上的同意，昨天皇上突然就恩准了。」

李雲聰道：「昨天是除夕，女兒去見父親也是人之常情，更何況安平公主不久以後就要遠嫁。」

胡小天道：「話雖然是這麼說，可我總覺得事情沒那麼簡單，本來小天可以不去，可是有人特地提醒我讓我陪同安平公主一起過去，小天和縹緲山也就自然而然地扯上了關係，和縹緲山扯上關係就等於和太上皇扯上關係。」

李雲聰道：「你不妨明說。」

胡小天道：「安平公主是太上皇的親生女兒，我現在是紫蘭宮的總管，又是皇上欽點的遺婚使。」

李雲聰道：「你擔心有人在這件事上做文章，誣陷你和安平公主串謀協助太上皇復辟？」

胡小天道：「單單是我和安平公主，說出來自然沒人相信，即便是有人相信，將我們這樣無足輕重的人物除掉也沒什麼意思，可是如果加上一個姬飛花，就有了充分的理由。」

李雲聰默然無語，胡小天所說的這番話可能性極大，宮廷之中，權德安和姬飛花的鬥爭已經漸趨白熱化，為了除掉姬飛花，權德安會不擇手段。污蔑姬飛花和太上皇勾結意圖復辟，這個罪名絕對可以將姬飛花置於死地。

李雲聰道：「皇上對姬飛花的恩寵只怕還要多過權德安，他想要扳倒姬飛花未必容易。」

胡小天道：「可皇上和姬飛花之間的關係並不像表面上那般融洽。」

李雲聰白眉一動，壓低聲音道：「你是說皇上與權德安合謀想要除掉姬飛花？」

胡小天道：「恐怕不只有他們兩個，據我所知，此次護送安平公主前往大雍的還有一位少年將領，此人正是文太師的寶貝兒子文博遠。文博遠奉命組建神策府，麾下高手如雲，他跟我一起前往大雍，這一路之上若是有什麼陰謀詭計，憑我的實力可不是他的對手。」

李雲聰的表情顯得越發凝重，這件事還沒有對外公開宣佈，他還是第一次聽說。他低聲道：「這些事你應該去告訴姬飛花才對，以姬飛花今時今日的實力，化解這件事應該不難。」

胡小天道：「李公公這句話，我可以理解為您不打算插手這件事嗎？」

李雲聰笑瞇瞇道：「你想我插手？」

胡小天道：「唇亡齒寒啊，若是權德安他們的奸計得逞，不但我要倒楣，只怕還會牽連到太上皇，要是太上皇有什麼事情，李公公心中只怕也不會好過吧。」

李雲聰臉上的笑容突然收斂道：「你是在威脅咱家嗎？」

胡小天道：「不敢。」

李雲聰道：「如此說來，權德安、文承煥兩人已經聯手，皇上有了他們的幫助，除掉姬飛花也不是沒有可能。」李雲聰雖然巴不得這些人鬥個你死我活，可是卻不想任何一方取得壓倒性的勝利，這兩方無論任何一方突然占了上風，對他的計畫而言都沒有好處。如果胡小天的消息屬實，安平公主前往大雍的途中必不太平，兩方勢力肯定會圍繞這件事展開一場生死角逐，對自己一方來說卻是一個千載難逢的機會。

胡小天將這件事告訴李雲聰並不指望著李雲聰出手幫他解決這件事，李雲聰有句話說得沒錯，以姬飛花今時今日的實力應該可以化解這場危機。李雲聰即便是知道這件事首先想到的也只會是從中漁利，而不會真正插手其中，這些人無不在為他們自己的利益盤算。

胡小天也有自己的算盤，多多少少也要從李雲聰這裡撈到一些好處，自己總不能白白給他出力，告訴他這麼多的情報，總得換回點東西。

李雲聰對這小子的認識也算清楚，陰惻惻笑道：「你這小子真是虛偽，想要什麼你就明說，何必跟咱家拐彎抹角。」

胡小天呵呵笑道：「李公公真是明白人，我就喜歡跟您這樣的明白人說話。上次明月宮的事情，文太師就想置我於死地，幸虧我命大躲過，這次他兒子跟我一起過去，那文博遠掌控神策府，據說武功也是年輕一代中的高手，他若是有心害我，只怕我就沒機會再回來見您了。」胡小天指望著李雲聰能夠教他一招半式，老太監武功高強，如果能夠將壓箱底的功夫教給自己兩手，那麼自己的戰鬥力想必可以更上一層樓。現在正是提條件的最好機會，過了這村可沒這店。

李雲聰想了想道：「想要練成精深的武功絕非一日之功，任何事情都需要從一點一滴做起，有道是欲速則不達。」

胡小天心中暗罵，這個老摳門，顯然是要回絕自己的意思。

李雲聰忽然一轉身，轉瞬之間已經從酒窖中消失。

胡小天沒想到李雲聰說走就走，慌忙跟著追了上去，等到了底層酒窖，哪裡還能看到老太監的影子，胡小天歎道：「摳門，你真是個老摳門。」

話音剛落，李雲聰的腦袋又從密道的洞口露了出來，指著胡小天道：「再讓咱家聽到你在背後詆毀咱家，絕饒不了你，等著，我去去就來。」說話間又已經消失不見。

胡小天目瞪口呆，這老太監身法實在太快，神出鬼沒，以後說話還真要小心一些。

李雲聰走了不過盞茶功夫就去而復返，他回來的時候手裡拎著一個包裹，單從包裹的顏色來看就有些年頭了，將包裹扔在胡小天的腳下：「送你了。」

胡小天將包裹打開，卻見裡面黑乎乎的一團東西，拿起一看，卻是一件貼身軟甲，不知是用什麼動物的毛髮織成。胡小天愕然道：「什麼東西？」

李雲聰道：「烏蠶甲。」

胡小天抖了抖，一團煙塵瀰漫而起，嗆得他不停咳嗽起來，將什麼烏蠶甲扔到了一邊，捂著鼻子道：「我靠，這上面足有三斤土，老爺子，您從哪兒扒出那麼一件古董來糊弄我？」

李雲聰道：「別看這烏蠶甲不起眼，卻刀槍不入，有了它保護，你途中的安全就有了保障。」

胡小天聽他說得這麼好，又從地上撿了起來：「烏蠶甲？我看好像是毛髮編成的嘍！」

李雲聰道：「好眼力，這是鐵背烏猿的毛髮編製而成，距今已有三百年的歷史了。」

「果然是古董。」

李雲聰道：「你可千萬不要小看了這件護甲，當年不知多少人為了搶奪這件護甲而送掉了性命，早在兩百年前鐵背烏猿就已經絕跡，這護甲彌足珍貴。」

胡小天聽他說得如此珍貴，心中也感到欣喜不已，什麼護甲說穿了就是避彈衣。

李雲聰道：「就算我教你武功，短時間內你也不可能練成，有了這件東西，普通的高手絕對傷不了你。」

胡小天翻來覆去地看：「這鐵背烏猿是自來卷嗎？這毛取自於哪個部位啊？我怎麼看著有些熟悉呢？」

李雲聰瞪了他一眼，知道這小子故意說些混帳話消遣自己，轉身就走。身後又響起胡小天的聲音道：「噯！別急著走啊，好事成雙，再送一件啊……」

太師府內，文承煥仍然沒有休息，獨自坐在書房內等待著兒子的到來。

文博遠敲門走入房間內，朗聲道：「爹，我回來了。」

文承煥微笑望著兒子，緩緩點了點頭道：「累了吧？」

文博遠笑道：「不累，按照爹的吩咐，我前往那些世伯的家裡拜年，今日還得了不少的喜錢呢。」

文承煥哈哈大笑，看到兒子，就彷彿看到自己年輕的時候：「有沒有吃飯？」

「在趙伯伯家裡吃了，對了，他讓我給您捎來一盒千年山參，要不要看看？」

文承煥搖了搖頭，輕聲道：「博遠，爹有件事想跟你說。」

文博遠忽然察覺父親今晚的表現好像有些反常，關切道：「爹，您沒事吧？」

文承煥笑道：「沒事，你跟我來！」

文博遠關好房門，隨同父親來到內堂，內堂乃是文承煥的藏書之處，他來到書架前，扳動暗藏在書架內的開關，書架從中分開，緩緩向兩邊移動而去，從中現出一個黑魆魆的洞口。

文博遠目瞪口呆，他還從不知道父親在書房內還藏著一間暗室。

文承煥低聲道：「拿著燭台跟我下來。」

文博遠端起桌上的燭台，跟隨父親一起走入暗室之中，先是走過一段曲折向下的台階，來到一間長寬各有三丈的密室之中，在他們走下台階的時候，身後的暗門又緩緩關閉。

密室內掛著幾幅畫像，除此以外，擺放著桌椅板凳，佈置得就像尋常人家的堂屋一樣。

文博遠抑制不住內心的好奇，不知父親因何會在書房內暗藏這樣的一間密室。

文承煥在桌邊坐下，目光投向牆上的畫像，低聲道：「正中的那幅畫像是你的爺爺，你去給他上香。」

文博遠點了點頭，按照父親的吩咐，在爺爺面前上香參拜，拜過之後。他起身來到父親身邊：「爹，爺爺的畫像和過去那一幅好像不同。」

文承煥道：「這幅才是真的！」

文博遠內心劇震，他隱約感覺此事絕不尋常，父親因何要在此事上做出隱瞞？

文承煥望著跳動的燭火，目光變得迷惘，低聲道：「有件事我一直沒有告訴你，咱們本是大雍子民，你爺爺乃是大雍重臣，曾經官居一品的大雍丞相李玄感。」

「什麼？」文博遠乍一聽到這個消息，整個人宛如被霹靂擊中，宛如泥塑一般呆立於父親面前。一直以來他都以為自己姓文，是大康太師之子，卻想不到，自己的出身經歷竟然這般離奇，甚至連姓氏都是假的。

文承煥低聲道：「我李氏乃大雍名門，深得皇上器重，大雍在生死存亡的關頭，正是你爺爺挺身而出，殫精竭慮，鞠躬盡瘁，將大雍一手帶上繁榮強大，你爺爺一生最大的心願就是為大雍一統天下，橫掃六合，為了完成他的這個願望，也為了報答陛下對我的知遇之恩，三十年前我隻身來到大康，隱姓埋名，忍辱負重，一步一步走到了今天的位置。」

文博遠的內心複雜到了極點，直到今天父親方才告訴他真相，這一切對他來說不啻是一個晴空霹靂，一時間還真是有些難以接受。

文承煥道：「爹在大康三十年，成家立業，娶妻生子，終於熬到了出人頭地，官居一品之日，可是爹的心中沒有一刻忘記過我的使命，沒有一刻忘記過我的故國！」文承煥說到動情之處，眼圈不由得紅了，三十年的忍辱負重，他忍受了常人無法想像的孤獨和寂寞，即便是面對自己至親的人，也無法吐露實情。總算等到時機成熟，他才可以將這個壓在心頭多年的秘密和兒子分享。

文博遠道：「爹，您是說……我……我們本是姓李的？」

文承煥點了點頭道：「大雍李家，雍都開元街，明甲巷靖國公府才是咱們的家。」

文博遠的胸膛劇烈起伏著，甚至連呼吸都變得有些艱難，突然之間一切就已經改變，他實在無法想像，一個人要擁有怎樣的忍耐力，才可以在異國他鄉蟄伏三十年：「我爺爺他……」

文承煥道：「你爺爺十五年前已經去世，我甚至連他老人家最後一面都沒有見到……說起來，真是不孝……」每念及此，文承煥都是唏噓不已。

文博遠道：「爹，自古忠孝不能兩全，爺爺在天有靈也一定會體諒您的苦衷。」

文承煥道：「我一直都將這個秘密藏在心中，只等著有一日你真正長大成人，才將你的身世說給你聽。大康氣數已盡，社稷崩塌只是早晚的事情，男兒立世當有所作為，兒啊，爹已經老了，或許沒機會再看到大雍一統天下的那一天，可是你不同。」他站起身來，雙手搭在兒子的肩頭，用力搖晃了一下道：「你可願意幫助我和你的爺爺完成這個心願，為大雍成就不朽功業？」

文博遠雙膝跪倒在地，激動道：「爹，孩兒今日方才知道自己的真實身分，孩兒必為爹爹完成這個宏願，必為李氏爭光添彩。」

文承煥激動地連連點頭，他將文博遠從地上扶了起來：「博遠，你起來，爹還有一件事要告訴你。」

文博遠來到父親身邊坐下，文承煥牢牢抓住他的手道：「爹前來大康之前，就已經娶妻生子。」

「什麼？」文博遠這輩子加起來的驚奇都不如今晚多，老爹藏得可真夠深的，若沒有這樣深沉的心機，又怎能當上大康太師。

文承煥道：「你大媽嫁給我一年之後懷孕生子，在生下你大哥的時候因為難產不幸身亡，你大哥變成了遺腹子，說起來他今年已經有三十歲了。」文承煥說起這件事，內心中充滿歉疚，他對這個大兒子實在虧欠太多，甚至連一天的父愛都未曾給過他。

文博遠還是頭一次知道自己在這世上居然還有個哥哥，心中欣喜無比：「爹，我哥現在在哪裡？他叫什麼名字？」

文承煥道：「他叫李沉舟！」

文博遠聽到李沉舟的名字不由得內心劇震：「李沉舟，大雍第一猛將，虎賁將軍李沉舟？」

文承煥的臉上充滿了欣慰和驕傲：「不錯，他就是你的大哥！」

「爹，為何你今天才告訴我這些事情？孩兒被您瞞得好苦。」文博遠不禁抱怨道。

文承煥歎了口氣道：「非是爹有意瞞你，而是這件事必須要等到時機成熟，博遠，此次陛下派你護送安平公主前往雍都，你剛好可以趁著這次機會和你的大哥相認。」文承煥打開一個錦盒，從中取出半片玉佩，遞到文博遠的手中，低聲道：「這雙魚玉佩從中分開，你大哥有一半，如今我將這一半給你，以後就是你們兄弟相認的信物。」

文博遠接過玉佩小心收好。

文承煥又道：「咱們李家在大雍保的是大皇子薛道洪，可是七皇子薛道銘鋒芒太盛，若是他和安平公主聯姻成功，他在大雍的地位無疑更進一層，所以你此去還有一個重要的任務。」

文博遠內心一沉，他已經預料到父親想讓他做什麼。

文承煥臉上流露出陰森的殺機：「無論利用怎樣的辦法，都要阻止這樁婚姻，你應該知道怎樣去做，也應該明白如何去推卸自己的責任。」

文博遠用力咬了咬嘴唇，目光中流露出不忍之色。

文承煥輕輕拍了拍他的肩頭道：「想要成就大事，就絕不能顧及兒女私情！」

胡小天是個念舊的人，初二一早就去了中官塚，劉玉章待他不薄，於情於理都應該來老人家的墳前看看。胡小天並不想驚動太多人，選擇一個人獨自前來。畢竟劉玉章死於姬飛花之手，若是這件事傳到姬飛花耳中，未必不會讓他產生疑心。

劉玉章的死是個悲劇，他一輩子忠於皇上，在隱退之前又去皇上面前進言，讓皇上提防姬飛花，卻因為這件事而招來了殺身之禍。

胡小天親眼目睹劉玉章被姬飛花折磨，是他親手結束了劉玉章的痛苦，也結束了老人家的生命，當時胡小天恨不能殺掉姬飛花為劉玉章報仇，可是真正在瞭解這件事的內情之後，他方才知道，姬飛花雖然是直接殺死劉玉章的兇手，導致這場悲劇的黑手卻是權德安。正是權德安故意將劉玉章在皇上面前進言的事情透露給了姬飛花，方才導致了這場悲劇。

胡小天將祭品在墓碑前擺好，然後在劉玉章墓前磕了三個頭，望著劉玉章的墓碑，心中暗歎，皇宮之中，本不應該有善良之人的立足之地。

拍開酒罈的泥封，喃喃道：「劉老爺子，您安心去吧，今兒是大年初二，我陪你好好喝上兩口。」他捧著酒罈將美酒在墓前傾灑。

酒剛剛灑了一滴，頭頂忽然傳來一個懶洋洋的聲音道：「別倒完了，給我留一些。」

胡小天被這突如其來的聲音嚇了一跳，抬頭向上望去，卻見頭頂的樹枝上空空如也，哪有半個人影。可他剛剛明明聽得清清楚楚，怎麼會看不到，胡小天向四周望去，中官塚內除了他以外，再也看不到任何人的影子，今天是大年初二，再加上這裡是太監的墓園，太監少有親人，哪有人往這裡祭拜。

胡小天心中發毛，暗忖，莫非是遇到鬼了，他起身準備離去，目光落在墓碑前方的供桌上，卻看到自己剛剛放在那裡的祭品，其中一盤燒雞已經不翼而飛，胡小天嚇得差點沒把娘叫出來。手一哆嗦，酒罈脫手落了下去，眼看就要在地上摔個粉碎。即將觸及地面的時候，酒罈似乎被一股無形的牽引力所吸引，居然倒著向上飛起。

胡小天順著酒罈飛起的方向望去，卻見剛才空無一人的老樹之上，有個老叫花子坐在兩根粗大的枝椏之間，一手抓著燒雞大口大口地啃著，另外一隻手穩穩接住從地上飛起的酒罈子，仰首咕嘟咕嘟灌了幾大口，讚道：「好酒，真是好酒啊，三十年的玉瑤春，只有皇宮內苑裡才能找得到。」說完這句話，又一口將雞屁股給啃下，滿嘴是油，狼吞虎嚥，吃相極其不雅。

胡小天不由得皺了皺眉頭，他一眼就認出，這老叫花子就是昨天挾持自己到城隍廟的那個。

老叫花子讚道：「皇宮御廚做的五味香酥雞真是好吃，他姥姥的，老叫花子有年頭沒吃過那麼好吃的雞了。」

胡小天看到這叫花子身上還穿著自己昨天給他的狗皮坎肩，穿著自己的吃著自己的，居然還裝神扮鬼嚇唬自己，這老乞丐也太沒有公德心了。胡小天抗議道：「我說您老跟死人搶東西吃，是不是有點不厚道啊？」

老叫花子又灌了口酒道：「你見過哪個死人吃東西的？你小子真不是個東西，寧願這麼好吃的雞臭掉，寧願這麼好喝的酒灑掉，也不肯便宜老叫花子的肚皮，你有沒有人性？朱門酒肉臭路有凍死骨，暴殄天物，你小心遭天譴啊！」

「喲，您老吃了我的東西，怎麼嘴巴還這麼刻薄，你這張嘴巴不但貪吃而且很毒噯！」胡小天仰著腦袋道。

老叫花子道：「這可不是你的東西，休想讓我領你的人情，老叫花子吃的是劉玉章的東西。」

「你認識他？」

老叫花子搖了搖頭，大塊吃肉，大口喝酒，忙得不亦樂乎。

「那你怎麼知道他的名字？」

老叫花子含糊不清道：「你真是人頭豬腦，墓碑上寫著他的名字啊！」

胡小天摸了摸後腦勺，今天被這老叫花子給折騰糊塗了，苦笑道：「您老真要是想吃東西，我請您，這些都是祭品，您搶來吃了是不是對死者不敬？」

老叫花子道：「屁的不敬！人都死了，既不能吃也不能喝，我把這些東西吃了那是幫他積德，你來祭拜他，重要的不是祭品，重要的是心意，心意既然到了就行了。」

胡小天被他一通搶白，啞口無言。

老叫花子道：「這裡埋的可都是太監啊，你是他什麼人？他孫子嗎？」不等胡小天回答，他自己已經搖了搖頭否定道：「不可能啊，太監又不能娶妻生子，哪來的後代？莫非你也是太監？哈哈……你是不是啊？」

胡小天懶得理他，轉身就走，剛剛走了一步，那老叫花子鬼魅般出現在他的前方擋住他的去路，笑道：「小子，你還沒有回答我問題呢。」

胡小天道：「老爺子，您吃也吃了，喝也喝了，就別拿我消遣了，我還有事，失陪了先。」他向左跨了一步想要繞過老叫花子，可老叫花子不見腳下移動，又擋住了他的去路。胡小天領教過這老叫花子的武功，知道眼前這位絕對是位宗師級的人物，搞不好還是位丐幫幫主啥的，如果人家真心想要為難自己，自己也只有被動承受的份兒。胡小天苦笑道：「老前輩，不知晚輩哪兒得罪了你？您對我苦苦相逼！」

老叫花子摸了摸下頷稀拉拉的鬍子，上下打量著胡小天道：「你好像是叫胡小天吧？」

胡小天道：「前輩記性真是好得很。」

老叫花子道：「小子，你剛剛不是說要請我吃飯嗎？」

「還吃啊！」胡小天想起自己剛剛的確說過這句話，那是想老叫花子放過祭品，現在他把祭品吃了個一乾二淨，居然還想讓自己請他吃飯，真是得寸進尺，胡小天道：「老爺子，您上了歲數，胃腸功能比不得年輕人，吃太多對您身體不好，這麼著，我給您一些銀子，你自己想吃什麼就去買什麼。」胡小天從錢袋子裡摸出一錠銀子遞給老叫花子。

老叫花子接過那錠銀子，果然讓開了道路。

胡小天好不容易才得以解脫，趕緊快步逃離，可走了兩步卻聽到身後傳來嗚嗚的哭聲，除了那個老叫花子還能有誰？胡小天本不想理會他，可是聽他哭得如此傷心又不忍心棄他而去，猶豫了一下，終於還是折返回到老叫花子身邊，關切道：「老人家，您哭什麼？」

老叫花子把臉埋在袖子裡，肩膀不停抽動，因為看不清他的面孔，不知他到底是真哭還是假哭。老叫花子道：「你給我銀子幹什麼？難道我老叫花子很缺錢嗎？你知不知道，你這樣做，我很難過，我心裡很受傷。」

胡小天聽他這樣說，不禁有些哭笑不得了，給你錢你覺得受傷，你怎麼不給我？傷害我一回？

老叫花子抬起頭來，臉上卻連一丁點的眼淚都沒有，手中仍然牢牢握著那錠銀子：「我不缺錢，缺的是感情，你懂嗎？」

胡小天道：「您老是不是想找個老伴兒？」

「我呸！」老叫花子一蹦三尺高，指著胡小天的鼻子道：「你當我跟你一樣好色？見到女人連路都走不動？」

胡小天笑道：「我就是隨口那麼一說，您千萬別介意。」

老叫花子歎了口氣道：「問世間情是何物，直教人生死相許……干我屁事啊，干我鳥事啊！就老叫花子這德行，哪有女人會喜歡我？」

胡小天打趣道：「您現在雖然是人老珠黃，可保不齊年輕的時候也是一位高大威猛玉樹臨風的瀟灑美男子。」

老叫花子聽他這麼說，把面孔一板，終於還是憋不住心中的得意，哈哈哈大笑起來，他這一笑反倒把胡小天給笑懵了，這老叫花子似乎神經有點不太正常啊，自己還是趕緊走吧。

老叫花子道：「小子，還真看不出，你居然還有點眼光，要說老叫花子當年也算得上是赫赫有名的美男子，不知多少大家閨秀，絕世美女哭著喊著想要嫁給我。」

胡小天勉強陪著笑，心中暗道，信你才怪，就你這邋里邋遢的樣子，美女見到你肯定是捂著鼻子避之不及。

老叫花子閉上眼睛，似乎陷入了對美好往事的追憶中，一臉的悠然神往。

胡小天看到此版情景，現在不走更待何時，躡手躡腳地想要溜走，可走了幾步，發現老叫花子已經在前面等著自己了，心中這個鬱悶啊，看來今天被老叫花子給纏上了，想要甩開他根本沒有任何可能，苦笑道：「前輩，您還想怎樣？」

老叫花子道：「你知不知道，人活一輩子最重要的是什麼？」

胡小天想了想道：「最重要的就是活著，好死不如賴活著。」

老叫花子呸了一聲道：「最重要的是親情，人啊一定要趁著自己年輕力壯，精力旺盛的時候，多討幾房老婆，多生幾個孩子，老天爺既然賜給你一條命根子，就是讓你物盡其材，到老了，兒孫滿堂，其樂融融，不像我，為世俗所牽累，錯過了無數美滿姻緣，到頭來孑然一身，孤苦無依，大過年的，身邊連個說話的人都沒有。」

胡小天現在有些明白了，老叫花子是孤單寂寞，所以才找自己消遣呢。他笑道：「您老應該不孤單，天下乞丐是一家，以您老的年紀，在丐幫中的資格應該很老吧，不是幫主也得是個長老，你的徒子徒孫肯定遍及五湖四海，寂寞了隨便抓兩個陪你聊天就是，再不行就認幾個乾兒乾孫子。」

老叫花子道：「那幫龜孫子，一個個無趣得很，沒有一個比得上你。」

胡小天苦笑道：「老爺子，要說咱倆還真不熟悉，昨兒才認識，我的身分你也猜到了，我是個太監，不是正常人，皇宮裡面還有那麼多的事情趕著要做，您就行行好，把我當成一屁趕緊給放了，倘若我要是回宮晚了，上頭追究下來是要掉腦袋的。」

老叫花子道：「能有御賜蟠龍金牌的人，可以隨意進出皇宮，誰敢管你。」

胡小天道：「您老高看我了，我在皇宮裡就是個小得不能再小的小角色。」心中暗忖，這老叫花子對皇宮裡面的事情居然非常瞭解，絕不是普通人物，按理說他也不會平白無故地找上自己。

老叫花子道：「你剛剛說過要請我喝酒呢？」

胡小天聽他又提這件事兒，看來今天不把這件事給兌現了，老叫花子是不會輕易放了自己。他笑道：「您老要是還能吃得下，我請您喝酒，地點您選。」

老叫花子眉開眼笑，連連點頭，不過沒多久又用力搖了搖頭道：「不好，總讓你請，那我多不好意思啊，來而不往非禮也，這次我請你。」

胡小天打量了一下他，老叫花子手上攥著的那錠銀子是自己給他的，身上穿的狗皮襖也是昨天自己送給他的，渾身上下也就這兩樣東西值錢，請自己吃飯？肯定是拿我的錢請我吃飯。

老叫花子眼睛朝墓園裡溜了溜道：「你等等看，我去找找還有什麼能吃的祭品。」

胡小天趕緊拱手討饒：「老爺子，您的好意我心領了，這飯我不吃了，我也不餓。」

「不給我面子？」

「不是不給您面子，我真有事，趕時間！」

老叫花子的臉色變了：「你小子這麼走了，我豈不是欠了你一個人情？老子活了一輩子，黃土埋到脖子根了，從來都不肯欠別人人情，你這麼幹就是坑我！」

胡小天道：「您千萬別這麼想，咱倆誰也不欠誰的。前輩，我真要走了，趕著辦事。」

老叫花子道：「你敢走試試！」

胡小天還真被他給嚇住了，實力決定一切，在老叫花子面前，他唯有被虐的份兒。

老叫花子嘿嘿笑道：「膽小如鼠，這就被我嚇住了？」

胡小天笑道：「這不是膽小，這叫識時務者為俊傑。」

老叫花子笑瞇瞇望著他：「你想走也行，不過得答應我一個條件。」

胡小天道：「什麼條件？」

老叫花子目光在他臉上盤桓了一下，最後落在他的嘴上：「讓我親啵一個。」

胡小天嚇得捂上嘴巴，兩隻眼睛瞪得跟銅鈴似的：「前輩怎會開玩笑？」

老叫花子咧開滿是油污的嘴唇，露出一口焦黑發黃的牙齒：「你看我像開玩笑嗎？」

胡小天忽然一轉身，撒開兩條腿就跑，我靠啊！遇到了一個老變態，剛剛把速度提起來，眼前一晃，老叫花子已經擋在了他的前方，閉上眼睛，撅起油乎乎的嘴巴，模樣猥瑣到了極點。胡小天連忙剎住腳步，只覺得天雷滾滾，雖然自己已經不是初吻，可也不能白白便宜了這個老變態，一轉身哧溜向右側逃去。

老叫花子如影相隨，聲音在胡小天耳後不斷響起：「跑什麼？就讓我親一口，親一口又不會少一塊肉。」

胡小天一身雞皮疙瘩都起來了，看到前方有一棵枯樹，手足並用，金蛛八步發揮到了極致，蹭蹭蹭，所以說人的潛能真是無限，換成平時，胡小天上樹絕不會如此利索。

本以為逃過了老叫花子的追蹤，轉身向下一望，老叫花子站在下面。胡小天一邊擦汗一邊道：「老爺子，您別玩我了。」

「你下來！」

胡小天搖了搖頭，回過頭去，不料那老叫花子已經神不知鬼不覺地來到了他的對面，險些跟他臉碰臉，老叫花子哈哈一笑，胡小天嚇得魂飛魄散，從樹上直挺挺摔了下去。

老叫花子輕飄飄從樹上跳了下來，宛如一片枯葉悠悠蕩蕩落在胡小天的身邊，用手指在他胸口戳了戳：「有本事你就接著逃啊！」

胡小天有氣無力地搖了搖頭，雙手捂著嘴巴：「老爺子，您就饒了我吧！我長這麼大還沒被男人親過。」

老叫花子笑道：「那剛好體驗體驗啊。」

胡小天道：「您要是硬來，我就只有咬舌自盡了。」

老叫花子呵呵笑道：「倒是個貞潔烈男，老叫花子雖然好色，也不至於饑不擇食，更不會強人所難，你先起來。」

胡小天捂著嘴巴坐起身來，屁股慌忙向後挪出一段距離，自己是不是犯太歲啊，這麼倒楣，居然遇到了一個老變態。看來生就一副小鮮肉的面孔，危險也無處不在。

老叫花子道：「剛才你上樹的功夫是金蛛八步吧？」

胡小天點了點頭，老叫花子見多識廣，一眼就看出了自己功夫的來路。

老叫花子聳了聳肩頭，頗為不屑道：「金蛛八步雖然也算不錯的步法，翻牆越戶還成，真要是在平地上，嘿嘿，沒什麼用處。」

胡小天道：「那在平地上什麼步法厲害？」他仍然捂著嘴巴，說話甕聲甕氣。

老叫花子道：「談到逃命功夫，天下間最厲害的要數我們叫花子了，不如，我教你一套用來逃命的步法？」

胡小天眨了眨眼睛，天下間哪有這樣的好事，卻不知老叫花子又在打什麼主意，該不會又提什麼過分的條件吧？假如以傳給自己步法來換取啵自己一口，那也不行，我胡小天不是那麼隨便的人。

老叫花子道：「你腳程太慢，一點都不好玩，我教你一套步法，這樣抓起來才有趣。」

胡小天道：「什麼步法啊？」

老叫花子想了想道：「躲狗十八步。」

「啥？」胡小天目瞪口呆，過去只聽說過降龍十八掌，今天頭一次聽說躲狗十八步。

老叫花子道：「我這套步法是我們叫花子綜合歷代逃命經驗研究出來的，你且看清楚了，這第一步叫，狗拿耗子！」

胡小天站起身來，雖然不明白老叫花子為何要教給自己步法，可心中卻明白對方對自己應該沒有惡意。

老叫花子邊說邊演：「狗急跳牆！雞飛狗跳，狗口奪食……」

一老一少在這墓園之中來回穿梭，胡小天開始還有些忐忑，可是隨著對這套步法的認識加深，他的神情變得越來越凝重，別看躲狗十八步的名字不好聽，可是步法之精妙堪稱舉世無雙。

老叫花子教得仔細，胡小天學得認真，別看胡小天悟性超強，也足足用了一個時辰方才將這套步法記了個大概。

老叫花子笑瞇瞇道：「不壞不壞，一個時辰居然能夠記住這麼多，已經是很難得了。」

胡小天此時已經明白老叫花子是真心要傳給自己功夫，他恭敬道：「多謝前輩指點。」

老叫花子笑道：「你別謝我，現在你學會了步法，我來抓你，這次讓我抓到，就老老實實讓我啵一口。」

胡小天一聽臉色就變了：「又來！」

老叫花子道：「我數到五，一，二……」

胡小天哧溜開逃，兩人在墓園之中你追我趕，開始的時候胡小天步法還不熟練，被老叫花子接連抓住，這次真不是嚇唬他，抓住之後，就是狠狠親上一口，一股酒臭，熏人欲醉，胡小天險些沒把隔夜飯給吐出來。

在如此巨大的心理壓力下胡小天自然拚盡全力，小宇宙徹底爆發，腳下越來越靈活，步法越來越熟練，到最後老叫花子想要抓住他也不是那麼容易。

這次胡小天在墓園中足足逃了三大圈，方才被老叫花子截住，老叫花子嘿嘿一笑，撅起嘴巴又要湊上來，胡小天來了個狗急跳牆，從他的頭頂一躍而過。

老叫花子哈哈大笑：「孺子可教也。」這次居然沒有繼續追趕，脫了狗皮坎肩，從腰間將自己的酒葫蘆取了下來，擰開瓶塞灌了一口酒。

胡小天看到老叫花子突然停下不追，於是也不再逃，來到老叫花子面前恭恭敬敬跪倒在地上：「多謝前輩傳給我武功。」到了現在，瞎子都能看出老叫化對自己毫無惡意，今次出現在陵園真正的用意就是為了教授自己武功。

老叫花子吐了口唾沫道：「我呸！大吉大利，這裡是墓園嗳，你給老子磕頭，是詛咒我死嗎？」

胡小天聽他這樣說也有些不好意思了，趕緊站了起來，笑道：「前輩，小天絕無詛咒之意，是誠心誠意謝您呢。」心中暗想，這老叫花子為何會教給自己那麼精妙的步法，他究竟是受了何人的委託？

老叫花子道：「我教給你這套步法，算是吃了祭品的補償，你也不用謝我，不過，你需要答應我一件事，我教給你的這套躲狗十八步，你不可以再傳給任何人。」

胡小天點了點頭道：「前輩放心，我一定做到。」

「還有，我教給你步法的事情，你不能跟任何人說起。」

胡小天道：「好！」

老叫花子笑道：「你這娃兒也算聽話。」

胡小天道：「前輩，您看咱們如此有緣，不如您乾脆收我當徒弟算了，一併將您的什麼降龍十八掌，什麼打狗棒法啥的全都傳給我唄。」

老叫花子雙目瞪得滾圓：「我靠，你小子想得倒美，你當我隨隨便便就收徒弟啊！」

胡小天道：「名師難求，高徒更不好找，像我這麼聰明伶俐英俊瀟灑的徒弟，您老打著燈籠也找不著。」

「我呸，自吹自擂，瞧你一臉奸詐相，聰明伶俐又怎樣？英俊瀟灑能當飯吃啊？老叫花子收徒弟看重的是人品，有才無德的我才不要。」

胡小天道：「您剛剛可親了我好幾次。」

「怎麼？」老叫花子一副死豬不怕開水燙的樣子。

胡小天道：「那可是我初吻啊，你得了我的初吻就得對我負責任。」

「呃……不可能吧……你這麼大一小夥子，連女人嘴都沒親過？」

「親過，可被男人親還是第一次啊。」

老叫花子道：「如此說來，我好像是占了你的便宜。」

「占了大便宜，這事兒要是傳出去，我臉上不好看，您老這張臉面只怕也不好看吧？」

老叫花子嘿嘿笑道：「我一直都是不要臉面的，無所謂，你愛說不說。」

胡小天道：「您老德藝雙馨，您老可是丐幫幫主嘜！」

「誰跟你說我是丐幫幫主？老子不是！老子就是個窮乞丐，勉強也就算個一袋弟子。」

胡小天心想你個老滑頭，就算不是幫主也得是個長老，絕對是丐幫之中舉足輕重的大人物，今兒不能白讓你給親了，說什麼得再榨出一點武功絕學來，他向老叫花子湊近了一步：「前輩，您不收我這個徒弟，我也不勉強，可是您好事做到底，既然教了我逃命的步法，不如再教幾招防身的功夫。」

老叫花子冷笑道：「小子，變著法子哄我是不是？躲狗十八步是給你的飯錢，現在咱們兩不相欠。我可沒占你便宜，雖然親了你那麼兩下，可你也親我了，酒是醇的好，嘴是老來香，各有各的味道，能親到我老人家，你也不算吃虧。」

胡小天心想，容我吐個先！既然人家不願意再教自己，也不能勉強，恭敬告辭道：「多謝前輩指點，小天告辭了，以後小天被人打得四處逃竄的時候，若是有人問起我武功是跟誰學的，小天絕不會把您給供出來……」

老叫花子撓了撓耳朵：「我可沒教你武功。」

胡小天心中暗笑。

老叫花子歎了口氣道：「罷！罷！罷！我再教你一個絕招。」

胡小天喜出望外，總算達到讓老叫花子鬆口的目的：「多謝前輩。」

老叫花子道：「學會躲狗十八步，逃跑應該沒什麼問題了，只要不是遇到頂尖高手，普通人絕對抓不住你，可萬一遇到頂尖高手，你逃不掉的話，那就只有一個辦法。」

「拚了！」胡小天咬牙切齒道。

「錯！」老叫花子搖了搖頭道：「大錯特錯，三十六計走為上，逃不了的時候，就剩下裝死這條路了。」

「啊？」胡小天嘴巴張得能夠塞下一個大鴨蛋，本以為騙得老乞丐願意教給自己一手殺敵制勝的絕招，想不到卻換來這門功夫。

老叫花子道：「你別小看了裝死這門功夫，不是眼睛一閉，屏住呼吸這麼簡單，不瞞你說，我老叫花子能夠活到現在，多少次面臨險境，最後能夠僥倖存活還不是靠這一招！」

胡小天雖然心中失望，可有聊勝於無，仍然打起十二分精神跟著老叫花子學這首被他吹得天下少有的絕招，聽老叫花子講完要點之後，方才想起詢問：「前輩，這招叫什麼名字？」

「裝死狗！」

這算是自黑嗎？

人在一件事上太過專注的時候往往會忽略了其他，連胡小天自己都沒有想到居然會在中官塚墓園內待上整整一天，先跟著老叫花子玩起了你追我趕的遊戲，然後又學起了裝死，老叫花子有件事沒說錯，裝死絕非眼睛一閉，屏住呼吸那麼簡單，胡小天學躲狗十八步花了一個時辰，學習裝死卻花費了兩倍的時間，到最後也就是掌握了一個皮毛，距離老叫花子的要求還相差甚遠。不過學習武功絕非一蹴而就，師父領進門修行在個人，接下來能夠練到什麼程度，要靠胡小天自己了。

第五章

龍椅

龍宣恩道：「皇上若是喜歡那張椅子，就拿走吧，
硬梆梆的，坐在上面越來越不舒服。」
龍燁霖道：「你明明知道這張椅子不舒服，還要送給我？」
龍宣恩道：「沒有親自坐在上面，又怎知道坐在上面的苦楚。」
他的話滿懷深意。

回到宮中的時候，夜幕已經降臨，胡小天越想越是蹊蹺，老叫花子肯定不是湊巧前往中官塚，教給自己兩樣武功應該是有意為之，自己雖然長相馬馬虎虎，可也不是什麼骨骼清奇，器宇軒昂，萬中無一的武林奇才，人家沒理由非得把武功傳給自己，如果說僅僅因為吃了祭品，這理由也太過牽強，背後肯定還有其他原因。老叫花子不說，胡小天肯定找不到答案，不過有一點能夠肯定，自己在這件事上沒吃虧，應該說也吃了點小虧，居然被老叫花子油乎乎的髒嘴連親了幾次，想想還有點噁心呢。

胡小天回到司苑局，還沒有走到門口就遇到打著燈籠過來的小卓子，小卓子看到胡小天，驚喜萬分道：「我的爺，您可總算回來了，皇上感覺有些不舒服，召您去宣微宮，我們滿世界找您，都急得冒火了。」

胡小天道：「什麼時候的事兒？」

「一個時辰之前，皇上身邊的尹公公親自過來傳的話。」

胡小天稍微一琢磨，肯定是尹箏，昨晚上自己就委託他安排自己去見見皇上，想不到這小子辦事效率頗高，居然這麼快就搞定，看來自己的金葉子沒白撒。

小卓子看到胡小天仍然不慌不忙，不禁為他著急，在太監眼中，沒有比皇上傳召更大的事兒，他提醒道：「胡公公，您還是趕緊過去，萬一皇上要是怪罪下來，那可就麻煩了。」

胡小天笑道：「成，我這就過去。」他從小卓子手上接過燈籠，又囑咐他道：「你幫我去紫蘭宮一趟，咱家出去了一天，本來說好下午要去見安平公主的，突然有事耽擱了，對了，你把皇上召我的事情也告訴她，我今晚就不去紫蘭宮了。」

「是！」

胡小天拎著燈籠向宣微宮走去，來到宣微宮外，正看到在門前翹首以盼的尹箏，胡小天笑道：「尹公公新年吉祥。」

尹箏看了看周圍，將他拉到一邊，苦笑道：「你可來了，皇上剛說肚子有些不舒服，我提議去找你過來，想不到你居然不在。」悄悄向胡小天擠了擠眼睛，暗示他這件事是自己幫他安排的。

胡小天道：「出宮辦點事情，皇上怎麼樣了？」

尹箏壓低聲音道：「沒什麼事情，本來他自己都說沒事，是我提議讓你過來幫皇上看看。」他強調這件事無非是強調自己的功勞，胡小天昨晚說過想見皇上，給皇上拜個年，他今天就安排了，要說這兩天想見皇上的人數都數不過來，可皇上哪有興趣每個都見，有幸見到皇上的若非位高權重，就得跟皇上身邊的小太監處好關係，別看小太監沒什麼地位，關鍵時刻卻能夠說得上話。

尹箏先進去通報，沒多久就眉開眼笑地走了出來，低聲道：「胡公公請，皇上此刻已經好了，心情也不錯呢。」

錯。

胡小天暗讚這小子機靈，說話辦事極有分寸，從目前來看，這個小弟絕沒有收

龍燁霖晚膳過後的確有些不舒服，不過也不是太嚴重，如果不是尹箏提議讓胡小天過來幫忙看看，他根本不會當成什麼大事，這會兒已經舒服了許多，甚至已經忘了傳胡小天過來的事情。

胡小天進入宣微宮，就高聲道：「小天祝皇上新春大吉，新年裡，一帆風順，兩全齊美，三代同泰，四季平安，五福臨門，六路通順，上有七星齊助，笑迎八方來緣，九天洪福飛降，十分快樂吉祥，百事遂願，千喜由心，萬般祝願，永伴您行，皇上吶，小天給您給您拜年了！」胡小天撲通一聲跪倒在地，梆梆梆，實打實磕了三個響頭。

龍燁霖聽到這一連串的吉祥話樂得哈哈大笑，喜上眉梢：「說得好，說得好，哈哈哈，快！重重有賞，重重有賞！」

尹箏一旁拿了個紅包兒，遞給了胡小天，心中對這位老大的仰慕猶如長江之水滔滔不絕，心中暗歎，胡小天真乃神人也，我尹箏若是能夠學得他一半的本事，飛黃騰達指日可待，心中默默誦念著胡小天剛才的那番吉祥話，拚著累死一片腦細胞也得把這句話牢牢記住。

得到皇上恩准之後，胡小天從地上爬了起來，一臉關切道：「小天聽說皇上身

體不適，現在怎樣了？」

龍燁霖道：「沒事了，只是剛才有那麼一點點的不舒服，朕本來覺得沒什麼，是小尹子非得要你過來。」

胡小天笑道：「尹公公對皇上忠心耿耿，無微不至，實乃太監界的楷模，是我等學習的榜樣，佩服！佩服！」

尹箏自認為臉皮夠厚，這會兒也不禁有些臉紅了，他姥姥的，胡小天真是當世少有的人物，明明是很無恥的話，怎麼他一說出來就那麼的自然，那麼的順耳呢？

胡小天道：「皇上，不如小天為您把把脈？」

龍燁霖道：「不用了，朕沒什麼事，對了，你怎麼耽擱了這麼久才過來？」這會兒他方才回過神來，自己好像召了他不短時間了。

胡小天道：「皇上恕罪，在皇上面前，小天不敢說謊話，那是因為剛才小天去拜祭了劉公公，所以才耽擱了。」

龍燁霖皺了皺眉頭，宮中姓劉的太監數都數不過來，哪個劉公公？

胡小天看到他茫然的表情心中暗歎，劉玉章看來是白死了，把龍燁霖從小伺候到大，最後死也是因為他的緣故，想不到在龍燁霖心中竟然那麼沒有存在感。一旁尹箏悄悄向胡小天遞眼色，他在暗示胡小天，新春佳節，好不容易趕上皇上心情不錯，怎麼提起了這些晦氣事。

胡小天卻是有意為之，又補充道：「劉玉章公公。」

龍燁霖聽到劉玉章的名字，臉上的笑容頓時收斂，雙手不由得握緊了，過了一會兒，方才歎了口氣道：「原來是劉公公，小天，難為你還記得他。」

胡小天道：「小天能有今日，全都仰仗劉公公的關照，在小天心中一直都將他當成自己的爺爺一樣。」

龍燁霖聽到他這樣說，內心中不由得有些感動，在龍燁霖心中劉玉章何嘗不是親人一樣，劉玉章眼看就要退隱出宮，離宮之前聯絡一些老人在他的面前痛陳姬飛花的種種惡行，卻想不到這件事被洩露了出去，所以才遭到了姬飛花的毒手，每每想到這件事，龍燁霖都是內疚不已，身為一國之君，自己竟然連身邊的太監都保護不了。

龍燁霖道：「小天，在朕心中也當劉公公是自己的親人一樣。」他歎了口氣站起身來。

胡小天此時卻重新跪了下去：「皇上！」

龍燁霖道：「你怎麼又跪下來了？」

胡小天道：「小天想求皇上一件事。」

龍燁霖道：「有事就說，沒必要動不動就跪下。」

胡小天道：「送安平公主前往大雍成親之事非同小可，小天自知無才無德，難當大任，還請皇上另選高明。」

龍燁霖面色一沉：「胡小天，你什麼意思？是在質疑朕的眼光嗎？」

胡小天演技大爆發，強逼著自己擠出兩滴眼淚：「皇上，小天當初代父贖罪，淨身入宮，早已下定決心，要用這一生伺候皇上，報答皇上對我們胡家的大恩大德，即便是皇上現在要我去死，小天也不會皺一下眉頭。可是這遣婚使的責任實在太重，小天害怕有負聖托。」

龍燁霖還以為什麼大事，重新回到座椅上坐下，接過尹箏遞來的一杯茶，抿了口茶道：「朕不會看錯，你不用有那麼多的顧忌。」

胡小天道：「陛下，小天乃是戴罪之身，自從陛下決定讓小天護送安平公主前往雍都，外面就傳出了許多的風言風語。」

龍燁霖道：「什麼風言風語，你說來聽聽。」

胡小天道：「小天不敢說。」

「恕你無罪，但說無妨！」

「有人說小天勾結西川李氏，意圖謀反。」

龍燁霖哈哈笑了起來，彷彿聽到天下間最可笑的事情，笑得幾乎眼淚都要流出來了。

胡小天雖然膽大，此時也被他笑得有些迷糊了，老子很好笑嗎？你笑個毛線？

龍燁霖道：「他們願意說就說，你以為朕那麼容易相信？勾結西川李氏，你不要自己的性命，難道還不要你爹娘的性命嗎？」龍燁霖臉上的笑容倏然消失得乾乾淨淨。

胡小天心中暗罵，龍燁霖啊龍燁霖，你果然還是拿著我爹娘的性命要脅於我，狗皇帝果然不是什麼好東西。表面上卻裝出感激涕零的樣子：「皇上聖明，皇上聖明。」

龍燁霖道：「朕相信你對大康忠心耿耿，也相信你對朕絕無貳心，這下你總該放心了。」

胡小天又道：「小天還有一事，斗膽說出來，還望陛下不要怪罪。」

龍燁霖道：「朕都說過不會怪你了。」

胡小天道：「小天聽說此次負責送親隊伍沿途安全的人是文博遠將軍。」

「不錯，文博遠武功高強智勇雙全，由他護衛你們過去應該萬無一失。」

胡小天道：「陛下，小天斗膽以為，他並非合適的人選。」

龍燁霖面色一沉：「什麼意思？」

胡小天道：「小天在明月宮之時曾經親眼目睹文才人送了一幅蜜蜂採花圖給安平公主殿下，後來被公主殿下婉言拒絕，那幅畫就是文博遠親筆所繪。」將這件事情透露出來，目的就是要讓皇上打消派文博遠前往的念頭，跟文博遠同行肯定少不了麻煩。

龍燁霖靜靜望著胡小天：「你是說……」

胡小天道：「文博遠對公主殿下一直都有愛慕之心，此次送公主前往雍都成親，事關重大，我擔心文將軍會感情用事，派他前往只怕有些不妥。」

龍燁霖皺了皺眉頭：「確有此事？」

胡小天道：「皇上若是不信，可以將他傳來詢問。」

龍燁霖道：「我皇妹美貌絕倫，王侯將相之中傾慕她的大有人在，即便是文博遠傾慕她的風華，也不算什麼罪過。」

胡小天道：「可是明明知道皇上已經將公主許配給了大雍七皇子，仍然慫恿文才人送那幅畫給公主，這用心就值得商榷了。」

尹箏規規矩矩站在一旁，大氣都不敢出，這會兒越是沒有存在感越好，心中對胡小天佩服到了極點，這位老大膽兒真肥啊，太師的兒子他都敢詆毀，此時若是讓文太師父子知道，豈能輕饒於他。他哪知道胡小天這是在為以後推卸責任鋪路。

龍燁霖道：「朕已經答應了文太師，說過的話豈能更改，讓文博遠過去也不是什麼壞事，通過這件事剛好可以考校一下他對朕的忠心。」

胡小天心想，老子不怕你讓他去。他早就拿定了主意，如果能說動皇上收回派文博遠前去的成命，那麼營救安平公主自然容易了許多，如果不能，無非是將以後的責任想辦法推到文博遠的身上。胡小天道：「陛下，明月宮之事，文太師父子始終對小天耿耿於懷，前往雍都山高水長，小天擔心……」

龍燁霖笑道：「說來說去，你還是擔心文博遠針對你，這樣，朕會明確你們的分工，你負責途中照顧公主的飲食起居，文博遠負責途中的安全警戒，你們兩人各司其職，自然不會有什麼矛盾。」

皇上把話說到了這個份上，胡小天自然不好再說什麼，只能磕頭謝恩。

龍燁霖似乎有些倦了，打了個哈欠道：「朕有些累了，你回去吧。」

胡小天看到皇上並沒有被自己說動，心中難免有些失望，只能磕頭告退，尹箏將他送出門外。

胡小天剛剛走出宣微宮，迎面遇到了前來參見皇上的姬飛花，胡小天趕緊上前行禮。姬飛花看到胡小天在這裡出現，心中也是一怔，不過並沒有詢問，鳳目在胡小天臉上掃了一眼，一言不發地向宣微宮走去。姬飛花來此是龍燁霖傳召，龍燁霖讓他陪同前往縹緲山一趟。

龍燁霖站在船頭，凝望著夜色中的瑤池，心情宛如潮水般起伏，他本以為扳倒了父親，登上皇位，就能如願以償地成為萬眾敬仰的大康天子，想不到登上皇位之後，卻要處處受制於人。

姬飛花悄聲無息地出現在他的身後，展開金色貂裘為龍燁霖披在肩頭，輕聲道：「夜冷風寒，皇上要保重龍體。」

龍燁霖道：「剛剛胡小天來見朕，跟朕說，他不想做遣婚使。」

姬飛花淡然道：「哦？或許他有些顧慮吧。」

龍燁霖點了點頭道：「他擔心的事情還不少，這小太監還真是不簡單呢。」

姬飛花道：「任何人處在他的位置，總會活得小心謹慎一些，不是每次都能把命撿回來。」

龍燁霖道：「朕看得出，你很喜歡他。」

姬飛花道：「胡小天聰明伶俐，的確有些能耐，陛下上次突發急病，還是他給治好的。」

龍燁霖道：「說起來真是奇怪啊，朕曾經聽說過，胡不為的兒子本是一個傻子，怎麼突然變得如此聰明能幹，居然他的醫術還很不錯。」

姬飛花道：「所以說，外界的傳言大都不可以相信。沒有親眼看到的事情，很難說是真的。」

龍燁霖冷冷望著姬飛花道：「認清一個人真的很不容易。」

姬飛花微笑道：「人活一生，難得糊塗，飛花常常在想，人活得糊塗一點未嘗不是好事，皇上又何須想得太多。」

龍燁霖道：「難得糊塗，呵呵，說得容易。」他心中明白姬飛花話裡的含義，若是自己糊裡糊塗的過一輩子，也許姬飛花永遠都不會對他下手，會安於現狀，可是他又怎能甘心？身為龍氏子孫，豈能就這樣窩窩囊囊受人擺佈，豈能任由龍氏江山落入他人之手。

人的心境不同，看到的景致全然不同，龍燁霖依然記得縹緲山曾經是皇宮中景色最佳的地方，可現在的縹緲山卻顯得陰森恐怖。龍燁霖走入靈霄宮前明顯猶豫了起來，自從將父親囚禁於此，他還是第一次過來，真正等到要見面之時，忽然發現自己的心境發生了很大的變化。篡位之時，他恨不能將父親殺之而後快，隨著時間的推移，他心中的仇恨仍在，可是卻不像昔日那般強烈。本以為將父親從皇位上趕下，自己就能掌握大康的權柄，卻終於發現，雖然如願以償地登上了皇位，卻仍然只是一個傀儡，如果說過去他最恨的是自己的父親，而現在他最恨的那個人是姬飛花，也許是姬飛花的存在分擔了不少仇恨。

龍燁霖在靈霄宮前停下腳步，看了姬飛花一眼，姬飛花微笑道：「飛花就不跟著陛下過去了。」

龍燁霖自然不想姬飛花跟著自己過去，只是沒想到姬飛花會如此識趣，點了點頭道：「也好。」他深深吸了一口氣，緩步走入靈霄宮內。望著龍燁霖的背影，姬飛花的唇角現出一絲冷笑，他抬起頭來，遠處一道黑影宛如鬼魅般出現在靈霄宮的頂部，黑衣人右手握拳放在心口的部位，以這種方式向姬飛花行禮，他的臉上帶著一張青銅面具，月光如水照射在他的一雙灰白色的瞳孔上，反射出詭異的光芒。

龍宣恩坐在龍椅之上，靜靜望著走向自己的兒子，唇角露出有些神經質的笑意：「來者何人？為何見朕不跪？」他的眼前不停閃回著兒子逼迫自己退位的一幕，他仍然記得兒子踹在自己肚子上的狠狠一腳，至今想起仍然隱隱作痛。從現在開始，不許在我的面前自稱為朕！龍燁霖霸氣側漏的那句話仍然在他的耳邊迴盪。不過龍宣恩仍然自稱為朕，他不怕激怒這個逆子，人到了他這步田地，本來就沒什麼好怕。

龍燁霖停下腳步，抬頭望著燈光下的父親，半年不見，父親似乎又老了許多，不過衰老的速度應該比不上自己，龍燁霖自己有種突然步入老年的感覺。

龍宣恩深邃的雙目幾乎第一眼就已經察覺到兒子的巨大變化，如果說上次見他，他還躊躇滿志，現在的龍燁霖似乎已經失卻了銳氣。不是每個人都有治國之能，尤其是大康幅員如此遼闊的國家。

龍燁霖道：「你似乎忘了朕曾經說過的話。」

龍宣恩呵呵笑了起來，他忽然站起身來，顫巍巍走了下去，來到龍燁霖面前撲通一聲跪了下去，他的舉動顯然出乎龍燁霖的意料之外，龍宣恩道：「大康只有一個天子，你是皇上，我給你下跪，皇上吉祥，皇上吉祥，我給皇上拜年了。」

龍燁霖感覺體內的熱血上湧，一張臉火辣辣如同被人抽打一樣，父親給兒子下跪，豈不是要觸怒上天。

蓬的一聲悶響，龍燁霖嚇得內心一顫，卻是遠方燃放煙火的聲音，聲音雖然不大，可是龍燁霖卻因此而膽戰心驚。

龍宣恩顯然也聽到了這聲炸響，嘿嘿笑道：「天打雷劈，天打雷劈了！」

龍燁霖望著有些瘋癲的父親，想起最近的稟報，看來父親的神智果然有些錯亂了，他使了個眼色，站在遠處噤若寒蟬的老太監王千，此時方才敢過來，將龍宣恩從地上攙扶起來：「太上皇，太上皇，萬萬使不得，萬萬使不得啊。」當著龍燁霖的面，他再也不敢稱一聲皇上，這裡只允許有一個皇上。

龍燁霖看了看皇位，又看了看父親。

龍宣恩望著他，一臉奇怪的笑容，他指了指最為珍愛的龍椅：「皇上，您坐！您坐！」

龍燁霖抿了抿嘴唇，終於還是沒有走過去。

龍宣恩道：「皇上若是喜歡那張椅子，就拿走吧，硬梆梆的，坐在上面越來越不舒服。」

龍燁霖道：「你明明知道這張椅子不舒服，還要送給我？」

龍宣恩道：「如果沒有親自坐在上面，又怎麼知道坐在上面的苦楚。」他的話滿懷深意。

龍燁霖點了點頭，低聲道：「既然你這樣說，朕倒要嘗試一下。」他一步步走了過去，用手撣了撣龍椅，發現上面的坐墊也變得殘破不堪，心中忽然泛起一股難言的感覺，很小心地坐在龍椅之上。

龍宣恩在下面仰視著端坐龍椅的兒子，拉著王千道：「你看看，你看看，他和我坐在上面誰更像皇帝？」這顯然給王千出了一個天大的難題，他就算膽子再大也不敢回答，腦袋耷拉著，只能裝聾作啞，雖然心中忠誠於龍宣恩，在這種時候也不至於主動找死。

「誰坐在這裡，誰就是皇帝！」龍燁霖輕聲道，其實誰坐在這上面又有什麼分別呢？他的心中生騰出一股莫名的悲哀滋味，即便是費勁千辛萬苦，如願以償地坐在這張椅子上，自己卻仍然要受制於人，只能當一個傀儡皇帝，和過去又有多大的分別呢？

龍宣恩笑道：「吾皇萬歲，吾皇聖明！」

龍燁霖擺了擺手，示意王千退下。諾大的靈霄宮中只剩下他們父子二人。

龍燁霖拍了拍龍椅道：「你也上來坐！」

龍宣恩用力搖了搖頭：「一張龍椅可坐不下兩個人。」

龍燁霖道：「這張已經不是龍椅。」

龍宣恩的內心如同被人重重擊打了一錘，痛楚心扉的疼痛，昔日代表自身榮光和無上權威的椅子，如今只不過是自欺欺人的道具罷了，他點了點頭終於走了過去，挨在龍燁霖的身邊坐下，在他的記憶之中，這樣的情形好像有過，父子兩人已經很久沒有這樣接近過。

龍燁霖道：「朕仍然記得，在我小的時候，你曾經抱我在這張椅子上玩耍。」

「有過嗎？」龍宣恩努力在自己的記憶中搜索，卻找不到關於這句話的印象。

龍燁霖點了點頭：「有過，你還說，等我長大之後，這張椅子就是屬於我的。」雙目中迸射出陰冷的光芒。

龍宣恩瞇起雙目，目光變得迷惘而虛無，過了好一會兒，他方才歎了口氣道：「朕好像真的說過。」

龍燁霖道：「可能你的子女實在太多，你記不清究竟對哪個說過。」

龍宣恩道：「你心中是不是很恨我？」

龍燁霖毫不掩飾地點了點頭。

龍宣恩道：「人一旦坐在這張椅子上，就會變得患得患失，就會認不清自己，這半年來，我幾乎每天都在反思，連我自己都不明白，為何要貪戀這張又破又硬的椅子。」

龍燁霖無聲冷笑著，他當然知道，父親貪戀的絕非是這張椅子，而是大康至高無上的權力。

龍宣恩道：「我以為這半年來只有我老了，可看到你才明白，你比我老得更快，龍椅的滋味並不好受吧。」

龍燁霖道：「不是你揮霍了大康的財富，敗壞了祖宗的江山，朕何以會如此艱難？」

龍宣恩呵呵笑了起來：「我為何要揮霍大康的財富？你將所有的責任全都推到我的身上，若非你陰謀篡位，西川怎會發生病變，大康又怎會陷入如今進退維谷的境地？」

龍燁霖道：「你在位四十一年，唯一的成就就是留給大康一個空空如也的國庫。」

龍宣恩道：「我即位之初，大康國庫空虛，赤字連年，饑荒不斷，民亂頻發，這四十一年中，是我償還了大康所有的債務，是我平息了一場又一場的民亂。」

此時的太上皇哪還有絲毫的老態，雙目灼灼盯住龍燁霖的眼睛：「你以為比我強，你以為大康今日的困境是我造成？你以為我對你不公，剝奪你的太子之位，讓你三弟取而代之，你知不知道知子莫若父這句話？非是我貪戀權位，而是你們這麼多的兄弟姐妹之中，無人堪當大任，我生了這麼多的兒女，竟然沒有一個擁有治國的能力！」

倘若是半年前龍宣恩說這句話，龍熚霖必然不屑一顧，甚至會火冒三丈，可現在他的反應卻是出奇的冷靜：「你未免太高看了自己。」

龍宣恩呵呵笑道：「我在靈霄宮內幽居半年，外面發生了什麼我雖然看不到，可是我卻能夠猜到。你只想著將我從皇位上趕下來，卻忽略了一件最關鍵的事情，你的能力是否可以駕馭大康這艘巨艦，從小到大，你對權位看得都太重，你將你的那幫兄弟全都視為仇人，認為他們都想搶奪你的太子之位。人一旦眼中只盯著權力就會忽略其他，為了掌握大康權柄，你不惜頂著忤逆之名將我從皇位趕下，你擔心熚慶和你爭權，迫不及待地將他剷除。西川李氏打著勤王的旗號擁兵自立，乃是你一手造成。」

龍熚霖怒道：「李天衡狼子野心，早晚都會謀反。」

龍宣恩道：「你眼中只有自己，沒有大康，若是你心中惦念著祖宗的家業，惦念著龍氏的江山社稷，就不會在這種時候出手，大康之所以陷入今日之困境全都是你一手造成。我沒有看錯你，你仍然像過去一樣，不敢承擔責任，遇到事情只會歸咎到別人的身上，埋怨老天對你不公，認為所有人都對不起你，卻從未想過自己做了什麼！」

龍熚霖怒吼道：「是你逼我的，你廢去朕的太子之位，將我放逐西疆，即便是這樣還不肯甘休，竟然授意熚慶派人對我趕盡殺絕。」

龍宣恩冷笑道：「我若是想要殺你，何必要放逐你那麼麻煩？你三弟雖然也沒有治國的能力，可是他宅心仁厚，如果坐在這個位子上的是他，至少不會兄弟相殘。你知不知道，我罷免你太子之位的時候，他是怎樣為你求情，我封他為太子的時候，他幾度退讓，不錯！朕當時的確有殺你之心，若非你三弟苦苦為你說情，朕早已將你以謀反之罪斬首。」

龍燁霖呵呵笑道：「顛倒黑白，到現在你仍然謊話連篇。」

龍宣恩道：「我都已經到了如今的地步，還有何必要向你說謊？」

龍燁霖大吼道：「朕前往西疆的路上是誰對我沿途追殺，若不是我的那幫忠心屬下拚死護衛，朕早已死在你們的手上。」

龍宣恩搖了搖頭道：「我沒做過，你三弟更沒有做過，你只是中了別人設下的圈套。」他呵呵笑了一聲道：「你既然如此恨我，又為何過來見我？我還以為就算我死了你也不會到這裡來看我一眼，更不會為我掉一滴眼淚。」

龍燁霖點了點頭道：「我不是來看你，我只想來問你，你還是不是龍氏子孫？」

龍宣恩哈哈大笑，笑聲停歇之後，雙目怒視龍燁霖：「你有何資格問我這句話？你搶走了我的皇位，逼我交出了傳國玉璽，你做這些事情的時候有沒有想過咱們龍氏的祖先？你當然不是來看我，若非你走投無路，你又怎會想起我來？自以為登上帝位就掌控了大康權柄，哈哈，哈哈哈哈，你是不是終於發現，你只不過是別人利用的一顆棋子，只是一個傀儡罷了，你過去不是皇帝，現在依然不是，將來也不會是！」龍宣恩瘋狂大叫道。

龍燁霖一把扼住父親的咽喉，雙目中陡然迸射出凜冽殺機，他咬牙切齒道：「老賊，你才是大康的罪人，若不是你昏庸無道，任人唯親，荼毒百姓，大康怎會陷入今日之困局？若非念在你是我的父親，我恨不能生啖爾肉，痛飲爾血。是你搶走我最心愛的女人，並一手害死了她，在你心中何曾有過半點的骨肉親情。」

龍宣恩瘋狂笑道：「你既然如此恨我，為何不下手殺了我？是！是我搶走了你的女人，你不該怪我，要怪只怪你是個廢物，竟連自己心愛的女人都保護不了。」

龍燁霖面頰上的肌肉不斷扭曲，他恨不能現在就將這惡毒的老人給掐死。

龍宣恩壓低聲音對他道：「愧對祖宗的人是你，大康就要斷送在你的手中……」

龍燁霖的內心宛如被重錘擊中，頹然放開他的脖子，將龍宣恩推倒在地。

龍宣恩大口大口喘息著：「為何不敢殺我？廢物！你連這點勇氣都沒有，又怎麼配得上這張龍椅……」

龍燁霖握緊了雙拳：「朕知道，你隱瞞了一些事，除了國庫之外，你是不是還有一個不為人知的秘密金庫？」

龍宣恩呵呵笑道：「你果然沒讓我失望，區區半年就已經走到了山窮水盡的地步，你有那麼多的良臣輔佐，治理大康本不應該有任何問題，卻還要回頭找我這個糟老頭子，原來你的那幫所謂的忠臣全都在利用你，你這個蠢貨，被人利用對付自己的親生父親，雙手將龍氏的江山送給了外人，蠢材！蠢材！」

龍燁霖道：「朕給你十天的時間考慮，如果你不將金庫的秘密交出來，三月初二就是你的死期。」

龍宣恩道：「我早已死了，不用再等十天，你現在殺我就是！」

胡小天信守諾言，安排七七再次來到酒窖之中，他本以為七七這次會選擇另外兩條密道，卻想不到七七仍然選了最左側的通道，胡小天跟著七七來到水潭邊緣。

七七乾脆俐落地脫去外袍，露出裡面的鯊魚皮水靠。胡小天不由得苦笑道：「公主殿下，之前不是已經下去了一次，怎麼還要去？」

七七道：「這次可不是我一個人。」她伸出手指在胡小天的胸口指點了一下道：「你也要跟我一起下去。」

「不會吧！」

七七道：「我在水底發現了一個秘密。」

胡小天心中暗笑，哪來的什麼秘密，這小妮子分明是故意挑起自己的好奇心，吸引自己跟她下去。胡小天搖了搖頭道：「水溫太冷，我又沒有你這麼拉風的裝備，總不能光著身子跟你下去。」

七七笑道：「就知道你會這麼說。」她將隨身帶來的包裹打開，從中取出一套同樣的黑色水靠，扔給了胡小天。

胡小天此時方才知道七七是有備而來，展開那套水靠，卻見水靠是鯊魚皮所製，裡面還覆著一層火鳥絨。極品裝備應該價值不菲，畢竟是一國公主，出手就是大方。

七七道：「這水靠乃是天工坊魯大師的傑作，得來不易，就當我送給你的一份大禮了。」

胡小天道：「那多不好意思，又收您的東西。」心中卻喜孜孜，只差沒笑出聲來了。

七七柳眉倒豎道：「少廢話，趕緊換衣服，耽誤了我的正事，小心我砍了你的腦袋。」

胡小天點頭哈腰地拿起那身衣服去隱蔽處換了，穿上之後方才發現有些麻煩，這套水靠雖然合體，可正是因為太合體，兩腿之間鼓囊囊一團，這樣走出去，瞎子也知道這團是什麼。胡小天本想提陰縮陽，可想起除夕之夜的經歷，仍然心有餘悸，足足耗去了一個晚上，千呼萬喚始出來，若不是葆葆幫忙，恐怕還在裡面縮著冬眠呢。

胡小天想來想去還是別冒險，七七發現又怎地？反正她也不是第一次發現，或許真以為自己在褲襠裡藏著一條蛇呢。不過胡小天還是沒明目張膽地走出去，把外袍披在身上，多少能夠遮掩一點，回頭等七七跳下去，自己隨後再下水，這樣就可以最大程度避免暴露，此物凶猛，以免嚇著了嬌生慣養的小公主。

要說七七驕橫跋扈還算貼切，嬌生慣養倒不是。她也沒注意胡小天遮遮掩掩什麼，等胡小天出來，便先行跳入了水裡。胡小天的這套水靠還是跟她的有區別，沒有頭套、手套和腳蹼。

胡小天跟著潛入水中，卻見水中亮起了一團幽蘭色的光芒，借著那團光芒可以看到七七手中拎著一顆雞蛋大小的珠子，光芒就是從珠子上發出。這顆或許就是夜明珠之類的東西，畢竟是公主，裝備真是齊全。如果再弄個氧氣瓶背在身上，活脫脫一個潛水夫了。

七七已經是第二次潛入水下，加上有明珠照亮，迅速找到了那條水下通道，宛如一條遊魚般潛了進去。胡小天也沒有落後，緊隨她的身後。原本他的無相神功已經有所突破，即便是赤身裸體潛入這冰冷的潭水中也不應該有任何的問題，更不用說現在穿上了這套裝備，鯊魚皮水靠防水絕佳，內襯的火鳥絨雖然只是薄薄一層，可是保暖效果很好。當然入水後手腳頭面部這些沒有防護的地方不免和冰冷的潭水直接接觸，但是對有神功護體的胡小天來說已經沒有任何的大礙。

從水洞中游了出去，就進入了瑤池，七七先浮出水面，胡小天緊跟著她浮了出去，他們所處的位置正是瑤池的荷塘，荷塘之上長滿枯荷，冷風吹過沙沙作響，這片水域並非是禁區，後宮嬪妃可以自由在此蕩舟玩耍，但是前方有一圈圍網將這一小片水域和瑤池的大片水域分隔開來，另外的那一側嚴控船隻出入。

胡小天附在七七耳邊道：「沒什麼可看的，咱們回去吧。」

七七指了指遠方，胡小天順著她手指的方向望去，卻見兩艘小艇沿著瑤池巡遊，顯然是在檢查對面水域之上有無可疑狀況。一切都是為了保證縹緲山的安全，防止有人趁著夜深人靜潛入縹緲山營救老皇帝。其實尋常人進出皇宮都要經過層層盤查，後宮又是皇宮大內的重中之重，至於現在的縹緲山更是聳立在瑤池中心的一個孤島，所有和岸上相通的橋樑都已經被毀去，進出縹緲山也全都依靠船隻，否則就只能游泳過去。縹緲山上本身防守嚴密不說，瑤池之上也有警戒船隻日夜不停地巡邏，想要在層層警戒之下潛入縹緲山，機會微乎其微。

胡小天道：「看到了，怎樣？」

七七壓低聲音道：「咱們游過去。」

胡小天愕然道：「若是讓人發現了，豈不是麻煩？」七七是當朝公主，自然不會有什麼事情，可自己只是一個小太監，真要是被人發現了行蹤，難保不會將一切的責任歸咎到自己的頭上。

七七道：「膽小鬼，你跟我來。」她摸著自己的脈門，利用脈搏來記錄那兩艘小艇移動的速度，約莫數了五百下左右，七七道：「好了，就是現在！」她深吸了一口氣重新潛入水下。

胡小天沒有選擇，只能跟著她一起又潛入水底，七七潛到水底深處方才重新取出那顆明珠照亮，兩人很快就游到水域內的隔網處，七七從腰間抽出一柄匕首遞給了胡小天，胡小天知道她的意思，抓住隔網，方才發現這隔網竟然是金屬質地，極其堅韌，不過七七的這柄匕首也非凡品，不費吹灰之力就將隔網割開了一個缺口，七七率先從缺口內鑽了進去，胡小天猶豫了一下，也從缺口中游了進去。

七七潛泳的技術超乎胡小天的想像，在水中潛游半天都不見她上去換氣，胡小天原本想多撐一會兒，可是在水下窒息感越來越強烈，心中暗歎這樣下去只怕會被活活悶死了，他追上去扯了扯七七的臂膀，然後指了指自己的嘴巴，向上浮去。趁著夜色的掩護冒出水面，吸了幾口氣，看到兩艘小艇從遠方正向他所處的位置划來，趕緊又重新潛入水面之下。七七仍然在水下等待，居然沒有上去換氣，胡小天心中暗自驚歎，這妮子竟然可以在水下呼吸嗎？

兩人會合之後，七七繼續向前方游去，為了避免被上方警界船隻發覺，兩人儘量潛向深處，用不了多久，窒息感再度前來，胡小天又忍不住想要出去換氣的時

候，卻聽到頭頂傳來動靜，其中一艘小艇正經過他們的上方，胡小天只能強行忍住，七七也將明珠收起在革囊之中，避免光亮透出水面吸引護衛的注意，因而暴露他們的行蹤。

想不到那小艇途經他們頭頂上方水面的時候突然停了下來，胡小天這個鬱悶啊，現在如果出去換氣，豈不是要被抓個現形，難不成今天真要露餡？

七七顯然也沒有想會遇到這樣的狀況，她伸出手去抓住胡小天的手臂，意在提醒胡小天千萬不要浮上去，胡小天苦苦支撐，當真是度日如年，他的忍耐力就要到極限，無論如何都得浮上去透口氣，哪怕是被發現了也在所不惜。

就在他準備掙脫開七七的手掌向上浮起的時候，腦海中卻忽然想起了一件事，老乞丐叫他裝死的時候，原本是教給他一個長期屏息的方法，怎麼被他給忘了，念由心生，體內真氣卻自然而然地在經脈中流淌，宛如一股清流洗滌著他的全身，窒息感在瞬息之間就消失得乾乾淨淨。

七七察覺到胡小天突然沒了反應，還以為他當真在水下憋死了，慌忙抖了抖他的手臂，胡小天反手抓住她的小手作為回應，七七方才知道他沒事，放下心來。此時停在頭頂的那艘小艇終於重新啟動，等到小艇離開一段距離，七七拍了拍他的肩膀，意圖帶著他浮出水面，卻想不到胡小天居然繼續向前方游去。

有心栽花花不開，無心插柳柳成蔭，胡小天也沒想到老乞丐教給他的裝死功夫在這裡還能派上用場，頭腦果然決定一切，胡小天活學活用舉一反三的本事，普通人是趕不上的。

七七在水下長時間不用換氣，她肯定掌握了某種奇特的吐納方法，這也不奇怪，畢竟以她和權德安之間的關係，老太監肯定挑選最厲害的功夫傾囊相授。

人比人得死，想想權德安交給自己的幾樣功夫，首先傳十年功力給自己就是個坑，表面上在短期內提升了自己的武功，可事實上卻在自己體內留下了走火入魔的隱患，老傢伙明明知道傳功很可能導致自己經脈錯亂而死，仍然這樣做，顯然沒把自己的性命放在心上。提陰縮陽更是個坑，上次來縹緲山的時候，差點縮進去出不來，胡小天忽然發現權德安從頭到尾都在坑自己，這老太監的心腸真夠壞的。

七七半天不見胡小天換氣也覺得奇怪，她在水下長時間潛游不必換氣，是源於特殊的吐納方法，多數人都做不到像她這樣，她本以為胡小天會時不時浮出水面透氣，卻想不到胡小天居然也擁有像她一樣的本事，看來胡小天的水性根本不次於自己，之前全都是在自己面前裝模作樣，越發覺得這貨陰險狡詐，不過這個幫手也算沒有選錯。

第六章

龍靈勝境

胡小天剛才沒把明珠塞到龍眼眶中的時候是一條獨眼龍，
現在雖然把眼珠子給裝了進去，可一隻亮一隻暗，
看起來獨眼龍的特徵越發明顯了，胡小天總覺得這條龍在看自己，
低頭望去，卻見地上多了一個光圈，宛如舞台上聚光燈打出的效果。

前方已經來到縹緲山下，七七開始向上浮起，她雖然可以長時間不用緩氣，可畢竟不能永遠在水下憋著，這會兒已經到必須換氣的時候。胡小天這會兒方才發現老乞丐交給自己裝死狗大法的神奇，在水下潛游了這麼久，竟然連一點窒息感都沒有，邪門真是邪門，不過我喜歡！雖然他沒有任何換氣的必要，可仍然還是跟著七七一起浮出水面。兩艘負責警戒的船隻已經划去了遠方，瑤池內一切如常。

七七附在胡小天耳邊道：「你這個騙子，居然連半句實話都沒有。」

胡小天懶得辯駁，就算是跟她說實話她也不會相信。七七再度吸了口氣，然後重新潛入水中，胡小天跟著她貼著縹緲山的山體向下潛去，借著七七手中明珠的照亮，胡小天發現原來在山體下竟然還雕刻著一條長龍，這是除了攀附在山體上的兩條之外的第三條，這條長龍圍繞縹緲山呈盤旋之勢，龍頭埋在最下方，有一半沒入湖底淤泥之中，是為巨龍吸水，因為這條龍雕完全位於水下的緣故，所以平時大家只是留意到山上的兩條長龍，而不知水下還有一條。

胡小天從一開始的勉為其難變得好奇心十足，七七看來對縹緲山的地形非常熟悉，難道這縹緲山下還藏著什麼寶貝不成？游了一段距離，感覺有潛流迎面而來，為他們的行進製造了不少的阻礙，卻是他們已經接近瀑布下方，縹緲山的瀑布乃是人工建造而成，設計非常巧妙，雖然從山頂傾瀉而下落差接近百丈，可是匯入湖面的水聲並不大。既豐富了景色，同時又不至於有過大的水聲驚擾了人們休息。

逆流而行顯然要比剛才困難許多，越是接近瀑布，這股阻力越大，兩人重新貼在山體之上，手足並用，不斷向瀑布下方靠近，瀑布的下方乃是龍頭所在的位置。

七七從龍的左耳處游了進去，耳洞的直徑也有五尺左右，深約兩丈。

胡小天暗忖，難道這其中藏有密道？七七舉起明珠，卻見盡頭長滿青苔，正中位置現出一個小孔，七七從腰間革囊中取出一根曲曲折折宛如蛇形的鐵棍，遞給胡小天，示意他將鐵棍插入那個小孔之中。

胡小天舉起鐵棍小心插了進去，從目前的情況來看，這鐵棍應該是打開暗門的鑰匙，盤龍的身上很可能暗藏一條密道，鐵棍插到盡頭，震動了一下，似乎被咬合住，外面還剩下一截彎曲如同搖把。七七做出逆時針旋轉的手勢，胡小天根據她的指示全力搖動那根鐵棍，費了九牛二虎之力都沒有移動分毫。主要是在水洞之中過於偪促，無法使上力氣，七七也過來幫忙，兩人合力仍然無法將鐵棍搖動。

幾番努力無果，七七終於喪失了信心，示意胡小天將鐵棍拔出來，可是插進去容易，拔出來卻異常艱難，鐵棍在其中紋絲不動，胡小天讓七七躲開，身體變換了一個姿勢，雙腳踩在牆壁之上，雙手用力向上拔，來了個倒拔垂楊柳，這一拔卻有了反應，感覺腳下轟隆隆震動了起來，七七也感受到了震動，欣喜萬分，湊上來握住那根鐵棍幫忙。鐵棍拔出來兩寸左右就沒了動靜，胡小天重新逆時針推動，這次居然能夠推動，他凝聚全力，推著搖把轉了一圈，只累得雙臂痠麻。

七七在他眼前做了個七的手勢，胡小天驚得目瞪口呆，這豈不是要轉上七圈的意思，轉一圈都如此艱難，要是七圈他不得累癱在這水洞裡。

七七需要換氣，指了指上方，率先潛游了出去，浮出水面換氣，胡小天自從掌握了裝死狗神功的竅門之後，居然可以長時間待在水下。還好這鐵棍越轉越是輕鬆，七七重新回到他身邊的時候，胡小天已經將七圈轉完，感覺到周圍不停震動，七七示意他將鐵棍再次推到盡頭，眼前的牆壁竟然緩緩向上移動開來，裡面是個中空的空間，周圍的湖水全都向這個洞口湧去，胡小天和七七兩人被一股強大的水流衝了進去，然後又隨著迅速上漲的水流浮了上去，兩人根本沒有花費任何的力量就已經被送入一個陌生的山洞之中。

胡小天率先浮出水面，他顧不上去看周圍的環境，先去尋找七七的所在，一道光芒照亮了黑暗的山洞，卻是七七拿著那顆明珠浮出了水面，她大口大口喘息著，過了一會兒方才緩過勁來，開始說的第一句話就是：「胡小天，你在哪裡？」

胡小天道：「這兒！」他們的聲音在山洞中久久迴盪。

七七循聲望去，看到胡小天就在不遠處，臉上浮現出一絲難得的笑意。

胡小天借著她手中明珠的光芒向周圍望去，卻見他們正處在一個空曠的山洞之中，這裡應該是縹緲山的山腹，想不到縹緲山裡面居然還暗藏著一個山洞。盤龍左耳的洞口通往這個山腹，只是山腹裡面並沒有水，而是他們打開密封的石門之後湖水方才湧入了這裡，現在洞內水面仍然在上漲，最後達到和外面瑤池的湖面同高。

兩人游到岸邊爬了上去，卻見前方岩壁之上雕刻著四個大字——龍靈勝境。

胡小天喃喃道：「這裡是個地下寶庫嗎？」

七七道：「我也不清楚，只是一直都知道我們龍家在縹緲山下藏著一個秘洞。」

胡小天來到龍靈勝境四個大字下方，用手拍了拍石壁，感覺觸手處全都是堅實的岩石，應該不是中空，他轉向七七道：「這裡是不是還有密道？」七七既然能夠找到這裡，想必應該掌握了縹緲山秘洞的地圖。

七七道：「你仔細找找看，有沒有龍形浮雕。」兩人沿著周圍岩壁搜索，找了好半天也沒有發現任何的龍形浮雕，七七自言自語道：「不對，應該是這裡的。」

胡小天抬起頭來，卻見頭頂岩壁之上刻著一條盤旋的長龍，驚喜道：「原來在上面。」

七七道：「你看那條龍有什麼特別？」

胡小天從龍尾看到龍頭，終於發現那條龍的左眼眶內竟然是空的，七七道：「借你肩膀用用。」沒等胡小天答應，就已經爬到了胡小天的後背上。

胡小天無奈只能讓她踩在自己肩膀上，好在七七身體輕盈，舉著她毫不費力。

七七踩在胡小天的肩頭上，仍然還差一掌的距離摸到龍頭，乾脆踩到了胡小天的腦袋上，胡小天總不能把她扔下來，只能硬著頭皮撐著她的體重，七七站在胡小天頭頂，剛好成功可以摸到上方的盤龍浮雕，將手中的那顆明珠很小心地嵌入浮雕盤龍的左眼之中。

胡小天本以為這顆明珠塞入龍眼眶之中，馬上就會有暗門開啟，可是塞進去之後，那條龍毫無反應。

七七也大為不解，伸手在龍頭上狠狠拍了兩下，那條龍仍然沒有反應。

胡小天道：「你先下來再說。」

七七不甘心地又拍了幾下，這才從他頭頂跳了下去，有些迷惑道：「按理說是可以找到密道的。」

胡小天道：「是不是天長日久，機關太久沒用，已經失效了？」

七七道：「怎麼可能。」心中卻已經認同了胡小天的看法，這山洞已經存在數百年，裡面的機關從未啟動過，更談不上什麼維護，說不定早已銹蝕了。

胡小天望著那條龍，剛才沒把明珠塞到龍眼眶中的時候是一條獨眼龍，現在雖然把眼珠子給裝了進去，可一隻亮一隻暗，看起來獨眼龍的特徵越發明顯了，胡小天總覺得這條龍在看自己，低頭望去，卻見地上多了一個光圈，宛如舞台上聚光燈打出的效果。胡小天不由得心中一動，他拉著七七向後退去，離開明珠照射的範圍。

七七也在同時留意到了這一狀況，她蹲了下去，用手抹去地上的浮塵，地下鑲嵌著一塊小小的銅鏡，因為和地面一平，上面又蒙上厚厚的塵土，很難引起注意，銅鏡反射出的光芒射向穹頂，穹頂的位置也有銅鏡，反射的光芒重新落在地面上，七七找到地面上的光點，再次將上方的塵土擦去，果不其然，下面也有一塊銅鏡。

胡小天心中暗自驚歎，竟然是利用光的折射原理進行引路，設計這個山洞的人心思還真是巧妙。兩人沿著光線一路尋找，鑲嵌在穹頂的銅鏡雖然歷經百年卻仍然晶瑩明亮，地上的因為積攢多年浮灰，所以必須要擦淨之後方才可以起到反射光線的作用，七七這位小公主這會兒搖身一變，儼然成為了一個擦地婆，時不時地躬身下去擦拭地面，在胡小天的記憶中，她從沒有對清掃工作表現出如此的敬業，也是第一次發現她擦地的天賦。

胡小天在後面跟著，看著她的動作心中大樂，要是給這妮子換上一身女僕裝，看著她跪在地上擦地板也不失為一件樂事。

冷不防七七回過頭來，正好捕捉到胡小天臉上不懷好意的笑容，秀眉顰起，怒道：「笑什麼？」

胡小天道：「我這人就是這個樣子。」

七七道：「你來擦，這種粗活本來就該你來做。」

胡小天心中暗罵，老子憑什麼該做？真把我當成你家傭人了？他冷笑道：「小公主，這兒好像沒有別人，真要是發生了什麼事情，也不會有人知道。」

七七看到這廝突然流露出的陰險表情，心中居然有些發毛了，顫聲道：「你……你想怎樣？」之前胡小天在酒窖裡的行為她依然記憶猶新，那次如果不是姑姑出手阻攔，說不定他真敢將自己滅口。

胡小天道：「不想怎樣，兔子急了還咬人呢，如果公主殿下對我一味相逼，不排除我……嘿嘿……你明白的。」

七七格格笑了起來，從革囊中取出一個黑盒子，胡小天熟悉到極點的黑盒子。胡小天看到暴雨梨花針頓時傻眼了，不等七七說話就把腦袋一耷拉：「讓開！誰都別攔著我擦地！」

識時務者方為俊傑，大丈夫能伸能屈，不就是擦個地嘛，還能把我累死？胡小天怕的不是七七，怕的是她手中的暴雨梨花針，這小妮子夠狠，一直都留著後手。

一路擦到了牆上，光線在經過十多次反射之後最終投影在牆上一個茶杯口大小的光斑，胡小天擦去表面的青苔，後面沒有了銅鏡，只是有一個圓形的凹陷。

七七湊了上去，用手摸了摸，輕聲道：「幫我把那顆明珠取下來。」

胡小天只能再次將腦袋借給她，讓她踩著自己的腦袋從穹頂龍雕的眼眶中取下明珠，明珠一旦取下，室內一道道反射出來的光柱瞬間消失。七七握著明珠從胡小天頭頂一躍而下，來到剛才的位置將明珠塞入凹陷之中，讓人歎為觀止的一幕出現在兩人的面前，以明珠為中心，光線迅速向四周蔓延擴展，一條閃爍著光芒的長龍出現在他們面前的岩壁之上，只聽到轟隆隆一聲巨響，腳下的地面劇烈顫抖了起來。兩人慌忙後撤，卻見緊貼岩壁下方的地面從中分開，露出一個黑魆魆的洞口。

胡小天嘖嘖稱奇，這地洞的設計的確稱得上鬼斧神工。七七革囊之中的寶貝還真不少，她又從中取出了一顆夜明珠，雖然不如剛才那顆大，可是已經足夠用來照明。沿著台階向下走去，沒走幾步前方出現了一個水潭，潭水長寬大概十丈左右，平靜無波。水潭的對面有三層石階，平台之上放著一尊青銅大鼎。

七七驚喜道：「找到了！」看來她的目的就是這尊青銅鼎。畢竟還是小孩子家心性，看到目標就在眼前，頓時快步跑了過去，來到水潭前方跳了進去，胡小天搖了搖頭，等他來到水潭邊的時候，七七已經游到了中心。

可突然之間潭水變得波濤洶湧，七七馬上察覺到了異樣，一股莫名的危險感湧上心頭，她在水中轉頭望去，卻見水面下一個巨大的黑影正飛速向上靠近。

胡小天第一時間反應了過來，大吼道：「快逃！」

蓬的一聲巨響，水花四濺，一條足有三丈長度的巨鱷破水而出，半邊身體出現在水面之上，張開巨吻向七七吞噬而去。七七嚇得魂飛魄散，她無論如何都想不到這看似平靜的水潭之中竟然還蘊藏著這樣的危險生物。雖然害怕，可是七七在危險關頭仍然沒有喪失理智，她舉起暴雨梨花針，瞄準了巨鱷張開的大嘴，密密麻麻的鋼針射入其中，巨鱷吃痛，頭顱猛然一甩，錯失了目標，巨吻咬合發出崩的一聲悶響，七七竭力向對岸游去，意圖在巨鱷捲土重來之前逃出水潭。

雖然鋼針射入了巨鱷的嘴巴，可是這些鋼針顯然沒有對牠造成致命的傷害，在水中一轉身復又向七七追蹤而去，七七手足並用，拚命向岸上游去，感覺身後水波蕩漾，應該是那鱷魚越來越近，她的手終於摸到岸邊，搶在鱷魚追上自己以前，雙臂一撐從水潭中爬了上去。

那巨鱷已經來到她的身後蓄勢待發，七七跌跌撞撞爬到了岸上，卻見那條鱷魚也跟著爬了上來，一雙小眼睛貪婪地望著自己，張開巨吻露出白森森的獠牙，意圖發動第二次致命攻擊。

七七揚起手中的暴雨梨花針，連連摁了下去，剩下的鋼針全都向鱷魚射了過去，那鱷魚這次閉上了嘴巴，鋼針射在牠堅硬的皮膚上根本無法射入其中，對牠造不成任何的傷害，七七將手中已經射空的針盒向鱷魚砸去，針盒砸在牠的腦袋上旋即又落在地上，這樣的攻擊根本不可能對鱷魚造成任何傷害，七七轉身就逃，卻在這關鍵時刻一腳踏空，扭到了足踝，慘叫一聲坐倒在地上。

鱷魚似乎認為獵物已經無法逃脫，一步步緩慢向七七逼近。

七七向後挪動，顫聲道：「胡小天……」此時她方才留意到岸上哪還有胡小天的影子，七七心中絕望到了極點，眼看鱷魚越來越近，她足踝疼痛欲裂，甚至連爬起來的力量都沒有了，七七尖叫道：「胡小天，你這個王八蛋，我要將你挫骨揚灰，碎屍萬段！」她心中認定胡小天棄自己而去，不問她的死活。

那鱷魚慢慢張開了大嘴，正準備享受眼前的美味，就在此時，胡小天從水池之中飛躍而起，宛如神兵天降，雙手舉起七七給他的那柄匕首，瞄準鱷魚的右眼狠狠插了進去，這柄匕首削鐵如泥，剛才在水下割裂金屬網就已經得到驗證，現在剛好派上用場。其實胡小天並沒有逃走，看到鱷魚將全部的精力都集中在七七身上，他剛好趁著這個機會游過水潭，發動突然襲擊。

噗的一聲，匕首從鱷魚的右眼中插入，直至沒柄。

鱷魚痛得猛然甩動頭顱，胡小天只覺得一股巨力襲來，他的身體被鱷魚從身上甩脫出去，後背重重撞在石壁之上，然後貼著石壁緩緩滑落，感覺周身的骨頭都幾乎被撞碎了。

那鱷魚受此重創，凶性被徹底激起，衝著胡小天的方向狂撲了上去。七七發出一聲嬌呼，似乎看到胡小天被鱷魚吞入腹中的情景。連胡小天自己也以為完了，可是那鱷魚撲到半空中，身體卻似乎被一物牽扯，重重落在了地上，距離胡小天的身體不過半尺的距離，大嘴不斷張合，蓬蓬有聲，卻苦於距離不夠，無法傷到胡小天分毫。

胡小天本以為自己必死無疑，眼睛都閉上了，暗歎好人不宜做，捨己救人的結果就是把自己餵了鱷魚，正在後悔不及的時候，聽到鱷魚大嘴蓬！蓬！閉合的聲音，睜開眼睛一看，鱷魚正在拚命向前，原來牠的左後腿處被鎖著一根鐵鍊，這根鐵鍊限制了牠的行動，在關鍵時刻救了自己一命。

胡小天哈哈大笑，趁著鱷魚嘴巴閉上的時候，一把將插在牠右眼中的匕首給拔了出來，鱷魚痛得尾巴橫掃，一股勁風從胡小天的面前掠過，皮膚如同被刀割一般疼痛，足見這一掃的驚人威力，如果被牠的尾巴掃中，哪還有命在。

鱷魚非常狡猾，很快就明白無法捕食到胡小天，轉身去找七七，此時七七已經趁機爬起來一瘸一拐地逃出了危險範圍。

胡小天握緊匕首，深深提起一口氣，再次衝了上去。雖然鱷魚被鐵鍊鎖住活動的範圍受到限制，可是他們回頭離開的時候還要從水潭經過，必須要將之剷除，不然還會給他們製造巨大的障礙。

想不到鱷魚轉身尋找七七只是一個幌子，胡小天發動攻擊的同時，牠猛然回過頭來。七七驚呼道：「小心！」卻見胡小天以驚人的反應速度，身影如同鬼魅般繞行到了鱷魚的右側，卻是躲狗十八步中的雞飛狗跳步，鱷魚右眼被他刺瞎，這邊的視力自然受到影響，胡小天成功躲過鱷魚的這次攻擊，腳下移動，身軀瞬間靠近鱷魚，在牠嘴巴沒有再度張開之時，揚起血淋淋的匕首狠狠插入牠的頭頂，這下刺了個正著，鋒利的匕首破開鱷魚的頭骨，深深貫入牠的顱腦之中。

鱷魚雖然凶頑強悍，可是畢竟不是刀槍不入的神物，要害被刺，頓時失去了反抗力，頭顱無力垂落，砸在地面之上，整個地面都震動起來。

胡小天長舒了一口氣，這場搏殺也累得他筋疲力盡，出了一身的臭汗。從鱷魚頭頂將匕首拔了出來，然後舉步維艱地來到七七面前，笑了笑道：「剛才我好像聽到有人要將我挫骨揚灰，千刀萬剮呢。」

七七驚魂未定地望著那條死去的巨鱷，然後再看了看他，忽然格格笑了起來，單純稚嫩的小臉之上居然現出前所未有的嫵媚之色。

兩人喘息平定之後，方才相互扶持著站起身來，七七一瘸一拐地來到那青銅鼎前，用明珠照亮鼎上的文字，她默默讀了一遍，然後在青銅鼎前跪了下去，恭恭敬敬磕了三個頭，這才重新回到青銅鼎旁邊，讓胡小天用明珠幫她照亮鼎內，青銅鼎的底部也有圖案，七七將圖案重新排列。胡小天一旁看著，這應該是拼圖解鎖，果不其然，圖案重新排列之後，那青銅鼎慢慢向後方移動，下方現出一個四四方方的石穴，其中放著一個箱子。

七七讓胡小天幫忙將箱子抱了出來，這箱子並不算重，裡面應該藏不了多少東西。打開箱子之後，裡面用油布包裹著一物，七七也沒有避諱胡小天，當著他的面將油布打開，裡面包著一卷玉簡。

胡小天雖然不知道玉簡是什麼，可是他們兩人費勁千辛萬苦才找到這樣東西，這玉簡應該是極其重要之物。

七七道：「這玉簡算不上什麼寶貝，可是對我們龍家來說非常重要，今天的事情，你知我知，千萬不可洩露給第三人知道。」

胡小天故意道：「權公公也不能說？」

七七道：「任何人都不能說。」

胡小天道：「我還以為這縹緲山下藏著一個大大的寶庫呢。」

七七道：「你以後只要盡心盡力地幫我做事，好處絕少不了你的。」

胡小天已經不止一次聽別人說過這樣的話，可是七七還是第一次在他的面前說這樣的話，他有些奇怪地望著七七，卻見這個未成年的小丫頭此時臉上的表情極其凝重，應該不是在跟自己說笑。

胡小天道：「你能給我什麼好處？」

七七道：「保你榮華富貴，幫你恢復胡家昔日之榮耀。」

胡小天呵呵笑道：「說得輕巧，你得先說服皇上。」

七七道：「他是我爹，我若是開口，他自然不會拒絕。」

胡小天心中暗笑，這妮子畢竟還是太小，思想太單純了，皇上雖然是你爹，可你爹絕不會對你言聽計從。胡小天道：「咱們還是儘快回去吧，離開太久，別人肯定會產生疑心。」

重新回到酒窖之中，小公主也沒有多做耽擱，換回自己的衣服，迅速離開了司苑局。

胡小天將小公主送給自己的水靠和匕首全都藏好，換好乾淨的衣服，又悄悄檢查了一下地道，他擔心今晚的事情被李雲聰發覺，所以事先在通往藏書閣的密道之中悄悄佈防，所謂防備其實也非常的簡單，無非是弄幾個蜘蛛讓牠們在洞中結網，這一招雖然簡單，但是非常實用，而且不怕李雲聰產生疑心。

胡小天檢查了一下，蛛網仍然好端端地封住密道，看來李雲聰最近都沒有過來。他對七七得到的玉簡也頗為好奇，這妮子行蹤詭秘，而且反覆叮囑自己要為她守住秘密，甚至連權德安也要瞞著，估計這其中必有文章，不過從那秘洞的佈局來看，裡面藏的十有八九就是皇家秘密。等有機會問問老爹，看看他知不知道這玉簡究竟是什麼東西？

檢查之後，鎖好酒窖回到自己房間休息，剛剛回到房間，內官監李岩就過來傳信，說姬飛花要召他過去。

胡小天沒想到姬飛花這麼晚還要傳召自己，暗忖，難道是七七來找自己的事情被他知道了？又或是因為他私自去拜會皇上的事情，引起了姬飛花的疑心？

來到內官監，姬飛花正背身端詳著牆上的大康疆域圖。胡小天進門之後，直接將房門關上，然後來到他的身邊，恭敬道：「提督大人這麼晚了傳召小天，是不是有要緊事吩咐？」

姬飛花淡然道：「沒有要緊事，咱家就不能找你了？」

胡小天笑道：「小天不是這個意思，只是害怕耽擱了大人休息。」

姬飛花道：「最近永陽公主去你那邊走動得非常頻繁啊！」

胡小天道：「皆因權德安將密道的事情告訴了她，所以她威逼小天讓我陪她去下面一探究竟。」對付姬飛花胡小天很有一套，在他面前何時該說實話，何時該說謊話，胡小天對分寸把握得恰到好處。

姬飛花道：「有什麼發現沒有？」

胡小天道：「沒什麼發現。」心中暗自忐忑，難道姬飛花已有覺察，馬上又補充道：「只是被她逼著去水裡游了一圈，到現在小天的體溫還沒恢復過來呢。」

姬飛花點了點頭，目光投向牆上的這幅疆域圖，輕聲道：「認得這幅圖嗎？」

胡小天道：「大康的疆域圖。」

「現在的疆域圖！」姬飛花說完轉身來到書案前，緩緩將桌上的一幅卷軸展開，裡面也是一幅疆域圖，不過這幅地圖顯得非常的古舊，應該有些年頭了。

胡小天跟過去看了看，心中暗自奇怪，姬飛花怎麼想起來將這些東西翻出來？

姬飛花道：「大康建國五百餘年，至太宗皇帝達到鼎盛，橫掃六合，一統天下，在太宗皇帝在位之時，大康的疆域達到有史以來最大。」

胡小天心想干我屁事？又干你姬飛花屁事？作為一個太監來說，最重要的就是幹好本職工作，而不是干涉朝政，知不知道為什麼那麼多人對你如此仇視，根本原因還是因為你野心太大，手爪子伸得太長。

姬飛花的目光重新投到牆上的疆域圖上，低聲道：「盛極必衰，大康歷經統一分裂，自太宗皇帝以來，疆域不斷縮小，可是都比不上近一百年，這一百年來大康的疆域已經不及鼎盛時候的二分之一。」

胡小天道：「提督大人憂國憂民，小天深感佩服。」

姬飛花冷冷道：「你不用拍馬屁，咱家知道你在想什麼。」

被人當面揭穿的滋味並不好受，即便這個人是姬飛花，即便只有他們兩個，胡小天仍然有些面皮發熱，發熱歸發熱，馬屁還是要繼續拍下去：「提督大人，小天沒有任何阿諛奉承的意思，每次看到大人為國事殫精竭慮，嘔心瀝血，廢寢忘食，小天心中就有說不出的感動……」

姬飛花狠狠瞪了他一眼，胡小天下面的話於是不敢再說出來。姬飛花道：「大康有大康的規矩，宦官不得涉政，有違者，斬立決，你說這番話是不是在影射咱家過問國事？」

胡小天嚇得打了個激靈，拍馬屁拍到馬腳上了，姬飛花實在是太精明了，自己

的這番話有關公門前耍大刀之嫌。慌忙躬身道：「提督大人，小天對提督大人忠誠之心可昭日月，絕沒有影射大人的意思。」

姬飛花淡然道：「你心中怎麼想，咱家也看不見。」

胡小天道：「大人若是不信，小天將心挖出來給大人看。」

姬飛花道：「你這張嘴啊，只怕說出的話連自己都不相信。」他並沒有責怪胡小天的意思，指了指大康疆域圖道：「一百年前大雍從北方崛起，擁藍關守將薛九讓勾結北方胡人殘部，擁兵自立，脫離大康，大康皇上震怒，集結百萬大軍誓要蕩平擁藍關，滅掉薛氏全族，大軍一路北上勢如破竹，叛軍紛紛望風而逃，大軍來到通天江畔，正集結準備渡江之時，叛軍炸毀河堤，洶湧澎湃的洪水一湧而下，百萬大軍如同螻蟻一般被洪水擊潰，洪水肆虐，災情牽連十七州八十二縣被摧毀的村鎮更是不計其數。」

胡小天雖然沒有親歷這樣的場面，可是通過姬飛花的描述也能夠想像出當時的淒慘情景，心中暗歎，這薛九讓為了擊敗大康的軍隊，採用的手法也是卑鄙無恥到了極點，不惜犧牲百姓的生命。

姬飛花道：「大康經此大劫自然元氣大傷，可是以大康數百年的基業斷然不會被一場洪水沖垮，當時那位皇上僥倖從洪水中逃命，帶去征討的百萬大軍，回到康都的時候竟然不到七千人。他決定休養生息，來年再戰。以薛九讓當年的實力，短期內應該無法撼動大康的江山，可是上蒼並沒有站在大康這邊，洪水過後，一場瘟疫席捲大康全境，開始只是在洪災地區，可後來迅速蔓延到大康各郡，這場瘟疫比起水災更加凶猛，許許多多的城鎮百姓死絕，橫死遍野，皇上為了擋住瘟疫，竟然聽從某些奸臣的建議，在康都北方武興郡佈置一條防線，禁止武興郡以北的難民南下，但凡越界者一律射殺。」

胡小天皺了皺眉頭，這皇帝的確是糊塗透頂，若是加強邊防檢查倒還罷了，不加甄別一律射殺，實在是殘酷霸道。

姬飛花道：「他這麼做等於將百姓盡數留在死亡之地，而薛九讓此時卻率軍南下，親自率軍救治百姓，他的做法輕易就俘獲了民心，原本敵視他的百姓轉而投向了他，短短半年之內，他不但穩固了通天江北岸的地盤，而且勢力已經發展到了武興郡以北。」

胡小天道：「這場瘟疫該不是薛九讓搞出來的？」

姬飛花緩緩點了點頭道：「你果然聰明，正是如此。」

胡小天倒吸了一口冷氣，能夠成就帝王功業者，果然都是不擇手段心狠手辣的梟雄人物。

姬飛花道：「大雍從此站穩腳跟迅速發展，大康自然不肯甘心，後來又發生多次北伐征討，雙方互有勝負，每次雙方都是損失慘重，不斷的戰事讓雙方損耗了不少的國力和元氣，正是因為中原兩國戰火不停，周圍蠻夷趁機發展了起來，這其中就包括西南的沙迦，北方的黑胡。沙迦不斷在西南危及大康的地盤，而黑胡在大雍的北方不斷滋擾其邊境。兩國終於意識到，這樣下去中原腹地早晚會被蠻夷侵佔，於二十年前簽訂了停戰書，雙方暫停敵對，明確邊界，大雍在原有邊界之上後撤到庸江以北，大康承認大雍的存在，兩國以庸江中心為界，約定子子孫孫和平共處，不再兵戈相向。」

姬飛花的目光變得有些迷惘：「這份合約為大康換來了二十年的和平，本來這二十年，皇上若是勵精圖治，發展內政，或許大康的國力可以得以恢復，但是他卻奢侈無度，殘忍暴虐，大康的國力在這二十年間非但沒有絲毫的發展，反而每況愈下。」

胡小天道：「大雍好像越來越強大呢。」

姬飛花點了點頭道：「大雍皇帝薛勝康此人英明睿智，這二十年間刻苦經營，埋頭發展內政，對外穩固後防，在大雍和黑胡之間構築長城，將黑胡人阻擋於長城之外，此人知人善任，網羅天下英才，大雍兵馬大元帥尉遲衝就曾經是大康將領，因為在大康軍中遭受排擠而負氣出走，到大雍之後深得薛勝康寵信，並委以重任，得到此人之後，大雍對黑胡人的戰事逆轉，尉遲衝先後多次擊敗彪悍的黑胡騎兵，收復北方七城，重新構築了大雍的北方防線。」

胡小天心中暗忖：「這麼厲害，有機會倒是要見上一見。」

姬飛花又道：「內政方面，大雍前丞相李玄感，此人擁有經天緯地之才，在任之時，讓大雍內政得以長足發展，如今大雍國庫豐盈，百姓富足，全都要拜此人之功。」

胡小天心中暗想，如此說來，大雍的國力要比大康強多了，姬飛花說了那麼多大雍的好話，難不成這廝是大雍的奸細？

姬飛花道：「其實大康這些年雖然在走下坡路，可大康五百多年的基業絕非一日之功，大康人傑地靈，英才輩出，只是這些年來，皇上都將精力集中在權力爭鬥之上，而沒有真正想過如何去治理這個國家。」

胡小天可不敢說大康的不是，姬飛花什麼人？他連皇上都敢給以顏色，別說區區幾句話了。

對著疆域圖抒發了半天的感慨，姬飛花終於將目光回到了胡小天的臉上，他低聲道：「咱家說了這麼多，只是想你知道這些年大康版圖的變化。」

胡小天道：「小天明白大人的苦心。」

姬飛花聽他這麼說，反倒笑了起來：「咱家就是隨口一說，可沒什麼苦心。」

他回到書案邊坐下：「聽說你去皇上那裡，想要辭去遣婚使一職。」

胡小天道：「其實此前小天就對大人說過，我擔心這次的送親並非那麼簡單，可能有些人會在這件事上製造文章，小天賤命一條死不足惜，只怕連累了大人。」

姬飛花道：「你知不知道究竟是什麼人保舉你去紫蘭宮？」

胡小天道：「聽說是權公公保舉。」

姬飛花搖了搖頭道：「定下這件事的人其實是皇上！」

胡小天內心一驚，想起當初小公主七七想要將他要到儲秀宮聽差，皇上卻突然決定讓他前往紫蘭宮，那時候他就覺得這件事有些突然，不明白為什麼皇上會做出這樣的決定，後來聽說是權德安的保舉，現在姬飛花又這樣說，到底哪個說的才是真的？

姬飛花道：「咱家對皇上一腔熱血，滿腹忠誠，可是卻在無意中觸及了很多人的利益，所以這幫人便陰謀想要將我除去。」

胡小天默不作聲，此時還是不說話的好，姬飛花口中的這幫人想必就是權德安和文承煥。

姬飛花道：「你還記不記得我替文雅療傷當晚？」

胡小天點了點頭，他當然記得，姬飛花以融陽無極功化解冰魄玄冰掌給文雅造成的內傷，當晚發生的事情實在太多，至今想起仍歷歷在目，心有餘悸。

姬飛花道：「相信你已經看出咱家是故意做戲，咱家離開皇宮是為了將計就計，剷除意圖設伏對付我的人，順便也利用這件事試探一下某些人的反應。」

胡小天心中已經想到了什麼，可是表面上仍然裝出迷惘萬分的樣子：「小天愚昧，有些聽不明白。」

姬飛花道：「你不是不明白，而是不敢說，皇上已經對我起了殺心。」

胡小天內心直打鼓，姬飛花告訴自己這個秘密究竟有何目的？難道他真的對自己已經完全信任？不可能，姬飛花根本不可能信任任何人。

姬飛花歎了口氣道：「咱家為皇上傾盡全力鞠躬盡瘁，到頭來卻被他猜忌，甚至想要聯合其他人將我除掉，這怎能不讓咱家心寒。」他看了胡小天一眼道：「你不去大雍，是擔心他們在這件事上製造文章，陷害你以達到牽連咱家的目的，對不對？」

胡小天抿了抿嘴唇，姬飛花將一切挑明，他反倒不好說話。

姬飛花道：「看來你對咱家仍有顧忌。」

胡小天道：「大人，非是小天對您心存顧忌，而是小天只是一顆微不足道的棋子。」

姬飛花道：「咱家沒什麼朋友，身邊的人不是怕我就是恨我，只有在跟你說話的時候，咱家才覺得平靜，連我都覺得奇怪呢。」

胡小天有些受寵若驚，同時又有些感動，拋開姬飛花的身分和目的不言，他對自己還是很不錯的。胡小天道：「承蒙大人看重，小天絕非恩將仇報之人，大人有任何事情，小天絕對會傾力相助，絕不猶豫。」

姬飛花道：「大雍之行是皇上定下來的，你必須要去，既然皇上都已經計畫好了，你若是不去，豈不是不給他施展計畫的機會，他若是不展開行動，咱家怎麼能夠抓他一個現形，讓他認錯呢？」

胡小天心中暗自心驚，姬飛花這麼說，是不是意味著他要對龍燁霖下手？此人果然膽大包天，難道他已經動了謀朝篡位的心思？

姬飛花道：「這一路之上必然不會平靜，文承煥保舉他的寶貝兒子文博遠負擔沿途護送之責，文家父子和權德安狼狽為奸，組織神策府，妄圖對抗咱家，此事咱家已經忍耐多時，後來他們父子又弄出文雅入宮之事，三番兩次陷害咱家，若是不給他們一個教訓，他們只會越發囂張。」

胡小天道：「大人想怎麼做？」

姬飛花輕描淡寫道：「咱家要文博遠此次有去無回。」

胡小天心中暗喜，在這一點上他和姬飛花倒是不謀而合，文博遠前往大雍的目的肯定是為了對付自己，就算自己不對他下手，此人必然會危及到自己的安全，甚至還會危害安平公主。

只是短暫欣喜過後，胡小天又有些發愁，姬飛花讓文博遠有去無回，看樣子是要把這件事交給自己，文博遠武功高強，自己對付他可沒有足夠的把握，真要是跟他打起來，搞不好還得將自己的性命搭進去。他低聲道：「大人要親自出手嗎？」

姬飛花呵呵笑了起來，撚起蘭花指，托起胡小天的下頷道：「你這小子總是貪生怕死，文博遠的武功雖然不錯，但是武功在頭腦面前幾乎一錢不值。」一雙鳳目近距離端詳著胡小天的面孔，看得胡小天內心一陣發毛。姬飛花莫不是對自己產生了什麼非分之想，老子是個男人噯，你托著我的下巴這麼看，實在是讓我雞皮疙瘩掉了一地。

姬飛花的手仍然沒有移開的意思，輕聲道：「水能載舟，亦能覆舟，此去大雍，必然經過通天江，文博遠武功雖然厲害，可是此人卻是一個旱鴨子。」

胡小天心中暗忖，姬飛花的意思是，讓我找機會將這廝推到水裡把他淹死？可文博遠武功這麼高，只怕下手不易。

姬飛花總算放開他的下頷：「你有沒有信心？」

胡小天訕訕笑道：「聽說文博遠武功高強，小天那點三腳貓的功夫，只怕除去他沒那麼容易。」

「若是容易的事情，咱家也不會交給你親自去做。」姬飛花的目光滿懷深意，靜靜望著胡小天道：「你口口聲聲對咱家忠心耿耿，可嘴上說得再好也不如踏踏實實去做一件事證明給我看，你若是幫咱家做成此事，咱家可保你胡家榮華福貴，恢復你父親昔日之官職，你意下如何？」

姬飛花的條件實在是擁有著讓人無法抵擋的誘惑，胡小天也難免心動，不過他又擔心這是姬飛花的一計，假如自己當真除掉了文博遠，姬飛花會不會將所有的責任都推給自己，此人乃大奸大惡之輩，處事之果敢狠辣是胡小天生平僅見。胡小天道：「可文博遠若是死了絕非小事，皇上不可能不追究此事的責任。」

姬飛花微笑道：「忘了告訴你，此次的遣婚使乃是禮部尚書吳敬善，天塌下來自然有他撐著，至於你只不過是一個副職，沿途負責公主殿下的飲食起居，你的責任反倒是最少的。」

胡小天愕然道：「我怎麼沒聽說？」心中暗歎姬飛花行事縝密，已經將善後的事情想好。

姬飛花道：「安平公主出嫁絕非小事，派一個小太監當遣婚使也實在太過草率，吳敬善跟著過去豈不更好，出了什麼事情都有他擔著，你不用擔心，咱家不會做鳥盡弓藏的事情。」

胡小天瞭解姬飛花的全盤計畫之後，心中也是暗暗心驚，幸虧姬飛花把他當成自己人，不然豈不是連他也要一起幹掉了。

姬飛花道：「你頭腦靈活，遇事冷靜，可凡事都有萬一。」他將一個事先準備好的包裹遞給胡小天，胡小天當著他的面打開，卻見裡面卻是一套鯊魚皮水靠，心中頓時一緊，胡小天清醒地認識到自己竟然被姬飛花給感動了，姬飛花竟然會在意他這樣一個小人物的生死。

姬飛花道：「這樣東西，你危險的時候興許用得上。」

胡小天得悉姬飛花的全盤計畫之後，不禁心潮起伏，姬飛花決定在通天江下手，他不但要除掉文博遠，應該也沒有將安平公主的生死放在心上，不過他給了自己這兩樣東西，足見他對自己的生死還是在意的。胡小天實在是想不明白，為何姬飛花會如此在意自己的性命？難不成他真對自己產生了特別的感情？若是被一個太監喜歡上了，想想還真是可怕。

姬飛花卻在此時又給胡小天潑起了冷水：「你若是膽敢在這件事上做半點文章，欺瞞咱家，那麼休怪咱家不講情面。」

胡小天心中猛然警醒，姬飛花畢竟是姬飛花，他對自己示好無非是要利用自己，自己千萬不可被他的懷柔手段給弄暈了，時刻必須保持清醒的頭腦。

第七章

比女人還要嫵媚的男人

簡皇后望著姬飛花，這膽大妄為的東西，真是罪該萬死。
姬飛花覺察到簡皇后對自己的不滿，唇角露出微微一笑。
即便是簡皇后身為女人也得承認姬飛花的笑容比女人還要嫵媚迷人，
擁有著顛倒眾生的魅力，如此妖孽，難怪皇上會沉迷於他。

正月初七，胡小天完成採買之後來到寶豐堂，周默事先幫他約好了展鵬在這裡會面。展鵬自從加入神策府之後，為了避免嫌疑，一直很少和胡小天見面，久別重逢，相見甚歡，胡小天不由得想起了慕容飛煙，此次被神策府派往臨淵執行任務，至今都沒有回來，本來來信說年前可以回來，可現在卻仍然沒有聽到她的消息，胡小天約展鵬相見其中一個原因，也是為了從他那裡打探慕容飛煙的消息。

展鵬道：「你儘管放心，臨淵那邊一切順利，昨天收到消息，他們已經在返回的路上，最遲月底就能夠抵達康都。」

胡小天歎了口氣道：「月底只怕我已經到大雍了。」這次和慕容飛煙肯定是要擦肩而過了。

展鵬道：「恩公也要去大雍？」

胡小天聽他這樣問，不由得一怔：「怎麼？你也要去嗎？」

展鵬點了點頭道：「我剛剛接到命令，陪同文博遠一起護送公主前往雍都，本來是沒有我的，前天文博遠突然找到我，讓我頂替另外一人。」

胡小天皺了皺眉頭，本來展鵬前往雍都又多了個自己人，可這件事細細一想卻有些不妥，展鵬和慕容飛煙全都是在權德安的授意下方才加入的神策府，權德安對他們和自己的關係瞭若指掌，而權德安和文家父子又是同一陣營，此次讓展鵬臨時頂上，該不是又醞釀什麼陰謀，這件事難道和自己有關？

周默和展鵬從胡小天的表情都看出他有心事，同時問道：「有何不妥？」

胡小天將心中的憂慮說了出來，低聲道：「權德安會不會將你我之間的關係暴露給文博遠？」

展鵬道：「按理不會，權德安讓我們加入神策府的初衷，是想通過我們監視文博遠的動向，這神策府的背後組織者雖然是他和文承煥，可是權德安對文家父子也不是完全信任，他經常以恩公的安全作為要脅，讓我們替他監視文博遠在神策府的動向。我看這次很可能只是巧合，並非文博遠有意為之。」

胡小天道：「巧合也罷，有意為之也罷，此次行程之中，你我就當從未相識過。」他又想起慕容飛煙乃是慕容展的女兒，權德安應該不敢對她不利。

展鵬點了點頭：「恩公放心，我知道應該怎樣做。」

胡小天道：「文博遠武功如何？」

展鵬道：「此人應該是年輕一代中出類拔萃的高手，我雖然沒有和他交過手，可是曾經見識過他的刀法，若是近身搏殺，我不會是他的對手。」

胡小天笑道：「焉知不是浪得虛名。」展鵬本身就以射術見長，近身搏殺絕非是他所長。至於文博遠雖然名聲在外，可畢竟是官宦子弟，未必能有什麼真本事。

展鵬道：「應該不是浪得虛名，我曾經親眼見到他在十招之內擊敗趙崇武，而趙崇武的刀法和我在伯仲之間。」他口中的趙崇武乃是神策府的雁組武士，和他的感情不錯，兩人也都參與了這次前往大雍的護衛任務。

胡小天開始的時候還以為展鵬是謙虛，現在聽他這麼說，看來文博遠的武功應該是貨真價實。

周默道：「我雖然沒有見過文博遠，可是也聽說此人從小就跟隨有刀魔之稱的風行雲學習武功，乃是風行雲最得意的門生，刀魔風行雲嗜刀如命，乃是天下公認的三大刀客之一，他的徒弟應該差不到哪裡去。」

胡小天越聽越是頭疼，文博遠越是厲害，自己對付他的難度也就越大，姬飛花讓自己在途中將他幹掉，說起來任務還真是艱巨。此事雖然需要展鵬配合，可現在告訴展鵬這件事還是太早，必須計畫周全，途中方能見機行事。

展鵬跟胡小天又聊了幾句，率先離開了寶豐堂。

展鵬離開之後，胡小天方才向姬飛花讓自己在途中除去文博遠的事情告訴了周默，周默一聽也覺得此事非同小可。濃眉緊鎖道：「文博遠絕非尋常人物，以你的身手只怕很難做成此事，只是剛才你為何沒有將這件事告訴展鵬？」

胡小天道：「展鵬始終對我有報恩之心，他若是知道我此行的任務，必然會盡力為我做成此事，我擔心他不善掩飾，會提前暴露，引起文博遠的懷疑反而弄巧成拙。」

周默道：「過去我只知道這朝廷之中的權力紛爭爾虞我詐，無所不用其極，今日方才知道他們的爭鬥如此殘酷如此冷血。」

胡小天道：「姬飛花雖然答應我做成這件事之後，幫我爹官復原職，可是此人的話我也不敢全信，文博遠乃是當朝太師文承煥之子，他若是死了，就算皇上不追究，文承煥也絕不肯善罷甘休。」想起這件事，胡小天不由得頭疼，姬飛花這次給自己的任務難度實在是太大，不但要做得毫無痕跡，還要全身而退。

周默道：「兄弟，我陪你過去。」

胡小天望著周默，其實他心中也有此意，以他自己的武功對付文博遠沒有任何勝算，即便是加上展鵬，也很難說可以順利將文博遠拿下，但是如果加上周默，那麼局勢肯定不同，周默武功高強，為人沉穩且身經百戰，最重要的是，他們是結義兄弟，彼此之間肝膽相照。

胡小天點了點頭道：「此行運送嫁妝會有腳夫隨行，我會做出安排，大哥到時候混入腳夫的隊伍之中。」

周默道：「好！」他低聲道：「三弟，之前你一直想逃離京城，這次倒是一個絕佳的機會。」

胡小天歎了口氣道：「大哥，剛一開始的時候，我的確一心想要離開京城，可是現在的想法卻和昔日有所不同。」

周默點了點頭，鼓勵他繼續說下去。

「我爹已經明確表示他絕不會離開京城，當年我冒著風險回到京城，目的就是想將爹娘救出去，如果最終仍然是我一個人離開，那麼我這半年多以來的努力又有什麼意義？」

周默對孝悌忠信向來看重，他之所以能夠和胡小天成為刎頸之交，而且感情越來越深，其中一個重要的原因就是如此。

胡小天道：「其實我也想過，即便是我爹娘願意跟我一起逃走，天下之大，又有哪裡是我們的容身之處，我總不能讓爹娘隨同我一起亡命天涯，惶恐而不可終日，讓他們的晚年飽受驚擾，為人子豈可如此？」

周默道：「胡叔叔堅持不願走，也不好勉強。其實逃走未必意味著要亡命天涯，我跟二弟時常談起天下大局，大康政權搖搖欲墜，岌岌可危，天下群雄並起，也許用不了太久的時間就會陷入四分五裂的境地，時勢造英雄，你我兄弟同心協力，未嘗不能開創出一片自己的天地。」周默充滿豪情壯志，他的內心有股熱血在沸騰，男兒一世當建功立業，躍馬橫刀，縱橫天下，他清楚地認識到沙場才是屬於自己的地方。

胡小天道：「大哥，我還有一件事始終在瞞著你們。」

周默目光一動：「什麼事情？」說完之後，他又笑道：「若是覺得為難，不說也罷，即便是兄弟也未必要每件事都說出來。」每個人都有自己的隱私。

胡小天道：「我答應過安平公主，不會將她送往大雍。」

周默大驚失色，虎目瞪得滾圓：「你是說，你要帶著安平公主逃走？」

胡小天道：「不是帶著她逃走，而是我要救她！」若是帶著安平逃走，那麼自己的父母親人朋友必然會受到牽連，胡小天此前已經反覆考慮過這件事，他必須做到兩全齊美，務求萬無一失。

周默此時方才知道胡小天此行的任務極其艱巨，不但要幹掉文博遠，而且要神不知鬼不覺地救走安平公主，最後還要將所有的責任全都推掉，在周默看來這件事近乎不可思議，想要做到無跡可尋根本沒有任何可能，他這個結拜兄弟的膽子實在是太大了。

胡小天道：「營救安平公主和除掉文博遠並不矛盾，文承煥之所以讓文博遠負責送親隊伍的安全，其目的就是要在我和安平公主身上做文章，我不對文博遠下手，文博遠也會對我不利，這件事情上絕不能手軟，務必要先下手為強。」

周默道：「你有沒有想過，若是安平公主失蹤，文博遠被殺，只怕皇上會追責到你的身上。」

胡小天道：「而今之計我只能賭一把了，在姬飛花和權德安的陣營之間，我必須選擇一個。」

周默道：「是不是姬飛花拿你父母的性命要脅於你？」

胡小天道：「他答應我，若是我做成這件事，他幫助我爹爹官復原職。」說來奇怪，胡小天心底深處對姬飛花的承諾還是相信的，至少和權德安、李雲聰之流相比，姬飛花更可靠一些。

周默愕然道：「他當真這樣說？」

胡小天點了點頭道：「姬飛花絕非尋常人物，即便是皇上也對他忌憚三分，我估計他最近必然會有所動作。」

簡皇后聽聞姬飛花過來見自己，猶豫了一下，還是讓人將他傳了進來。對姬飛花她始終抱有深深的怨念，他不但搶走了本屬於自己在後宮的那份權力和尊榮，而且還搶走了自己的丈夫，皇上跟他待在一起的時間要比自己多得多。

姬飛花緩步走入馨寧宮中，目光向兩旁掃了掃，一幫宮女太監在他的目光下全都低下頭去，在這幫宮人的心中，姬飛花遠比皇后更加可怕，姬飛花道：「你們先出去，咱家和皇后娘娘有些話說。」

那幫宮女太監看了看皇后，雖然心中害怕，可是皇后不發話他們也不敢走。

簡皇后心中沒來由一陣憤怒，這廝實在是太囂張了，渾然不將自己這個後宮之主放在眼裡。她幾乎就要發作起來，可是內心中又有一個聲音在提醒自己，務必要冷靜。她深深吸了一口氣，借此平復了心中情緒，輕聲道：「都下去吧，本宮和姬公公單獨說會兒話。」

得了這句話，那幫宮女太監忙不迭地退了出去。

姬飛花等到那幫宮人全都離去之後，方才微微躬身道：「卑職參見皇后娘娘千歲千千歲，恭祝皇后娘娘新年大吉。」

簡皇后冷冷望著姬飛花，這廝根本沒有下跪的意思，甚至都沒有在自己的面前謙稱奴才，這膽大妄為的東西，真是罪該萬死。她雖然心中恨極了姬飛花，可是最多也就是將姬飛花晾在面前繼續站著，也沒有其他報復姬飛花的手段。

姬飛花當然能夠覺察到簡皇后對自己的不滿，唇角露出微微一笑。

即便是簡皇后身為女人也不得不承認姬飛花的笑容比女人還要嫵媚迷人，擁有著顛倒眾生的魅力，如此妖孽，難怪皇上會沉迷於他。

簡皇后冷冷道：「姬公公今兒怎麼有空？」

「其實一早就想著過來給皇后娘娘拜年，可是這兩天皇上總有差遣，所以才耽擱了。」姬飛花緩步來到一旁的錦凳之上坐了，他才不會等到簡皇后賜坐，此人的狂妄可見一斑。

簡皇后的情緒再起波瀾，胸膛一起一伏，幾乎到了發作的邊緣。

姬飛花道：「昨兒，飛花跟著皇上一起去了縹緲山給太上皇拜年。」

簡皇后裝出漠不關心的樣子道：「這也算不上什麼新鮮事。」

姬飛花微笑道：「皇上和太上皇的事情皇后娘娘都不關心，那麼您到底關心什麼？」停頓了一下，低聲道：「莫非是太子的事情？」

簡皇后宛如被踩到尾巴的貓一樣尖叫起來，怒斥道：「大膽！」

姬飛花知道自己說中了簡皇后的心事，不由得呵呵笑了起來。

簡皇后氣得鳳目圓睜，咬碎銀牙，恨不能衝上去將姬飛花的舌頭割掉，可是她不敢，即便是她敢，也沒有這樣的實力。

姬飛花道：「其實皇后娘娘乃是六宮之主，即便是關心一下也是應該的。」

簡皇后怒道：「姬飛花，新年伊始，你來本宮這裡說這番話，究竟是何居心？」

姬飛花微笑道：「咱家是什麼居心，皇后娘娘不明白，可皇后娘娘是何居心，咱家卻清清楚楚。」

「你……」

姬飛花道：「皇后娘娘在文才人入宮一事上出力不小，不愧為後宮之主，母儀天下，心胸廣闊。」

簡皇后怒道：「夠了，姬飛花，你無需對本宮冷嘲熱諷，極盡挖苦之詞，本宮知道皇上對你寵信有加，可是這後宮之中還由不得你放肆。」

姬飛花微笑道：「皇后娘娘大概忘了，您是因何而當上的皇后。」

簡皇后對他怒目而視，她能夠當上皇后自然是因為皇上，可是皇上登基卻是因為姬飛花，如果不是姬飛花籌畫了這次宮廷政變，也許龍燁霖至今還是一個被廢的前太子，苦苦掙扎於西疆那偏僻之地，她又怎麼可能成為母儀天下的皇后。

姬飛花道：「文太師他們為了說服皇后娘娘促成文才人入宮，也算花費了不少的心思，飛花多少還是聽到了一些消息，有人說皇后娘娘促成文雅入宮，他們便會支持大皇子登上太子之位。」

簡皇后顫聲道：「你胡說……」她的聲音已經沒有了當時的怒氣，當時他們之間的確達成了這樣的默契，可如今隨著明月宮的焚毀，文雅的死去，昔日的默契也成為一場空談。

姬飛花道：「大家都是明白人，不該說的話咱家從來都不說，皇后娘娘一直將咱家視為最大的敵人，可您有沒有想過，真正的敵人是誰？皇上最近正在考慮立嗣之事，文太師和幾名官員在昨日向他進言，建議皇上儘早將太子的位子定下來，知不知道他們極力推薦的究竟是哪位皇子？」

簡皇后用力搖了搖嘴唇，她對這件事一無所知，事實上龍燁霖從來不將朝廷上的事情告訴她，自從龍燁霖登基之後，他們夫妻之間的交流已經是越來越少。

姬飛花道：「你可能還不知道，文博遠在私下裡和三皇子偷偷結拜了兄弟，他手中的神策府就是為了三皇子龍廷鎮秘密準備的近衛軍。」

簡皇后此時臉色已經變得蒼白，姬飛花雖然沒有將事情挑明，可是她也已經知道文承煥這個老賊背信棄義，並沒有按照當時的承諾支持她的寶貝兒子登上太子之位。

姬飛花意味深長道：「不是每個妃子都有機會做皇后，也不是每個皇后都有機會做太后。」

簡皇后的內心如同被人用刀狠插了一記，嘴唇都已經被她的牙齒咬出血來，姬飛花的這番話雖然刺耳，可說得卻句句是真。倘若三皇子龍廷鎮當了太子，那麼以後成為太后的那個人絕不會是自己。她閉上雙目，提醒自己一定要冷靜下來，過了許久方才緩緩睜開雙目道：「姬飛花，你在本宮面前搬弄是非，意圖挑唆我們皇家內部紛爭，慫恿他們兄弟不和，若是讓皇上知道，他一定會要了你的腦袋。」

姬飛花淡然道：「皇上有這樣的心思已經不是一天了，可咱家仍然活得很好。」

簡皇后望著這個狂妄的宦官，心中複雜到了極點，憤怒，悲哀，無奈，這種種的滋味交雜在一起，當真是五味俱全。奴大欺主，如今的姬飛花根本對她毫無畏懼，甚至連一絲一毫的情面都不給她。

姬飛花道：「咱家為了皇上鞠躬盡瘁死而後已，歷盡千辛萬苦，冒著萬夫所指的罵名，方才換得皇上今日九五至尊之位，然咱家的一番苦心卻沒有得到皇上的體恤，皇上對咱家多番猜忌，連同權德安、文承煥那幫卑鄙小人，設下層層陰謀，意圖置我於死地，咱家如何能不心冷。」

簡皇后道：「這番話你應該去跟皇上說。」心中卻暗自惶恐，難道姬飛花產生了對皇上不利的念頭？

姬飛花道：「咱家有幾句肺腑之言，想說給皇后娘娘聽聽，不知娘娘願不願意聽？」

簡皇后沉吟了一下，終於還是緩緩點了點頭。

姬飛花道：「皇上猜忌忠良，任用奸佞絕非大康之福。倘若他一心想要對付咱家，那麼大康的數百年基業必將毀於一旦。」

簡皇后聽出他話裡的威脅含義，顫聲道：「你想怎樣？」她畢竟還是一個婦道人家，跟姬飛花這種絕代梟雄相比，無論心計還是手段都不可相提並論。

姬飛花道：「咱家得到消息，皇上已經準備立三皇子為太子，三皇子心胸狹窄，為人心狠手辣，若是他當了太子，未嘗不會重現陛下對付昔日太子的一幕。」

簡皇后倒吸了一口冷氣，真要是龍廷鎮當了太子，恐怕就再沒有他們母子的好日子過，姬飛花絕非危言聳聽，當年皇上登基之前，就下手殺掉了大康太子，他的親兄弟龍燁慶，皇室之中哪有什麼親情可談。可是姬飛花此人狼子野心，主動找到自己，無非是想要利用他們母子，可轉念一想，在朝中大臣多半支持龍廷鎮的情況下，他們母子務必要找到一個強有力的靠山，除了姬飛花之外，又似乎沒了更好的選擇。

姬飛花道：「咱家言盡於此，皇后娘娘若是懷疑咱家的動機，只當此事沒有發生過。」他起身就走，毅然決然，毫無猶豫之意。

簡皇后望著他的背影忽然道：「你……你準備如何安置皇上？」一日夫妻百日恩，簡皇后雖然想自己的兒子登上皇位，可是她仍然關心丈夫的安危。

姬飛花停下腳步，並沒有轉身，輕聲道：「你知不知道，皇上手中的傳國玉璽根本就是假的。」

簡皇后身軀劇震，雙目中充滿不可思議的光芒。

姬飛花在此時緩緩轉過身來：「雖然陛下對咱家苦苦相逼，咱家卻從未有傷害陛下的意思，我本以為陛下登基之後，能夠勵精圖治，埋頭治國，卻想不到陛下的眼中只盯著權力這兩個字，他首先想要除去的那個人竟然是我！」他停頓了一下，輕聲道：「此時的大康比起任何時候都需要一個明主，大皇子宅心仁厚，寬宏大量，在咱家心中，他才是太子的不二人選。」

簡皇后道：「你剛剛說那傳國玉璽是……」

姬飛花微笑點頭道：「大康應該有一位名副其實的皇上。」

簡皇后內心的防線已經徹底被姬飛花擊垮，姬飛花根本是在告訴她，真正的傳國玉璽就在他的手中，以姬飛花的能力，既然可以幫助丈夫登上皇位，他一樣可以幫助自己的兒子。

姬飛花離去之前，又留下一句話道：「皇后娘娘可以去探探陛下的口風。」

龍燁霖從縹緲山返回之後，內心就再也沒有一刻平息過，他忽然意識到自己和被軟禁在縹緲山的父親並沒有任何的區別，雖然如願以償地登上了皇位，卻沒有得到應有的權力，自己的一舉一動處處受到姬飛花的控制。

「皇上，您喝碗參湯吧。」

「朕說過了，不喝！」龍燁霖說完，方才意識到走入房間的人是權德安。

權德安將參湯放在他面前書案之上，然後轉身將房門關上，恭敬道：「陛下，您召奴才過來有何吩咐？」

龍燁霖歎了口氣道：「朕有件事想問問你的意見。」

權德安在他的身邊垂手而立。

龍燁霖道：「昨個，文太師和吳敬善連同一幫臣子過來給朕拜年，順便談起立嗣之事，朕想聽聽你的看法。」

權德安道：「皇上之前不是說過暫不考慮立嗣的事，怎麼突然又提起此事？」

龍燁霖道：「朕之前一直猶豫不決，今年廷盛和廷鎮兩個過來給朕拜年的時候，朕發現他們兩兄弟之間並無交流，朕以為正是這個緣故。」

權德安道：「太子之位早定下來的確有好處，可以避免兄弟之間生出裂隙，讓幾位皇子早些安下心來。」

龍燁霖道：「朕也明白，他們每個人都想繼承朕的位子，權力這兩個字實在具有不可抗拒的魔力。」說完這句話，他的唇角卻浮現出一絲苦笑：「這個有名無實的皇上朕已經當夠了，朕寧願死也不願再當那奸賊的傀儡。」

權德安低聲道：「陛下千萬不可意氣用事。」

龍燁霖道：「朕心意已決，必殺此賊方解我心頭之恨。」

權德安此時忽然明白了龍燁霖急於立嗣的原因，看來皇上是下定了決心，立嗣乃是為了以防萬一。

龍燁霖道：「朕叫你過來，就是想聽聽你的看法。」

權德安道：「這件事上，奴才並沒有什麼發言權，不知文太師他們的意見怎樣？」其實他心中已經猜到了結果，文承煥等人必然是推薦三皇子龍廷鎮。

果不其然，龍燁霖道：「他們建議朕立廷鎮，朕心中也喜歡廷鎮多一些，可是廢長立幼又不合乎規矩。」

權德安道：「陛下，大康自建國以來，太子的人選，要麼是按照長幼為序，要麼是根據才德高低，卻不知陛下更傾向於哪一方呢。」

龍燁霖道：「手心手背都是一樣，無論誰將來繼承大統，肩上的擔子都不會輕鬆，如今的大康，國庫空虛，天災不斷，狼煙四起，只有坐在這張龍椅之上，方才知道治國之艱辛，朕只希望無論誰繼承朕的位子，都能夠重振祖宗的江山社稷。」

權德安道：「陛下心中其實已經有了答案，國家生死存亡之時，立嗣自然才德為先。」

龍燁霖點了點頭道：「那就廷鎮吧，廷鎮文武雙全，而且深得群臣擁戴，若是立他為太子，反對的聲音應該會少一些。」

權德安道：「陛下為何不問問周丞相的意見？」

龍燁霖歎了口氣道：「他現在已經被姬飛花嚇破了膽子，竟然建議朕不要對姬飛花動手。」

權德安道：「周丞相說什麼？」

龍燁霖道：「他說大康的江山再也禁不起風雨了，還說什麼，現在的大康就像一個性命垂危的病人，首先要做的是保命，而不是治病，唯有扶植根本恢復元氣，才可以慢慢治療他的病症，如果妄下猛藥，只怕適得其反。」

權德安道：「姑息養奸，只會後患無窮，奸賊不除，國無寧日。」

龍燁霖點了點頭道：「朕也是這麼說，可他舉了許許多多的例子，朕真是不明白，他為何要為了姬飛花說話？」

權德安道：「周大人乃是國之棟樑，也許他有自己的想法。」

龍燁霖道：「朕聽說最近姬飛花和他走動頻繁。」

權德安微微一怔，皇上這麼說難道他對周睿淵產生了懷疑？權德安道：「奴才雖然不瞭解周大人的想法，可是自從陛下登基以來，周大人兢兢業業克己奉公，那是所有人有目共睹的事情。」

龍燁霖道：「朕也沒有懷疑過他的忠心，可是朕只是覺得他有些變了。」

胡小天離開寶豐堂的時候順便帶走了他的那匹灰馬，一直以來都是高遠在照顧小灰，將這匹馬兒養得膘肥體壯，胡小天此次送安平公主出嫁剛好用得上。

小灰看到胡小天也是興奮異常，一會兒打著響鼻，一會兒用腦袋在他腰間親昵地磨蹭，胡小天摸了摸小灰的長耳朵，翻身上馬，向皇宮而來。

因為是新年的緣故，街道上行人頗多，小灰雖然腳力不錯，也不能肆意狂奔，因為這馬兒的相貌實在是有些奇特，引來了不少詫異的目光，有見過騎馬的，有見過騎驢的，可騎騾子上街的還真不多見。

小灰在熙來攘往的人群中行走，很快就沒了初見主人的興奮勁，兩隻大耳朵耷拉了下來，頭也垂了下去，顯得無精打采。

胡小天正在行進之時，忽然身後響起陣陣馬蹄聲，卻是一輛馬車從他的身邊經過，車內一人掀開車簾，衝著胡小天道：「那不是胡大人嗎？」

胡小天聞聲轉過身去，卻見車內一位白髮披肩的老人，面部的輪廓宛如大理石雕塑一般稜角鮮明，深邃的雙目靜靜望著自己，卻是他當年在西黑石寨所遇的黑苗族神醫蒙自在，他也是秦雨瞳的師伯。

胡小天想不到蒙自在會在康都現身，臉上露出極其錯愕的表情，旋即驚喜道：「蒙先生？您何時來到京城了？」

蒙自在道：「來了有些日子了。」

大街之上人來人往，並不適合敘舊，蒙自在指了指前方道：「前方鳳陽街有玄天館的一處醫館，老夫目前就住在那邊，胡大人若是不嫌棄，請隨我前來一敘。」

胡小天反正也沒什麼事情，再加上他也想從蒙自在那裡瞭解到一些西川的消息，於是跟在那輛馬車後面去了鳳陽街。

鳳陽街的醫館是玄天館在京城內最大的一處堂館，主要是教習弟子，因為玄天館的門檻很高，挑選弟子也是極其嚴格。平日裡這裡也有大夫坐診，只是診金在整個康都首屈一指，所以往來這裡的大都是達官貴胄，尋常的百姓即便是身患重病，也不會前來問診，寧願選擇較為親民的青牛堂和易元堂。

胡小天跟著從後門進入，蒙自在已經先行下了馬車，他雖然鬚髮皆白，可是身材高大體格健壯，絲毫不見老態，身穿青色長袍，負手背身站在夕陽的餘暉下，冷峻的唇角難得露出一絲淡淡的笑意：「胡大人，久違了。」

胡小天翻身下馬，將馬韁扔給玄天館的一名弟子，雙手抱拳道：「蒙先生好，晚輩不知蒙先生來京，慢待之處還望海涵。」

蒙自在伸手做了個邀請的手勢：「胡大人請！」

胡小天跟著蒙自在走入後院，沿著曲曲折折的長廊，來到一個清幽雅致的小院，院落之中綠意盎然，雖然是冬天未曾過去，可是放眼望去仍然是一番鬱鬱蔥蔥的景象，連空氣中都洋溢著藥草的清香。

走入蒙自在的房間內，四壁全都是書架，上面放著藥典古籍，正中擺放著一張老船木的茶海，蒙自在邀請胡小天在茶海旁坐下，輕聲道：「青雲一別，轉眼之間已經有大半年了，不知胡大人這段時間是否別來無恙？」

胡小天心中暗想，你是秦雨瞳的師伯，我的境況想必她已經告訴你了，其實只要有眼睛的看到我這身裝扮就已經明白，現在老子是太監，這番問話有明知故問之嫌，他仍然滿臉堆笑道：「馬馬虎虎，至少還活在這個世界上。」

蒙自在點了點頭，上下打量了胡小天一眼：「胡大人現在在何處高就？」

胡小天道：「算不上高就，目前在宮裡當太監，咱家現在也不是什麼大人，蒙先生若是看得起，就稱呼咱家一聲胡公公吧。」他話裡帶著不滿，這老傢伙真是不厚道，瞎子都能看出老子是個太監，你還明知故問。

蒙自在輕拂頷下銀髯，低聲道：「倒也不錯！」

胡小天差點沒被蒙自在給氣翻過去，敢情你把我請來就是看我笑話的，順便再奚落我幾句，老子當年在青雲的時候又沒得罪過你，用不著這麼歹毒吧？一把年紀了，好歹也是位德高望重的名醫，傷口上撒鹽的事情也幹得出來？不厚道啊，真是不厚道。

蒙自在似乎根本沒有意識到這一點，歎了口氣道：「生在亂世，能夠活著已經實屬不易。」

胡小天道：「蒙先生好像過得不錯啊，只是青雲山明水秀，民風淳樸，上次見蒙先生的時候，您老不是已經隱退，怎麼又回來京城，難道蒙先生仍然放不開這紅塵俗世？」

蒙自在道：「非是老夫眷戀這紅塵俗世，想要清淨哪有那麼容易，實不相瞞，老夫在西川遇到了一些麻煩事，實在是不堪其擾，所以才會重返京城。」

胡小天哦了一聲，看蒙自在的樣子不像是在說謊，他試探道：「西川的情況如何？」

蒙自在道：「老夫從不關心政治上的事情，什麼人坐江山都是漢人的事情，跟我們黑苗人又有何關係？」

胡小天暗罵他是個老滑頭，從他嘴裡想要打探到西川的情況也並不是那麼容易。

此時一個藍衣少女走了進來，手中端著茶盤。那少女容貌清秀，胡小天看到她只覺得面容有些熟悉，仔細一想，此前曾經和她見過，卻是在燕雲樓賣唱的盲女方芳，只是眼前的少女一雙美眸晶亮明澈，顧盼之間頗為靈動，非但不是盲女，這眼睛看起來近視老花一樣沒有。

那少女看到胡小天盯住自己的臉上看，俏臉不由得一紅，垂下頭去，心中暗責這客人好生無禮，難道連非禮勿視的道理都不懂得？

蒙自在也不由得皺了皺眉頭，低聲咳嗽了一聲，藉以提醒胡小天注意禮節。

胡小天非但沒有收回目光，反而向前湊近了一些，輕聲道：「你是方芳？」

方芳聽到胡小天的聲音也覺得有些耳熟，她過去雖然跟胡小天見過面，可是她並沒有看到過胡小天的樣子，所以並不敢認。

胡小天道：「你爹在不在這裡？他身體可好？」

方芳此時方才敢斷定眼前人就是在燕雲樓救過她父女二人的尚書公子胡小天，頓時激動得熱淚盈眶，撲通一聲跪倒在地上：「您是胡公子，恩公在上，請受方芳一拜。」

胡小天跟她相認可不是想讓她感謝自己的，慌忙伸出手去想要攙起她，可又想到男女授受不親，自己這樣攙扶她有些冒昧，又縮回手去，慌忙道：「方姑娘快快起來，何須如此大禮。」

蒙自在並不知道他們之間的故事，所以看得一頭霧水，此時門外又有一人走了進來，卻是蒙面才女秦雨瞳，她看到眼前局面也不由得吃了一驚，還以為胡小天做什麼壞事，冷冷道：「胡公公又要做什麼？」

胡小天最不喜歡秦雨瞳的這種語氣，做什麼？光天化日之下我能做什麼？更何況還當著蒙自在的面，胡小天道：「秦姑娘對咱家做任何事都很有興趣啊。」

秦雨瞳從胡小天的話中聽出了他對自己的不滿，輕聲道：「方芳，這裡沒你的事情了。」

方芳道：「師姐，胡公子就是我的恩公，若非是他幫忙，我和爹爹只怕早已陷入絕境了。」

秦雨瞳道：「喔！」一雙美眸卻不見任何的波動，聲音一如往常那般淡定：「但凡有正義感的人都會這麼做。」

方芳愕然，在她的印象中，師姐從未對任何人說話這般刻薄，

胡小天笑道：「秦姑娘這話我贊同，原不是什麼大不了的事情，所以方芳姑娘千萬不要放在心上，以後若是看得起我，就叫我一聲胡大哥，要不叫我胡公公也行。」

方芳咬了咬櫻唇，此時方才意識到胡小天現在的身分，這短時間他的身上必然發生了天翻地覆的變化，其實她也聽說了胡家遭難的事情，只是沒想到胡小天竟然會入宮當了太監。

方芳小聲道：「那我先去了。」她這一走，倒茶的職責卻是落在了秦雨瞳的身上，秦雨瞳依然氣定神閑，她年紀雖然不大，可是心態實在是超人一等，向來喜怒不形於色，為蒙自在和胡小天倒好茶。輕聲道：「師伯和胡公公在何處遇到的？」

蒙自在笑道：「大街上，也算是有些緣分，於是我將胡大人請來敘舊。」

胡小天道：「蒙先生，現在小天早已不是什麼大人，您還是稱我一聲胡公公，我這心中更踏實一些。」

蒙自在感慨道：「想不到這半年多的時間，竟然發生了這麼多的事情。」他端起茶盞抿了口茶又道：「胡公子，老夫聽說你為皇上動刀的事情，你的醫術真是神乎其技。」

胡小天笑道：「雕蟲小技罷了，跟玄天館浩瀚如星辰大海的醫術相比，簡直就是小巫見大巫。」

蒙自在道：「胡公子實在太謙虛了。」

胡小天道：「不是咱家謙虛，咱家聽說天下間真正能夠稱得上醫術無雙的乃是玄天館主人任先生，跟任先生相比，我那點微末道行猶如螢火蟲與皓月爭輝，哪談得上什麼醫術。」

蒙自在和秦雨瞳對望了一眼，在兩人的記憶之中，這廝好像還從未如此謙虛過。

蒙自在雙目炯炯有神，上下打量著胡小天，胡小天被蒙自在看得有些心裡發毛，男人被男人盯著看果然不如被女人看自在。胡小天笑道：「咱家臉上有什麼不對？」

蒙自在道：「胡公子最近可曾被毒蟲咬傷？」

胡小天被他問得內心一怔，如果說有，應該是被文雅在明月宮被毒蠍咬傷，這蒙自在的眼力果然厲害，轉念一想，蒙自在乃是黑苗族的神醫，須彌天也是黑苗人，五仙教也是黑苗族人所創立，對於毒蟲之類的東西自然是最在行不過，他能夠一眼看出自己曾經被毒蟲咬傷也是正常。胡小天嘴上卻沒有承認，裝出一副苦思冥想的樣子：「好像前兩天被臭蟲咬過。」

蒙自在皺起兩道白眉：「胡公子若是信得過老夫，我可以幫你診脈。」

胡小天差一點就把手給伸出去了，可隨即又生出疑雲，我每天也在看鏡子，怎麼沒發現自己有什麼不同？此前秦雨瞳也見過自己多次，也從未提起過這件事，秦雨瞳乃是任天擎的得意門生，也是蒙自在的師侄，就算不能將他們的本事完全學會，至少也學個三成，如果她看出自己有問題，按理說不會瞞著自己，再想起今日和蒙自在相遇的事情實在太過巧合，目光向秦雨瞳瞥了一眼，卻發現秦雨瞳此時目光卻望向別處。從心理學上來說，秦雨瞳此時的表現屬於某種逃避行為，蒙自在說他被毒蟲所傷，本該吸引她的注意力才對。

胡小天馬上判斷出此事有詐，蒙自在很可能沒說實話，事情過去了那麼多天，只憑著表面觀察就能看出自己被毒蟲咬傷，呵呵，騙誰啊？老傢伙真當老子這麼好糊弄？有了這樣的想法，胡小天自然不會配合他診脈，微笑道：「咱家醫術雖然比不上蒙先生高明，可自己的身體狀況還是清楚的，今天就不用勞煩蒙先生大駕了。」自從修煉無相神功之後，他的經脈產生了很大的變化，他可不想外人洞悉自己身體的秘密，尤其是蒙自在這樣的醫道高手。

蒙自在顯然沒有料到胡小天會如此乾脆俐落地拒絕自己，臉上的表情瞬間冷了下去。

胡小天看出蒙自在臉色不善，他也沒打算在這裡繼續逗留下去，起身道：「咱家宮裡還有事情要做，先行告辭了。」

蒙自在脾氣古怪，在胡小天那裡碰了一鼻子灰，心情打壞，冷冷道：「不送！」甚至都懶得站起身來了。

胡小天暗笑蒙自在肚量太小，他拱了拱手起身離開。秦雨瞳送他出來，離開蒙自在所住的小院，方才歎了口氣道：「其實我師伯乃是好意。」

胡小天道：「秦姑娘好像並不瞭解我，我這個人不喜歡欠人情。」

秦雨瞳一雙美眸靜靜望著他道：「胡公子好像對雨瞳有些成見呢。」

胡小天道：「不敢有，對了，上次送給秦姑娘的那幅圖還在嗎？」上次他給秦雨瞳詳解闌尾炎手術的時候，曾經畫了一幅局部解剖圖給她，可轉眼之間就落到了李雲聰的手裡，胡小天對此一直耿耿於懷，今天才找到機會發問。

秦雨瞳聽他提起那幅圖，美眸之中現出一絲歉疚之色，小聲道：「那幅圖我拿來請教師伯，暫時放在師伯那裡了。」

胡小天聽說這件事和蒙自在有關，心頭不禁疑雲頓生，難道蒙自在和李雲聰之間有勾結？不然何以那幅圖最終會落在李雲聰手中？

秦雨瞳以為胡小天是因此而生氣，輕聲道：「你若是因此而生氣，我這就去向師伯討要回來。」

胡小天搖了搖頭道：「算了，原本也算不上什麼秘密，當初我也沒讓秦姑娘為我保守秘密。」

秦雨瞳道：「是我不好，我應該先徵求你的意見。」她陪著胡小天來到後院馬廄處，看到方芳和她的父親方知堂兩人早已在那裡等著，原來方知堂父女來玄天館求醫之後，玄天館主人任天擎感懷他們的身世可憐，又見到方芳聰明伶俐，於是就收她當了入門弟子，至於方知堂也留在玄天館當了帳房先生，父女兩人也就此安頓下來，再不用辛苦出門賣唱。

方芳剛才見到胡小天，慌忙把這個消息告訴了父親，父女兩人不敢去打斷胡小天他們說話，於是在馬廄這邊等著胡小天到來。

看到胡小天過來，方知堂遠遠跪了下來，百感交集道：「恩公在上，請受方某一拜。」方芳看到父親跪了下去，慌忙也跟著一起跪下。胡小天趕緊跑過來將他兩人扶起，連連道：「不必如此大禮，方先生，方姑娘，你們這麼做可真是折煞我了。」

方知堂握著胡小天的手臂，望著恩人，一時間熱淚盈眶：「恩公，胡家的事情我也聽說了，只是老朽有心無力，幫不上忙，唯有每日向菩薩上香祈福，今日見到恩公無恙，老朽一顆心總算放下來了，果然是吉人自有天相。」

胡小天笑道：「我本來就沒什麼事情，勞煩方先生為我擔心了。」

方知堂道：「胡公子，老朽現在就在玄天館做事，女兒在玄天館學醫，說起來還多虧了秦姑娘幫忙。」

秦雨瞳一旁站著，她也是剛剛知道胡小天曾經有過這樣的善舉，心中對他的印象又改觀了幾分。

方知堂說起了別後的經歷，其實方芳眼睛治好之後，他本想返回西川的，畢竟難捨故土之情，可沒等他回去，就傳來西川兵變的消息，父女兩人商量之後決定，還是暫時留在康都。

方知堂的家就在玄天館隔壁的巷子裡，本想邀請胡小天去家裡吃頓飯，胡小天卻因天色已晚謝絕了他的好意。約定等自己從大雍回來，一定登門拜訪。

秦雨瞳一直將胡小天送出了玄天館，離開的時候她小聲道：「明天下午，你若是有時間，來太醫院一趟。」

胡小天點了點頭道：「好！」他翻身上了馬背，提韁欲行之時，忽然道：「秦姑娘有沒有聽說過《天人萬像圖》？」

秦雨瞳一雙美眸流露出迷惘之色：「《天人萬像圖》？我從未聽說過。」

胡小天向她抱拳道：「告辭！」雙腿一夾馬腹，小灰發出嗚律律一聲嘶鳴，撒開四蹄向皇宮而去。

回到皇宮，胡小天將小灰臨時寄養在皇宮馬廄，自從胡小天醫好了皇上的闌尾炎，他在皇宮中的名氣也是與日俱增，無論太監宮女還是宮中侍衛，都要給他一些面子。

胡小天從馬廄出來，正好遇到了御馬監的福貴，其實福貴在這裡出現並不奇怪，他本身就在御馬監，皇宮馬廄也是隸屬於御馬監管理。福貴此來是奉了御馬監少監樊宗喜的命令，過來視察皇宮馬廄的情況。見到胡小天，慌忙過來見禮：「胡公公好！」福貴入宮雖然在胡小天之前，可是比起胡小天今時今日的地位，兩人差了可不止一籌。福貴入宮之後基本上就處於原地踏步的狀態，可胡小天卻是一路躥升，如今不但是司苑局的管事太監，而且還身兼紫蘭宮的總管。

胡小天微笑道：「福貴，這麼巧啊？」

福貴道：「樊公公讓我過來視察一下，擔心他們過年的時候偷懶，慢待了馬匹。」

胡小天道：「倒是有日子沒見到樊公公了。」

福貴道：「樊公公最近一直都臥病在床。」

胡小天愕然道：「怎麼？樊公公病了？」

福貴道：「年前在紅山馬場馴馬的時候，那馬兒突然癲狂起來，將樊公公從馬背上掀了下來。樊公公的左腿不幸骨折了。」

胡小天道：「也不早點跟我說，樊公公是我的好友，出了這樣的事情我理所當然應該去看看。」大年初一他在鎖春巷就遇到了前往給權德安拜年的福貴，當時福貴對這件事卻是隻字未提，所以胡小天才忍不住責怪他。

福貴道：「不是小的不說，而是當時這麼多人在，又是大年初一，並不適合提起這件事。」

胡小天想了想也的確如此，當時周圍那麼多太監不說，還有小公主七七在他的身邊。胡小天道：「這樣啊，明兒一早我過去探望樊公公。」

福貴滿臉堆笑道：「那我回去跟樊公公說一聲。」

胡小天道：「不用說，我突然過去給他一個驚喜。」

胡小天沒想到龍廷鎮會在紫蘭宮，他和七七一起過來的，兄妹兩人正陪著安平公主說話。拋開龍廷鎮的為人不談，他和這位姑姑的感情很好，雖然叫安平公主為姑姑，可實際上他比龍曦月還要大上五歲。

七七看到胡小天回來，馬上就開始質問起來：「小鬍子，你身為紫蘭宮的總管，不在宮中好好做事，又出去躲懶，信不信我把父皇賜給你的蟠龍玉佩給收回來，看你還敢不敢到處亂跑。」

胡小天每次見到七七總會感到頭疼，這妮子有點餵不熟，你忘了老子捨生忘死把你從鱷魚嘴裡救出來的恩情了？那天晚上如果沒有我，只怕你已經成了那條巨鱷的晚餐。

安平公主主動替胡小天解圍道：「七七，你不要怪他，是我讓他出去幫我辦事。」

七七道：「姑姑，你不用替他開脫，他這個人奸猾狡詐，肯定是趁著這個機會出宮瀟灑去了。」

安平公主看到七七仍然對胡小天不依不饒，慌忙岔開話題道：「對了，我為你們兩個準備了禮物，小鬍子，你去幫我將禮物拿過來。」

胡小天應了一聲，轉身去了，沒過多久就將安平公主為他們兩人準備的禮物拿了回來。龍曦月離開皇宮之前，幾乎為想到的每個人都準備了一份禮物。

送給七七的是她親手繡的一幅牡丹圖，繡工精美，栩栩如生，這是龍曦月最近一段時間一針一線趕出來的，七七看到這牡丹刺繡，拿在手中反覆端詳，愛不釋手。

安平公主道：「七七，姑姑知道你從小就不喜歡女紅，可女孩子家畢竟還是要有一個女孩子的樣子，這幅牡丹圖送給你，你還小，以後有時間還是學點針線活，等將來長大也好找一位稱心如意的駙馬。」

七七很少紅起臉：「姑姑好壞，當著那麼多人的面取笑我。」

一旁龍廷鎮哈哈笑了起來，胡小天聽著也不禁露出微微笑意。想不到七七這會兒剛好向他看了過來，正捕捉到他唇間的笑意，美眸圓睜道：「你個死太監，連你居然也敢取笑我，信不信我扒了你的褲子重責八十大板。」

龍曦月聽得俏臉一紅，她瞭解七七的性子，這妮子說得出就辦得到，倘若真要是將胡小天的褲子當場給扒下來，那他的秘密豈不是要完全露餡？慌忙出聲制止道：「不可，七七，大過年的你何必總是恐嚇於他，小鬍子又沒得罪你。」

七七陰陽怪氣道：「你心疼啊！」

龍曦月俏臉一直紅到了耳根，啐道：「你這妮子越來越不像話。」

龍廷鎮雖然覺得龍曦月的表現有些奇怪，可他也以為這是她性情的緣故，也跟著幫腔道：「七七，你豈可這樣對姑姑說話。」

七七道：「開個玩笑嘛，真是不好玩，我就是嚇嚇他，又沒真要打他，他是姑姑的人，就算教訓也是姑姑自己教訓。」

胡小天心中暗道，算你還有些明白。

龍曦月又從胡小天那裡接過一個首飾盒，打開之後，裡面卻是放著一套黃金手鐲腳鐲和長命鎖，還有一個手工刺繡的紅色肚兜，合上盒子遞給了龍廷鎮：「廷鎮，佳蓉月底就要生了，我本以為自己還有機會親手幫孩子戴上，現在看來是沒有機會了。長命鎖和這些金器是我委託天工坊的明先生做的，這肚兜是我親手做的，希望你們能夠喜歡。」

龍廷鎮接過禮物，抿了抿嘴唇，也是異常感動，他低聲道：「姑姑，其實我一直都不贊同您遠嫁大雍，都是皇后娘娘的主意。」

第八章

政治是最為無情的遊戲

胡小天道：「犧牲安平公主的幸福能換來兩國之間的長久和平？
政治乃是這個世界上最為無情的遊戲，
古往今來又有幾個人真正能夠做到不愛江山愛美人，
甘心為了一個女人放棄手頭的權力？」

龍曦月溫婉笑道：「每個人都有自己的命運，也許我從出生就已經註定無法長留大康。我是個女流之輩，無法為國效力，廷鎮，你是龍氏子孫，以後要多替你父皇分憂，要學會處理朝政。」

龍廷鎮用力點了點頭。

七七道：「姑姑，其實您出嫁是件大喜事，再說大雍也不遠，有時間你大可經常回來探親，別搞得跟生離死別似的。」

龍曦月道：「是，的確是喜事。」她的美眸中流露出無盡的落寞。胡小天看在眼裡痛在心中，暗罵七七毫無同情心，眼睜睜看著自己姑姑遠嫁，成為龍家的犧牲品，竟然一點表示都沒有，反觀龍廷鎮都比她要有良心，至少還會說幾句人話。

龍曦月道：「已經不早了，你們也該回去休息了。」

龍廷鎮點了點頭，向七七使了個眼色，起身告辭。

七七道：「胡小天，你跟我出來，我有幾句話要交代你。」

胡小天心中這個鬱悶，老子又不是你手下的太監，幹嘛對我頤指氣使的？他看了龍曦月一眼，龍曦月笑了起來：「小公主讓你去你就去，難不成真要她打你的板子？」

胡小天這才跟著七七兄妹兩人一起來到了外面。

龍廷鎮跟胡小天沒什麼話說，出門之後徑直離去。胡小天在紫蘭宮宮門外停下腳步道：「小公主，您有什麼事情要交代？」

七七道：「天那麼黑，本公主一個人走回去害怕，你送我回儲秀宮。」

胡小天道：「容我稟告安平公主知道……」

「不必說，說了也是一樣。我讓你跟我去，乃是要送你一些好處。」

胡小天耷拉著腦袋，表面恭恭敬敬，可唇角的表情卻是壓根不信。送他好處，自打他跟七七認識以來，好像跟她在一起全都是倒楣事兒，沒落到任何的好處啊。

此時紫鵑從裡面走了出來，向胡小天道：「胡公公，公主說了，讓你送永陽公主回宮，這麼晚了，公主不放心她一個人回去。」

七七面露得色，笑瞇瞇望著胡小天。

胡小天從紫鵑手裡接過了燈籠，挑著燈籠走在七七前面為她引路。七七道：「你心中有沒有尊卑貴賤？讓本公主走在你後面嗎？」

胡小天無可奈何，只能駐足側身，等她先走過去，然後打著燈籠跟在她後面，卻想不到七七走了兩步又道：「是你為我引路還是本公主為你引路？你在後面打著燈籠，我能看得見路嗎？」

胡小天也不說話，隨便七七挑三揀四，反正他就是一言不發，對付七七他有著豐富的經驗，這妮子，你越是搭理她，她越是得瑟。

七七看到胡小天不理自己，說話也沒了勁頭，自然也懶得挑他的毛病。紫蘭宮和儲秀宮原本就相距不遠，等到了儲秀宮的門前，胡小天道：「公主到了，我也回去儘快交差。」

七七怒道：「我話還沒說完呢。」

胡小天道：「公主請說。」

七七道：「跟我進來再說。」

胡小天皮笑肉不笑道：「又不是什麼見不得光的事，在這兒說就是。」

七七知道這廝有意氣自己，一伸手揪住了他的耳朵，強行將胡小天拖了進去，儲秀宮的那幫宮女太監看到眼前場面，一個個轉過身去，只當沒有看到。對於這位公主的行徑，大家也是見怪不怪了，遇到這樣的場面只能報以同情，除此以外就是心中暗自祈禱，希望這把火千萬別燒到自己的頭上。

胡小天被七七拖進了儲秀宮，裡面正在收拾的幾個宮女太監，嚇得慌忙退了出去，臨走之時還不忘將宮門給帶上了。胡小天好不容易方才掙脫了七七的辣手，怒道：「你變態啊，有事說事，你扯我耳朵幹嗎？」

七七非但沒有生氣，反而格格笑了起來：「我還以為你不敢生氣呢，呵呵呵，還算有些骨氣。」

胡小天道：「兔子急了還咬人呢，你再敢逼我，我把你幹的那些事全都抖出來。」

七七道：「抖就抖，誰怕誰？你自己也不乾淨。」

胡小天道：「你不是找我有事嗎？趕緊的，我可沒那麼多功夫伺候您。」

七七道：「長脾氣了啊，別以為你救過我，我就會對你再三忍讓，忍無可忍我一樣砍了你的腦袋。」

胡小天道：「無所謂，反正你也沒什麼良心。」

七七怒道：「你放屁！」

胡小天雙目瞪得滾圓：「公主殿下，您是公主嗳，怎可說話如此粗俗。」

七七指著他的鼻子道：「你說誰沒良心？」

胡小天道：「說得天花亂墜也沒什麼用處，公主平時怎麼做，小天看得清清楚楚。安平公主待你情深義重，眼看就要遠嫁大雍，也沒見你說一句挽留的話，還說什麼大喜事，你可曾體諒過她心中的感受？」忍無可忍的那個是胡小天才對。

七七道：「本公主愛怎麼做就怎麼做，我們皇家的事豈容你一個太監多管！」

胡小天霍然站起身來，怒視七七，兩道目光如同兩把利劍刺向七七的眼眸。

七七被他看得一陣心慌，卻強自鎮定，挺起平坦的胸膛，眼睛瞪到了最大：「怎樣？」

胡小天道：「我從頭到尾就不該管你，當初在蘭若寺就壓根不該開門放你進來，讓你和權德安在荒山野嶺自生自滅，更不該一時心慈手軟答應護送你前往燮州，遭遇狼群之時，當時就該把你扔下去餵狼，也就不會有以後的麻煩。」

「你……」

「你什麼你？我只恨自己犯賤，一而再再而三的出手救你，像你這種心狠手辣的女人，活該讓那條鱷魚生吞了你，也算是幫老天爺除去了一個禍害。」

七七被他數落得啞口無言，眼睛瞪得更大了，小臉兒憋得通紅。

胡小天得理不饒人：「沒話好說了？理屈詞窮了？我可告訴你，如果你不是僥倖生在皇家，要飯的都不會搭理你，路邊的野狗都不會多看你一眼，如果你不是女人，我早就打扁你。」別看七七是公主，胡小天可不怕她，老子有把柄被你握在手裡，你自己屁股也不乾淨，你從縹緲山下取得的那個玉簡還不知藏有怎樣的秘密，惹火了我，老子一樣敢把這件事抖出來。

胡小天本以為這次總算在氣勢上徹底壓倒了七七，將她震住，憋了這麼久也算是出了心頭的一口惡氣，正感到暗爽之時。卻想不到七七將嘴巴一扁，哇的一聲哭了起來。

胡小天愣了，這又是唱的哪一齣？還好儲秀宮宮門緊閉，她的哭聲也不算大，外面應該聽不到。

七七抽抽噎噎道：「你是不是人啊？你有沒有……人性……你比我大這麼多……居然欺負我一個女孩子……還用這麼惡毒的話罵我？」

「我惡毒？」胡小天滿臉黑線，又被這妞兒反咬一口。

「說我是心狠手辣的女人，人家還是個女孩子嘛……」

胡小天真是無言以對了，女孩子就不是女人嗎？哪個女人不是從女孩子成長起來的？

七七抹乾眼淚道：「我曾經發過誓，絕不在活人面前掉眼淚。」

胡小天打心底倒吸了一口冷氣，這敢情是要把我趕盡殺絕的節奏，剛才只圖著嘴巴痛快，老子是不是作大了？

七七道：「姑姑從小就對我很好，我怎能不知，她這次遠嫁大雍，我心中比任何人都要捨不得她，都要難過，可是我若是在她的面前表露出來，她豈不是更加傷心難過？既然註定要走，為何不讓她開開心心地走？」

胡小天聽她這麼一說，好像也有些道理。

七七道：「你有什麼資格指責我？以為自己是什麼正人君子，口口聲聲跟我談著什麼良心道義。在我眼中你只不過是一個井底之蛙，看到的只有巴掌大的那塊天空。」她揚起頭，臉上的表情恢復了剛才的傲慢：「我知道姑姑不想嫁入大雍，不想離開故國，可是讓她嫁入大康絕非我父皇所願，大康內亂四起，百廢待興，在這種時候，唯有穩固和周圍鄰國的關係，和親是目前最為可行的辦法。犧牲了姑姑一個人的幸福，可以換來兩國之間長久的和平，這種犧牲也是值得的，如果我處在姑姑的位置上，我也會毫不猶豫地去做。」

胡小天彷彿重新認識七七一樣怔怔看著她，想不到她小小年紀，腦子裡裝著的竟然是國家大事，不過這妮子素來陰險狡詐，心機深沉，焉知她是不是在自己的眼前做戲？胡小天呵呵笑了起來。

七七看到他居然在此時發笑，不禁惱羞成怒：「你笑什麼？你敢取笑我？」

胡小天道：「我還以為公主和普通人有什麼不同，現在看來公主果然只是一個女孩子罷了。」

七七當然能夠聽出他話中暗藏嘲諷，分明在影射自己幼稚。

胡小天道：「你當真以為犧牲安平公主的幸福，就能換來兩國之間的長久和平？政治乃是這個世界上最為無情的遊戲，古往今來多得是冷酷無情六親不認的政治人物，又有幾個人真正能夠做到不愛江山愛美人，甘心為了一個女人放棄手頭的權力？」

七七靜靜望著胡小天，她居然沒有因為胡小天的這番話而發狂，卻表現出前所未有的冷靜，其實她絕不天真，剛才的那番話連她自己都不相信。她輕聲道：「看得出你很關心我姑姑，我叫你過來，的確是有話想要交代你。」

胡小天道：「洗耳恭聽。」

「我要你保我姑姑平安抵達大雍。」

胡小天笑道：「小公主這番話我有些不明白了，皇上讓我陪同安平公主前往大雍，官面上的事情有遣婚使，我們的禮部尚書吳敬善吳大人，途中的安全有當今文太師的寶貝兒子，智勇雙全的文博遠文將軍負責，我還是負責照顧安平公主的飲食起居，說穿了和現在沒有任何的分別，幹的還是伺候人的活兒。」

七七道：「他們我都信不過，我只相信你。」

胡小天將信將疑地看著她。

七七道：「總之你答應我，安全將我姑姑送到雍都，讓她順順利利地嫁給七皇子薛傳銘，此人的情況，我也曾經瞭解過一些，他文武雙全，戰功顯赫，頗得大雍皇帝的欣賞，日後成為世子繼承皇位也很有可能，以他的條件，我姑姑嫁給了他也不算委屈。」

胡小天越聽越不是滋味，這小妮子小小年紀考慮事情卻如此世故，若說她對龍曦月沒有親情，她倒也關心龍曦月的安危，若說她對龍曦月有親情，可她根本不知龍曦月心中作何感想，也許在七七的內心深處，龍曦月的婚姻必須要符合他們龍家的利益。胡小天道：「小公主反覆說讓我保護安平公主，是不是你聽說了什麼？難道有人想要對安平公主不利？」

七七道：「只是出於對姑姑的關心罷了，你不必想得太多。」她遞給胡小天一個針盒，卻是暴雨梨花針，輕聲道：「這暴雨梨花針你隨身帶著，途中若是遇到危險，或許能夠派上用場。」

胡小天雖然不知七七的真正用意是什麼，可是暴雨梨花針的威力他是見識過的，有了這樣東西，即便是對付武林高手也多出了不少的把握，胡小天毫不客氣地接了過去。他忽然問道：「如果途中文博遠對安平公主不利呢？」

七七咬了咬嘴唇道：「無論誰膽敢對我姑姑不利，殺無赦！」

胡小天心中暗忖，你說得輕巧，殺無赦？老子真要是把文博遠幹掉了，這責任誰來承擔？在胡小天看來七七和權德安百分百就是一路。他們想盡一切辦法要將姬飛花除去，也唯有這樣，龍燁霖這個傀儡皇帝才能真正掌控大康的權力，至於自己的性命甚至安平公主的性命，在他們這些人的眼裡都無關緊要。就算他們能夠如願以償順利將姬飛花除掉，自己也未必會得到什麼好下場。老爹乃是太上皇龍宣恩重用過的臣子，得罪過左丞相周睿淵，龍燁霖絕不會重用他，等到他們父子兩人失去了價值，等待他們的就是死路一條。

至於李雲聰，此人是後宮三大勢力中最為神秘的一支，他武功高強，而且看來應該和天機局的洪北漠來往密切，老皇帝龍宣恩雖然暫時被軟禁於縹緲山，但是並不代表他的勢力已經完全被清除掉，若是他能夠獲得自由，振臂一揮肯定還會有不少人回應，如果龍宣恩復辟成功，對老爹和史不吹這樣的昔日寵臣絕對是有好處的。

三大勢力之中和自己走得最近的是姬飛花，一切源自於權德安讓他主動接近姬飛花以獲得姬飛花的信任。姬飛花一開始就知道自己是權德安布在他身邊的一顆棋子，他之所以沒有剷除自己，是因為想利用反間計來對付權德安，雖然姬飛花一直對自己不錯，可是很難說他對自己完全信任。此次前往雍都，他將除掉文博遠的任務教給自己，從某種意義上來說也是對自己的考驗。

如果父母同意離開康都，這次的確是逃出大康重獲自由的最好機會，可是老爹似乎並沒有離開的打算。

七七看到胡小天沉默不語，以為他害怕，冷笑道：「你是不是害怕？」

胡小天道：「不是害怕，是沒那個本事，文博遠武功高強，而且此行他身邊幫手眾多，無一不是武功超群之輩，就算他想幹什麼壞事，最後死的那個人肯定是我。」

七七卻道：「你一定不會有事。」

胡小天不由得苦笑起來，卻不知七七對自己哪來的那麼強烈的信心。

七七補充道：「你陰險毒辣，卑鄙無恥，文博遠怎麼可能是你的對手。」

胡小天差點沒被氣翻。

回到明月宮，安平公主在書齋內等著他，看到胡小天回來，不禁笑道：「七七那丫頭沒有為難你吧？」

胡小天道：「沒有為難我。」

龍曦月咬了咬櫻唇，從袖中取出一方錦帕，遞給胡小天道：「我思來想去，也不知道應該送什麼給你。」揭開錦帕，裡面是一塊溫潤的玉佛：「這平安佛乃是我娘親在世的時候送給我的，此去雍都可能咱們再也見不著了，這玉佛你留下來當個紀念，權當是謝你的救命之恩……」龍曦月說到這裡，感覺內心酸澀，喉頭一陣哽咽竟然說不下去了，扭過螓首，此時眼圈已經紅了。

胡小天從她手中接過，那錦帕之上繡著一對戲水鴛鴦，乃是龍曦月一針一線繡成，他抿了抿嘴唇，然後伸出手去牽住龍曦月的纖手，輕聲道：「我怎麼捨得放你離開。」

龍曦月嬌軀一震，緩緩轉過俏臉，已經是淚流滿面。胡小天伸出手去，拿起那方錦帕，小心而輕柔地為龍曦月擦去臉上的淚水，柔聲道：「我已經想好了要什麼禮物，他將沾滿龍曦月淚水的錦帕塞入懷中，然後又將那尊平安佛重新為龍曦月掛在頸上。

龍曦月道：「我思來想去，你不可為我做傻事，你的心意我明白，我只需知道，這世上還有人心中念著我想著我，就已經滿足了。」說著說著，美眸之中淚水又不爭氣地湧了出來。

胡小天道：「你信不信我？」

龍曦月點了點頭。

胡小天笑道：「那就乖乖聽話，不要……」他忽然停下說話，向龍曦月做了一個噤聲的手勢，揚聲道：「公主殿下，天色已晚，您還是早些休息吧。」他起身退了出去。

龍曦月慌忙抹去臉上的淚水，胡小天這樣做必有原因，難道門外有人偷聽？以胡小天如今的感知力，周圍五丈以內的動靜逃不過他的耳朵，當然真正的高手除外，他離開書齋，果然看到紫鵑和另外一名宮女端著宵夜走了過來。

胡小天笑道：「姐姐來了！」

紫鵑歎了口氣道：「公主這兩天總是不想吃東西，我剛讓人燉了燕窩粥給她補補身子。」

胡小天笑道：「紫鵑姐姐費心了，我幫您拿進去。」

紫鵑道：「那我們就不進去了，你直接端進去就是，一定要勸公主吃了。」

胡小天應了一聲，接過托盤重新回到書齋內。

龍曦月只看了一眼，秀眉微顰道：「放一邊吧，我不想吃。」

胡小天道：「人是鐵飯是鋼，一頓不吃餓得慌，上次您低血糖暈倒的事情難道都忘了？」

龍曦月眨了眨眼睛道：「說起這事，我倒是有些奇怪呢，從小到大，我都沒有過這樣的毛病，怎麼會突然就低血糖呢？」

胡小天笑道：「公主難道忘了，年三十的晚上您也沒吃飯，當時咱們坐在房頂看煙花的時候，您的肚子餓得咕咕叫呢。」

龍曦月聽他提起這件事，俏臉不由得紅了起來，有些難為情地皺了皺鼻翼，越發顯得嬌憨可人，她輕聲道：「你見我暈倒，也不想辦法叫醒我，讓我錯過了這麼美麗的煙花。」

胡小天道：「我看到公主暈倒，心中亂了方寸，馬上就送公主回宮。」

龍曦月輕聲道：「可我後來算了下時間，從我暈倒到回到紫蘭宮大概有一個半時辰，從天街到這裡至多也就是半個時辰就夠了，這其中的一個時辰你都在做什麼？」

胡小天萬萬沒有想到龍曦月居然從自己的話裡找到了漏洞，事實上在時間上的確對不上，是他自己疏忽了，以為安平公主好糊弄，所以沒有引起足夠的重視：「呃……這……」

龍曦月盯住他的雙目：「說，你是不是還有什麼事情瞞著我？」

胡小天額頭見汗，低聲道：「公主是不是懷疑我趁著您昏迷不醒，對你做出了喪盡天良，禽獸不如的事情……」

龍曦月紅著俏臉啐道：「就會胡說八道，我當然知道你不會。」她對胡小天還是百分百信任。

胡小天道：「實不相瞞，小天一直都不是什麼好人，那天晚上看到公主暈倒，小天心中既擔心又歡喜，擔心的是公主的身體，歡喜的是公主人事不省。」

龍曦月啐道：「我人事不省，你歡喜什麼……」心中卻已經明白這廝究竟歡喜什麼。

胡小天道：「其實小天並不像公主認為的那樣，不是什麼正人君子，我趁著公主昏迷不醒，我就……」

「你做什麼了？」龍曦月羞得眼睛都快睜不開了，其實她知道胡小天在故意逗弄自己，守宮砂仍然好端端的，自己根本就是完璧之身。

胡小天道：「小天罪該萬死，不敢說，除非公主恕我無罪。」

龍曦月咬了咬櫻唇道：「那得看你做了什麼事情。」

胡小天看著龍曦月嬌豔不可方物的俏臉，情不自禁吞了一口口水，他向前走了一步，低聲道：「我就這樣……」趁著龍曦月不備，他湊上去蜻蜓點水般在龍曦月唇上吻了一記。

龍曦月羞得玉頸都蒙上了一層嫣紅色，十指糾纏在一起，內心又是害羞又是欣喜，糾結到了極點。

胡小天看到龍曦月這般表現，顯然並沒有生氣，於是又壯著膽子道：「我還這樣……」手臂從後方攬住龍曦月的纖腰，將她擁入懷中。這貨絕對是色膽包天，不過絕沒有色迷心竅，耳朵仍然在警惕著外面的一切動靜。

龍曦月被他抱得渾身酥軟，嬌軀軟綿綿靠在他的懷中，呼吸也變得急促了。忽然感覺到自己的胸膛一緊，顯然被這廝握住，一雙美眸猛然睜開了，低聲斥道：「好你個胡小天，我看錯了你……」

胡小天慌忙放開雙手，耷拉著腦袋道：「小天本來不想說，公主非要逼著我說。」剛才那一抓手感仍在，意猶未盡。

龍曦月羞得不敢看他，低頭望著自己的腳尖，過了好半天方才道：「雨瞳果然沒有說錯，你肯定有事情瞞著我，除夕那天晚上，是不是你點了我的穴道？」她這麼一說等於把秦雨瞳給賣了。所以說閨蜜是這世上最不可靠的關係，胡小天暗歎，秦雨瞳啊秦雨瞳，咱倆好像沒什麼深仇大恨，你怎麼老幹這種背後拆台的事呢？

點龍曦月的穴道確有其事，不過點她穴道的另有其人，跟胡小天毫無關係，胡小天也沒幹趁虛而入的事情，如果真存著那心思，當天晚上，這麼好的機會，什麼事情都辦完了，難道這位傻公主真以為自己把她給那啥了？

龍曦月道：「我知道你剛剛說的這番話都是騙我的，你雖然不是君子，可也不是趁虛而入的小人，我明白……」一雙美眸含羞望著胡小天。

胡小天發現單純善良也擁有超強的殺傷力，在龍曦月的面前自己如果流露出太多的邪念居然感到內疚，望著自己的一雙手，忽然有種剁手的衝動。

龍曦月道：「煙花雖美，可是太過短暫了。」她輕聲歎了口氣道：「想要好好看一場煙花都不行。」

胡小天端起那碗燕窩粥送到她的面前：「只要公主喜歡，以後每年除夕我都陪你去看煙花。」

龍曦月咬了咬櫻唇，心中一陣感動，可是她又明白這只能是奢望罷了，低頭去吃那碗燕窩，兩顆晶瑩的淚水卻先行滴落了下去。

胡小天這次沒有用錦帕，而是直接用手幫她將臉上的淚水擦去，龍曦月現在的心情一定是極度彷徨而有極度複雜的，唯有用實際行動才能讓她找回對未來的希望和信心。

翌日清晨，胡小天一早就去了御馬監探望左腿骨折的樊宗喜，既然是探望病人，就不能空手前去，他特地從司苑局帶了一籃鮮果兩罈美酒，反正都是現成的東西，有權不用過期作廢。

福貴果然信守承諾，並沒有提前告知胡小天要來探病的消息，樊宗喜見到胡小天前來探望自己，也是驚喜非常，掙扎著想要從床上起來，胡小天搶上一步，摁住他的肩膀道：「樊公公快快躺下，您有傷在身，不可輕舉妄動。」

樊宗喜感慨道：「胡公公諸事繁忙，百忙之中還要抽空過來探我，真是讓咱家感激涕零。」

胡小天笑道：「你我相識一場，彼此投緣，在我心中一直當樊公公是我兄長一樣，你我之間不用如此客套。」

樊宗喜道：「終日打雁，今兒卻讓雁啄了眼，咱家這輩子還從未被馬傷過。」身為一個馴馬高手，居然從馬背上摔下來跌斷了腿，的確也是一樁糗事。

胡小天笑道：「塞翁失馬焉知非福，新年伊始，樊公公楣運盡褪，以後必然吉星高照，宏圖大展。」

樊宗喜哈哈大笑：「謝胡公公吉言，謝胡公公吉言。」他讓福貴上茶，又讓福貴去準備酒菜，非要留胡小天在這裡吃午飯。胡小天本想推辭，樊宗喜道：「咱家聽說胡老弟正月十三就要離開京城護送安平公主前往大雍成親，本來還想親自去給你送行，現在看來是不成了，今兒無論如何都要留下來吃飯，就算是我這個做哥哥的給你踐行。」

盛情難卻，胡小天唯有留下，他笑道：「聽說這次安平公主出嫁，所用的車馬有不少是從御馬監抽調？」

樊宗喜道：「本來車馬方面是咱家負責調撥的，不過我這一受傷，自然無法顧及這件事。此次的車馬調度全都交給了駕部侍郎唐文正，這次前往大雍，他的兩個兒子會隨隊前行。」

這對胡小天來說可算不上什麼好消息，過去他老子還是戶部尚書的時候，他和唐家幾個子女就發生過衝突，說起來當時也是一場誤會，也是因為好心救了唐文正的寶貝女兒唐輕璇，反而被人誤會他輕薄，當時胡小天將錯就錯上演了一齣搶親鬧劇，應該說那時他還沒有完全適應自己在這一時代的角色，再加上對老爹包辦的婚姻不滿，有故意給老爹招惹麻煩的意思，到最後以唐家吃了個啞巴虧而告終。

一直以來唐家三兄弟都引以為恨，在胡小天前往西川上任的途中也曾經上演過蒙面攔路搶劫，意圖報復的一幕。後來胡家落難，胡小天入宮當了太監，唐家反倒在這場風波中沒有受到影響。之前胡小天在駄街曾經偶遇唐鐵漢和唐鐵成兄弟，兩人又想報復，因為樊宗喜的干預方才作罷。胡小天和樊宗喜的交情也源於此。想不到冤家路窄，這次前往大雍居然和唐家人同行，既然是唐家兄弟負責車馬調度，打交道肯定是免不了的。

樊宗喜道：「你放心吧，他們兄弟不敢跟你作對。」皇宮之中誰不知道胡小天剛剛治好了皇上的病，再加上胡小天又是姬飛花的親信，唐家兄弟招惹他肯定不會有什麼好果子吃。

胡小天笑了起來，他倒不是顧忌唐家兄弟，拋開所謂的後台背景不談，單單是他現在的武功對付唐家兄弟應該不難，更何況他新近還從老乞丐那裡學會了絕招，從七七手裡得到了暴雨梨花針，當然這些絕招殺器肯定不會用在唐家兄弟身上，殺雞焉用牛刀！胡小天道：「冤家宜解不宜結，我跟唐家兄弟的確有過過節，不過時間都過去了這麼久，我早已放下了。」

樊宗喜微笑道：「若是每個人都能像胡老弟這般心胸，這個世界上也不會有那麼多的恩怨了。」

酒菜剛剛準備好，藏書閣的李雲聰就到了，李雲聰是樊宗喜的親舅舅，過來探望自己的親外甥也是人之常情。胡小天趕緊起身相迎。

李雲聰看到胡小天也在，兩道白眉舒展開來，一臉溫和道：「小鬍子也在吶！」

胡小天笑道：「聽聞樊公公受傷，所以過來探望。」

李雲聰點了點頭道：「不壞不壞，宮裡像你這樣重情重義的年輕人可不多見。」

胡小天道：「樊公公一直都很照顧我，在我心中一直都將他當成大哥一樣。」

樊宗喜笑道：「胡公公實在是太客氣了，舅父，我們正準備喝酒，可巧您就來了，那就一起吧。」

胡小天忙著把上座讓給李雲聰。

李雲聰呵呵笑道道：「正所謂，來得早不如來得巧，我這個老傢伙也就不跟你們客氣了。」他將帶來的幾本書先遞給了樊宗喜：「躺在床上無聊，就多看幾本書。」和胡小天一樣，他也是趁著職務之便，送的禮物全都是自己的管轄範圍內。

樊宗喜苦著臉道：「您又不是不知道，我這輩子最頭疼的就是看書。」

李雲聰笑道：「相馬的書，你應該有些興趣。」

胡小天給他們兩人倒滿酒。

李雲聰端起酒杯道：「今兒好像是正月初五了吧？」

胡小天道：「可不是嘛，您老這記性還真是好，比很多年輕人都好得多。」

李雲聰笑道：「咱家又沒老糊塗，你以為我連個日子都記不住？再過幾天好像就是咱們的安平公主出嫁的日子了。」說到這裡，他端起酒杯跟他們兩人碰了碰，率先一飲而盡，讚道：「這司苑局窖藏的美酒，味道就是與眾不同。」

單憑李雲聰這句話，胡小天就敢說這老太監在過去的日子裡沒少偷喝過司苑局酒窖的好酒，以李雲聰的功夫，再加上那條密道早就存在，他偷幾罈酒回去還不是分分鐘的事情。

胡小天道：「三六九往外走，本來說好了是月底才走的，可皇上突然改了主意，說是讓我們早做準備，一來不要耽擱了公主三月十六的婚期，二來這途中走走看看，也不必趕得太急。說是看好了日子，正月十三適合出嫁，眼看著連上元節也要在途中過了。」

樊宗喜感慨道：「這一趟可是讓人羨慕的美差啊，胡老弟趁著這個機會剛好可以遊覽一下沿途的風光。聽說大雍山川壯麗和大康的秀美風光截然不同，此時過去更是千里冰封，萬里雪飄，北國風光美不勝收。說起來我一直都想去大雍看看，只可惜沒有機會。」

李雲聰道：「皇上可不是讓小鬍子去享福的，安平公主一天沒有抵達雍都，小鬍子也未必能把心放踏實了。」

胡小天趁機叫苦道：「可不是嘛，現在這世道不太平啊，聽說不少地方都鬧起了饑荒，發生了不少百姓搶糧的事情，越往北走鬧得越凶。」

李雲聰歎了口氣道：「到哪兒也不太平，你自己多加小心吧。」心中卻暗想，你小子自求多福才對。

樊宗喜道：「我看倒沒有什麼可擔心的，此次前往大雍送親，負責安全的是文博遠，他武功高強，智勇雙全，再加上他的身邊有許多神策府的好手，途中的安全絕不會有任何的問題。」

胡小天道：「但願他的武功真有外界傳言的那麼厲害。」

李雲聰道：「武功之道無窮無盡，人外有人，天外有天，哪怕一個人的武功再厲害，這個世界上肯定還有比他更厲害的那個。」

胡小天道：「就算是天下第一又能怎樣？雙拳難敵四手，在千軍萬馬面前，一個人的力量幾乎可以忽略不計。」

李雲聰道：「就算戰勝不了千軍萬馬，可真正的高手於千軍萬馬之中保全自己的性命應該不難。」

胡小天道：「這樣的高手我還從未見過呢。」心中暗忖，眼前的李雲聰應該就是這樣的高手。

李雲聰道：「小鬍子，這杯酒我祝你一路順風，平平安安將安平公主送到雍都完婚，等你凱旋歸來，咱家親自安排一桌酒宴為你接風洗塵。」

胡小天做出一副受寵若驚的樣子：「多謝李公公吉言。」陪著李雲聰喝了這杯酒，又忙不迭地給李雲聰滿上。

李雲聰道：「不知你們有沒有聽說一個消息？」

胡小天和樊宗喜兩人同時向他望去。

李雲聰道：「皇上最近好像在準備立嗣。」

胡小天皺了皺眉頭，這事他倒是沒有關注，最近只忙著準備前往大雍，並沒有留意皇上那邊有什麼動靜。

樊宗喜道：「這可是大事，不知皇上定下來誰當太子沒有？」

李雲聰歎了口氣道：「無論是誰，這宮裡總不會太平了。」

胡小天道：「皇上正值壯年，龍體安康，立嗣也不急於一時。」

李雲聰道：「君心難測，皇上怎麼想豈是咱們這幫做奴才的能夠揣摩透的？莫談國事，莫談國事。」

胡小天心中暗罵，事兒根本就是你提出來的，現在又說什麼莫談國事，應該是故意說給老子聽，想讓我幫你去打探消息。老子離京在即，你居然還不忘從我身上敲詐油水，這老太監還真當得起一個奸字。

胡小天從樊宗喜那裡出來，直接去了太醫院，昨天他和秦雨瞳約好了在太醫院相見。

過年這幾日，太醫院一直冷清得很，除了掃地的小太監，見不到一個病人。胡小天來到秦雨瞳的診室，正看到秦雨瞳在臨窗的書桌上寫字，於是就在窗前站著，輕輕咳嗽了一聲。

秦雨瞳沒有抬頭，仍然不慌不忙地寫著，輕聲道：「既然來了，就進來吧。」

胡小天舉步走了進去，笑瞇瞇道：「秦姑娘今天倒是清閒自在啊。」

秦雨瞳道：「一直都沒什麼事情。」她寫完之後，將筆擱在筆架上，等到信紙墨蹟乾了，再將信紙折好塞入信封之中，用火漆封口再蓋上銅印。

胡小天一旁靜靜看著，秦雨瞳此時方才抬起雙眸，輕聲道：「你這次前往雍都若是有時間，幫我將這封信送給神農社的柳長生柳先生。」
　　胡小天點了點頭：「成！」將秦雨瞳的那封信小心收好。
　　秦雨瞳將早已準備好的木匣推到他的面前：「這裡面是你要的東西。」
　　胡小天一直都在等著她的人皮面具，假如秦雨瞳再不主動給他，他就得開口索要了，心中喜出望外，慌忙伸手去拿。秦雨瞳卻用手掌摁住木匣，雙眸盯住他道：「有幾句話，我不知當講還是不當講。」
　　胡小天道：「說！」
　　秦雨瞳道：「個人的感情和家國大義相比始終都是小事，若是因為一己之私而讓兩國墜入戰火之中，讓生靈塗炭，百姓遭殃，又於心何忍？」
　　胡小天明白秦雨瞳是擔心自己帶著龍曦月逃走，很可能會引發大康和大雍兩國之間的戰事，他淡然一笑道：「秦姑娘的意思我明白，我做任何事情之前，都會將後果考慮清楚。」
　　秦雨瞳將木匣推到他的面前，輕聲道：「裡面的那本書你仔細看看，有什麼不懂的地方可以問我。」美眸之中現出猶豫的神情：「我也不知道幫你是錯還是對。」
　　胡小天毫不領情道：「你不是幫我，是幫你自己，如果你不幫我，或許這輩子回想起來都會良心難安。」

秦雨瞳暗歎，這廝真是無賴。不過她已經習慣了胡小天的脾氣，小聲道：「你送給我的那張圖，我已經從師伯處取回來了。」她拿出胡小天送給她的那張解剖圖。

胡小天掃了一眼，果然是自己送給她的那一張，看來李雲聰已經將圖還給了蒙自在。

秦雨瞳道：「你所說的天人萬像圖是什麼？」

胡小天道：「我也是聽說，據說有那麼一本書，上面畫滿了人體的解剖圖。怎麼？你沒有聽你師伯提起過？」

秦雨瞳搖了搖頭：「他從未說起過，我以為師伯見多識廣，所以才拿這幅圖去請教他，並沒有其他的意思。」她蕙質蘭心，當然能夠看出胡小天似乎在這件事上動了氣。

胡小天笑道：「天下間若是談到對人體結構之熟悉，只怕沒有人能夠超過我，你從他那裡得不到什麼。」他也拿出幾張畫好的人體解剖圖，既然答應了秦雨瞳就要辦到。胡小天將那幾張圖紙遞給她道：「本來我也沒覺得這東西如何珍貴，可還是儘量保密的好，秦姑娘明白？」

秦雨瞳在圖上掃了一眼，然後又遞還給了胡小天：「我不要了。」

「為什麼？你不是一直都想瞭解這方面的知識？」

秦雨瞳道：「這些圖對我所學的醫術幫助並不大，而且……我不想給你再帶來麻煩。」

胡小天卻明白秦雨瞳可能是因為蒙自在的事情而感到歉疚，他笑道：「不會有什麼麻煩，其實我始終認為醫術應該廣為傳播，相互交流，共同提高，不應該有什麼門戶之見。」

秦雨瞳美眸一亮：「你的意思是？」

胡小天道：「一個人無論醫術如何高明，也沒有精力兼顧天下蒼生，只有將自己所學到的東西盡可能地傳播出去，讓更多的人掌握醫學知識，學會如何去治療疾病，才能挽救更多人的生命。」他的這番話的確是有感而發，自從來到這個世界上，他發現醫學如同武功一樣，各大醫館之間很少來往，對於本門秘方更是諱莫如深，生怕自己的醫術被別家學了過去，門派之間壁壘高築，現代醫學的發展證明，想要提高醫療水準就必須通過多多進行學術交流，醫學上的封閉只會讓醫療水準止步不前。

秦雨瞳道：「倘若讓你將掌握的這些醫術全都拿出來教給別人，你可願意？」

胡小天笑道：「有何不可呢？我一個人就算不眠不休地去救人，這輩子能挽救的也不過是幾萬條性命，可這世界上如果多了一個我這樣的人，那麼就可以挽救雙倍的性命，如果多了一百個，一千個呢？等我以後有了時間，我會將自己掌握的醫術全都寫下來，廣為散發，如果條件允許，我還可以收幾個學生。」說到這裡他停頓了一下，搖了搖頭道：「不成，我這人沒耐性的，讓我坐下來去授課，肯定是誤人子弟。」

秦雨瞳道：「我幫你！」這句話完全是衝口而出，不知為何她居然會被胡小天的這番話而感動。正如胡小天所說的那樣，從醫者的門派之念絲毫不次於武者，對於本門秘方更是謹慎，別的不說，大康三大醫館之間就很少來往，更不用說相互切磋醫術了。胡小天能夠說這樣的話，足以證明他坦蕩的胸懷，他的眼界要比起其他的醫者高出一籌。

胡小天笑道：「秦姑娘的這句話我記得了，以後我若是真有機會開一所醫學院，一定請秦姑娘去當教授。」

「醫學院？教授？」饒是秦雨瞳天資聰穎，此時也不禁有些凌亂了。

正月十三，天濛濛亮，護送安平公主出嫁的車隊已經在天和殿廣場之上集合，皇上龍燁霖親自主持祭祀天地，告慰列祖列宗的儀式。胡小天遠觀龍燁霖在祭台之上念念有詞，心中暗暗好笑，江山的穩固，大康的平安豈是你隨隨便便求得的？龍燁霖雖然成功篡位，可是至今無法將皇權掌握在手中，此時他心中祈禱的可能是早日除去姬飛花，再不受人左右，成為貨真價實的天子。

簡皇后握著安平公主龍曦月的手說個不停，說到動情之處涕淚直下。表面上難捨難分，其實都是做戲給別人看，小姑子出嫁，她這個做嫂子的才不會傷心，更何況安平公主出嫁也是為了穩固大康的北部疆域，別說是送她和親，即便是送她去死，只要能夠保證大康國土平安，兩國短期內戰火不興那也是值得的。簡皇后真正在意的是自己的兒子能否順利成為太子，從眼前的跡象來看，皇上心中偏愛的是三皇子龍廷鎮，再加上三皇子善於籠絡群臣，身後的擁戴者遠遠超過了自己的兒子，如果不儘早想出對策，只怕這太子之位就要落在他的手裡。

胡小天發現小公主七七並沒有前來，心中暗歎這妮子終究還是沒有良心，難為安平公主平日裡對她如此照顧，今日龍曦月出嫁這麼重要的時刻，她居然臉都不露。想想七七平日喜怒無常的表現，對自己也是三番兩次恩將仇報，在她身上發生任何事也不稀奇。

其他的皇子皇孫大都過來相送，其中就包括大皇子龍廷盛和三皇子龍廷鎮。

龍廷盛本來一直站在母親的身邊，聽到母親絮絮叨叨說個沒完，似乎也有些不耐煩了，看到胡小天就在不遠處，他緩步走了過去，向胡小天道：「胡小天。」

胡小天慌忙躬身行禮道：「皇子殿下有何吩咐？」

龍廷盛道：「此去大雍山高水長，北方苦寒，行程艱難，你身為這次的副遣婚使，一定要擔負起照顧我皇姑的責任，務必要好好照顧她，將她平平安安送到雍都。」

胡小天道：「殿下放心，小天必全力以赴，決不讓公主受半點委屈。」

不遠處三皇子龍廷鎮拍了拍文博遠的肩頭，文博遠盔甲鮮明，虎背狼妖，身材魁梧，相貌英俊，再加上這身威武的裝扮，站在那裡威風凜凜，氣宇軒昂，吸引了不少宮女側目，絕對是貨真價實的美男子。

龍廷鎮道：「文將軍，我姑姑這一路上的安全就交給你了，管好你的這幫手下，倘若有人膽敢對我姑姑不敬，定斬不饒！」說這番話的時候，目光故意朝著胡小天看來。

「是！」

胡小天心中暗罵，你看老子作甚？老子好歹也是副遣婚使，文博遠最多也就是跟老子平級，我何時成了他的手下？定斬不饒，誰殺誰還不知道呢。一想起姬飛花交給自己的任務，這心裡還真是有些壓力。

文博遠一抱拳，龍行虎步來到禮部尚書吳敬善的面前，恭敬道：「吳大人，是時候出發了。」

吳敬善是這次的遣婚使，他輕撫頷下鬍鬚道：「好，我去啟奏皇上。」

文博遠回去的時候從胡小天身邊經過，居然沒有理會他，胡小天從一開始就已經感受到此人對自己的敵意，要說今天胡小天也換上了一身新衣服，不過這貨穿的是太監服，人要衣裝，佛要金裝，當然無法和文博遠威風凜凜的盔甲相比，胡小天在氣勢上顯然也被他給比了下去。

龍燁霖得到吳敬善啟奏之後，下令出發的時候，又有一隊送行的人姍姍來遲。來的是內官監提督姬飛花，他身穿大紅宮服，外罩紫色披風，肌膚勝雪，眉目如畫。來到安平公主的坐車前方，恭恭敬敬道：「奴才恭送公主殿下。」

安平公主輕聲道：「有勞姬公公了。」她對這個一手策劃篡奪父親皇位的太監並沒有任何的好感。

姬飛花此來也不過是走個形式罷了，他也沒有多說話，來到胡小天面前。

胡小天慌忙躬身行禮：「提督大人！」

姬飛花點了點頭，伸出手去，身後李岩將一柄長刀遞給了他。姬飛花接過長刀，一手握住刀鞘，一手握住刀柄，緩緩將長刀抽出，刀身黝黑，雖然沒有流露出太多鋒芒，可是刀刃卻銳利輕薄，削鐵如泥。

胡小天認得此刀，正是他和姬飛花在前往煙水閣赴宴回宮的時候遭遇刺殺，從飛翼武士手中搶來的那柄。

姬飛花道：「你前往大雍路途迢迢，這一路之上不知有多少凶險，身邊豈能缺少防身的武器，這把刀乃是你從殺手那裡搶到的，咱家一直為你保管，又讓天工坊的巧匠用鯊魚皮做了刀鞘，你帶著此刀前往大雍，路上若是有人膽敢對公主不敬，你大可先斬後奏！」姬飛花此言一出，所有人都是一驚。

這太監狂妄到了何等地步，竟然當著皇上的面說出了先斬後奏的話，當他送給胡小天的是尚方寶劍嗎？他把群臣置於何地？他又把皇上置於何地？

胡小天接過長刀，心中也是尷尬無比，這樣一來所有人都知道他是姬飛花的人了。皇上也一定把他當成姬飛花的同黨，若是姬飛花失勢，自己豈不是也要受到株連。

姬飛花道：「你不用擔心，出了任何事情，都有咱家為你擔待。」他的目光又望向不遠處的皇上龍燁霖：「皇上也會給你做主！」

龍燁霖唇角的肌肉猛然抽動了一下，雙目之中一股殺意無可抑制地流露出來。

姬飛花緩步走向龍燁霖，雙目靜靜望著他，龍燁霖在他的逼視下內心沒來由感到一陣恐慌，當著眾臣的面，他絕不能屈服，可是眼中的殺氣卻消失於無形。

姬飛花唇角露出一絲魅惑眾生的笑意：「皇上，奴才的話您可曾聽到了？」

龍燁霖恨不能衝上去一刀砍下姬飛花的腦袋，藏在袖中的雙手用力攥緊了拳頭，聲音發乾道：「好……說得好……」

「鳴炮！」

禮炮聲中，這支隊伍緩緩出了宮門，在午門處，文博遠精心挑選的五百名士兵早已列隊等候，除此之外還有他從神策府帶來的三十名高手，這其中就包括已經被編入雁組的展鵬，這五百三十人負責沿途的安全護衛。除此以外還有陪同安平公主前往大雍的宮人二十人，禮部尚書吳敬善隨從的雜務三十人，這其中還有吳敬善的十名家將。這些人乘坐了三十二輛馬車。安平公主此次出嫁乃是舉國轟動的大事，嫁妝是少不了的，單單是隨行的嫁妝和途中所需的糧草就裝滿了四十六輛騾車，驅車的馬夫腳力共計一百二十人。

胡小天事先安排周默混入其中，沿途照顧車馬的任務由駕部侍郎唐文正的兩個兒子負責，分別是大兒子唐鐵漢和三兒子唐鐵鑫。這兩人和胡小天昔日曾經有過過節，不過以胡小天今時今日的地位，兩人也不敢公然向他發難，刻意選擇迴避，暫時倒也相安無事。

文博遠率領五百名士兵護送隊伍浩浩蕩蕩出了崇星門，經過天街的時候，天色仍然沒有放亮。龍曦月掀開車簾，向車外望去，正看到一座小樓，不禁想起除夕夜晚，胡小天帶著她在小樓屋頂眺望煙花的那一刻，煙花好美，卻如此短暫，也許她的青春，她的夢想從今日起就永遠埋葬在腳下的這片土地上。

馬蹄噠噠不停響起，一道身影遮住了她的視線，將她從對往事的追憶中喚醒，卻是胡小天騎在他的大耳朵小灰背上來到了車旁，兩人目光交會，胡小天露出他那熟悉的笑容，人畜無傷，宛如陽光瞬間驅走了龍曦月心中的陰霾和離愁，她忽然想到還不到悲傷的時候，至少現在胡小天仍在自己的身邊。

龍曦月放下車簾，身邊的紫鵑悵然道：「公主，咱們以後還會回來嗎？」作為龍曦月的貼身宮女，她此次也要隨同龍曦月一起長留大雍，雖然開始知道這個消息的時候心中充滿了新奇，可是真正到了離開的一刻，心中仍然難免惆悵。

龍曦月抿了抿嘴唇沒有回答她，因為她也不知道答案。

第九章

公主出嫁

乞丐群中一人呵呵笑道：
「大人，我等全都是良善百姓，來此的目的是為了說幾句祝福的話，
親手送一樣東西給公主，了卻一樁心願，沒有任何的歹意。」
此時胡小天和吳敬善兩人也來到文博遠身邊，
胡小天認出那帶頭說話的人竟然是那天偷走七七坐騎的朱八。

選擇這麼早離開就是為了避免引起百姓圍觀，可是這樣聲勢浩大的一支車隊，仍然引起了不少人的關注。皇帝的女兒不愁嫁，百姓對皇家的嫁娶早已麻木，皇家的事情跟平民百姓又有什麼關係？望著那一車車的嫁妝，老百姓只有羨慕的份兒，若是換成糧食，肯定夠我們一家吃上幾輩子吧？多數人的心中生出這樣的感慨。為何都是活在這世上的生命，命運卻有著天淵之別？百姓羨慕皇家嫁女恢弘陣仗的時候，卻不知安平公主心中也在默默嚮往民間的自由。

途經永興橋的時候，前方的隊伍忽然慢了下來，卻是道路兩旁跪著不少的叫花子，手上高舉著要飯碗，討要喜錢。

公主出嫁畢竟是舉國歡慶的大喜事，文博遠本想讓人將這幫叫花子趕走，可禮部尚書吳敬善認為不妥，別說皇家嫁女，就算是普通的老百姓家閨女出嫁，也會經常遇到乞丐上門打著賀喜的旗號乞討，處理這種事往往都是打賞一些銀錢，圖個喜慶。只不過安平公主今日遠嫁並沒有對外宣揚，這幫叫花子又是如何知道？

文博遠冷冷望著前方的這群叫花子，密密麻麻堵住了前方的道路，粗略估計也要有近一百人了，這麼多的叫花子不可能是全都湊巧來到這裡的，難道他們提前就已經知道了公主會從這條道路經過？所以才聚攏在這裡討要賞賜？

吳敬善低聲道：「隨便賞些銀兩給他們，畢竟是大喜事，不宜大動干戈。」

文博遠點了點頭，還沒有離開康都，就遇到了這個麻煩。他並不負責打賞，他此次的職責是保護安平公主的安全，吳敬善負責統籌安排，是他們的總指揮，至於內務補給方面是副遣婚使胡小天負責，他們三人也算得上是分工明確，不過這只是表面，背後也存在著權力的平衡和博弈，誰背後都有靠山。說穿了一個掌握隊伍的兵權，一個掌握財權，至於吳敬善本身的定位就是和稀泥的。雖然是遣婚使，卻是最後一個才被定下來的，有點救火隊員的性質。

其實吳敬善說完，他自己就已經意識到了，這事兒應該交給胡小天去做，轉身向身邊的家將吳奎道：「你去叫胡公公過來，我找他有事商量。」

吳奎調轉馬頭向車隊的方向而去，沒多久就回來了，一臉憤懣道：「他說要保護公主，還說大人有什麼事情可以過去找他。」

文博遠一旁聽著心中暗笑，他和胡小天打過的交道雖然很少，可也知道這小子絕非善類，只是沒想到胡小天如此狂妄難纏，還沒出皇城居然就公然違抗吳敬善的召喚，吳敬善怎麼都是當朝禮部尚書三品大員，又是此次出使的總遣婚使，卻不知他咽不咽得下這口氣。

吳敬善居然沒有動氣，習慣性地摸了摸頜下的山羊鬍子，輕聲道：「堅守職責倒也沒錯。」他在胡小天的手上已經吃了兩次虧，吳敬善雖然年紀大了，可頭腦並不糊塗，否則也不可能經歷皇權更迭仍被重用。這個遣婚使他是不想幹的，文博遠和胡小天雖然是兩個小輩，可他們的背後全都有實力雄厚的靠山，皇上讓他來當這個遣婚使，估計是要他來平衡兩邊的關係，儘量協調胡小天和文博遠之間的矛盾。

吳敬善向吳奎道：「你再跑一趟，就說前方有一大群乞丐攔路。」

吳奎心中深感不解，自家大人乃是當朝三品，用得著對一個宮裡的太監客氣？可吳敬善既然這麼說了，他也不敢違抗命令，只能壓著怒氣再去找胡小天，剛剛調轉馬頭，就看到胡小天騎著他那頭騾子晃悠悠蹓躂了過來。其實除了胡小天自己以外，多半人都認為他騎的是一頭騾子，不少人還偷偷暗笑這太監騎騾子簡直是絕配。

小灰顯然不習慣這麼大的陣仗，兩隻耳朵耷拉著，無精打采，步伐也是有氣無力。

吳奎心想算你知趣，不然激怒了我家大人有你小子受的。

胡小天本來沒打算給吳敬善這個面子，可龍曦月讓他過來看看，公主的話總不能不聽，再說胡小天聽說是被一幫叫花子攔路，心中的好奇心也被挑起，他想到的第一件事就是初一那天和七七一起遭遇到的那幫乞丐。

吳敬善道：「胡公公，你來得正好，前方一幫乞丐阻住去路，討要喜錢，你看這件事應當如何處理？」表面上是跟胡小天商量的語氣，實際上是將問題拋給胡小天。

胡小天道：「吳大人，您是我們的上級啊，皇上都說了，讓我和文將軍全都聽您的，您說怎麼辦就怎麼辦。」踢皮球誰不會啊，還沒出京城呢，有事就往我身上推，我才懶得管，保護公主，把好財務關是我的責任，再就是偷偷把文博遠給做了，其他的事情老子才懶得過問。

吳敬善道：「依老夫之見，拿出點銀子把他們打發走就得了。」

胡小天道：「吳大人果然高明，可銀子從哪裡出？」一句話把吳敬善給問住了，吳敬善道：「途中的所有支出用度，不是胡公公負責嗎？」

胡小天道：「吳大人，您也說了，我負責的是途中所有的支出用度，從這兒到雍都幾千里路，咱們七百多口子人的吃穿用度，我手裡那可都是公款啊，既然是公款，就得把錢花得明明白白清清楚楚，這其中並不包括打賞乞丐啊。」

吳敬善道：「這……」

胡小天道：「不過吳大人既然開口了，這錢肯定是要花的，不過還請吳大人寫個批條，說明錢花在什麼地方，以後小天也好交帳。」

吳敬善雖然知道這小子在故意刁難，可在道理上也說得過去，他點了點頭道：「回頭我補給你。」

胡小天道：「成，照吳大人看咱們打賞多少？」

吳敬善瞇起眼睛，看了看前方跪倒的那片乞丐道：「二十兩吧。」

胡小天暗笑吳敬善小氣，這麼多乞丐估計二十兩打發不了他們，他讓人取了二十兩交給吳奎送過去，可吳奎很快就回來了，一臉鬱悶道：「大人，那幫叫花子不要，可能是嫌少。」

吳敬善一聽就火了，要飯吃還挑肥揀瘦，如果不是公主出嫁，他才不會出手那麼大方。胡小天道：「二十兩嫌少，他們要多少？」

「沒說！」

一旁文博遠冷哼了一聲道：「真是敬酒不吃吃罰酒，我去看看！」他一提馬韁，駿馬發出一聲嘶鳴，撒開四蹄向隊伍前方奔去，胡小天總覺得今天有些奇怪，這幫叫花子該不是衝著自己來的吧，他也縱馬跟了上去。

永興橋頭跪著大約一百多名乞丐，齊聲道：「恭祝公主喜結良緣，我等百姓特地前來相送，祝公主一路順風，永世平安。」

文博遠來到隊伍最前方，勒住馬韁，冷冷望著跪在橋頭的這幫乞丐，大聲威脅道：「我們護送安平公主前往大雍，爾等身為大康子民，怎可無故阻攔公主大駕，速速退到兩旁讓開道路，若是耽擱了公主的行程，將你們全都拿下治罪。」

乞丐群中一人呵呵笑道：「大人，我等全都是良善百姓，來此的目的是為了說幾句祝福的話，親手送一樣東西給公主，了卻一樁心願，沒有任何的歹意。」

此時胡小天和吳敬善兩人也來到文博遠身邊，胡小天一眼就認出那帶頭說話的人竟然是那天偷走七七坐騎的朱八，這乞丐膽子還真是不小，居然敢率眾前來攔住送親隊伍的去路。

文博遠的手緩緩落在刀柄之上，大喝道：「讓開！」他的聲音如同一個炸雷般響徹在黎明的天空中，震得周圍人耳膜嗡嗡作響。單憑這聲呼喝就能夠推斷出他的內力極其充沛。胡小天想起姬飛花交給自己的任務，幹掉這廝看來沒有那麼容易。

朱八並沒有被文博遠的這聲呼喝給嚇住，呵呵笑了一聲道：「這位大人真是威風煞氣，我等好像沒犯什麼錯，難道送份禮物給公主也有錯嗎？」

文博遠正欲發作，卻聽一個懶洋洋的聲音道：「既然是有禮物呈上，那麼交給我吧，回頭我轉呈給公主殿下。」卻是胡小天在這個時候出場了。

朱八抬起頭望著胡小天，唇角露出一絲笑意，他點了點頭道：「這樣也好！」

胡小天翻身下馬，向朱八走了過去，一幫乞丐全都站起身來。

文博遠和吳敬善對望了一眼，兩人臉上的表情都閃過一絲驚奇，卻不知胡小天和這些乞丐有什麼關係？為何他在此時出頭。

胡小天來到朱八面前，朱八道：「大力！」

身材魁梧宛如天神下凡般的朱大力從人群中走了出來，他的懷中抱著一隻白色小狗，胡小天啞然失笑，想不到這幫乞丐來了個大早跪在這裡候著，竟然是為了給公主送一條狗。

朱八道：「十二年前的冬天，我朱八饑困交加，身染重病，在街頭奄奄一息，不巧衝撞了貴妃娘娘的車隊，若不是李貴妃送我衣服，給我銀子治病，我朱八早已凍死街頭，貴妃娘娘雖然不在了，可是這份大恩大德，朱八不敢忘。」

胡小天想不到居然有這樣的典故，他笑道：「十二年前的事情，安平公主只怕記不得了。」

朱八道：「公主當時還是個小女孩，貴妃娘娘救我的時候，她的小狗突然跑掉了。」

胡小天眼睛轉了轉，朱八的這番話也很有可能，不過如果說他們把丟了十二年的狗找了回來，胡小天打死都不信。

朱大力抱著的那隻小狗通體毛色雪白，如同一個毛毛絨絨的雪球，一雙眼睛烏溜溜水汪汪，鼻尖處也是一個黑色的圓點，生得極其可愛。

胡小天指著那隻狗道：「就是這隻？」

朱八道：「當然不是這隻，可公主當年丟失的那條小狗的樣子和牠有九成相似，我費了千辛萬苦方才找到了這麼一隻，特地送來給公主殿下當新婚禮物。」

胡小天點了點頭，身後文博遠卻冷哼了一聲道：「荒唐！」雖然文博遠也承認這條狗生得非常可愛，但是他總懷疑這幫乞丐的動機絕非送狗那麼簡單，到底有沒有這回事也很值得商榷。

胡小天道：「這樣吧，這狗我帶回去，問問公主願不願意收留牠。」

朱八向胡小天一抱拳道：「有勞胡大人了！」

胡小天沒聽錯，對方稱自己為胡大人而不是胡公公。兩者相比，還是胡大人更為順耳。

朱八示從朱大力手中拿過那條小狗遞給胡小天，在小狗送入胡小天手中的時候，趁著所有人不備塞給了胡小天一團布，然後意味深長地向胡小天笑了笑。

胡小天頓時會意，抓緊那團布，借著小狗的掩護走了回去。那小狗發出哇嗚一聲，想要掙脫開他的手掌，只可惜牠的力量實在是太微弱了，一雙黑豆般的眼睛可憐巴巴地望著胡小天，不知自己的命運將要往何方去。

朱八大聲道：「兄弟們，將道路讓開，恭送公主殿下離京，祝公主一路平安，一生平安！」

一幫乞丐紛紛向兩旁讓開，文博遠和吳敬善也沒有想到這件事情居然會這麼容易就得到了解決，不過能不發生衝突得到和平解決當然最好，吳敬善下令隊伍繼續前進。

胡小天抱著那隻小狗回到安平公主的坐車前，這小狗有點像泰迪犬，不知當下時代有沒有這個品種，胖乎乎的萌態十足，可能是初到了陌生的環境，所以明顯有些害怕。

安平公主掀開車簾，看到胡小天懷中的小狗，驚喜萬分道：「雪球！」

胡小天將剛才發生的事情告訴了她，安平伸出手將那小狗接了過去，顯得非常激動，她小時候的確養過一隻同樣的小狗，只是一次陪同母親外出到宮外的時候走失了，那小狗叫雪球，為了雪球的走失，她還傷心了很長一段時間，至今仍然對那隻小狗念念不忘，朱八送來的這條小狗，跟她過去那隻幾乎生得一模一樣。

胡小天本以為是朱八故意杜撰，卻想不到居然真有此事，也不禁感歎世間多了是巧合的事情，同時又對朱八生出少許的欣賞之意，畢竟不是每個人都能夠記得十二年前發生的事情，更不是每個人都能夠做到知恩圖報，由此看來朱八雖然是個乞丐，可比多數人都要懂得感恩。

車隊繼續前行，胡小天偷偷將剛剛朱八交給自己的布團展開來一看，卻是一幅手繪地圖，上面詳細繪製著前往雍都的路線，如果單單只是地圖並不稀奇，上面還用不同顏色的小旗標明了沿途經過的綠林勢力，對於綠林中人活動頻繁的一些地段作出了明確標記。有了這份圖就可以選擇性地避過一些路段，盡可能避免和綠林人物發生衝突。

胡小天竊喜不已，他明白，自己跟朱八沒多少交情，朱八當然沒理由送這份圖給他，這背後應該是老乞丐起了作用。其實到現在胡小天都很納悶，老乞丐為何對自己會如此偏愛，不但傳給他武功，而且還讓人送這幅綠林勢力分佈圖給他，以後若是有機會，一定要好好問個清楚。

車隊就快來到京城北門，道路兩旁圍觀的人群也越來越多，不過老百姓們都表現得井然有序，中間的道路保持暢通，負責看守北門的士兵也在門前列隊送行。

人群中忽然傳來一個淒然的聲音道：「兒啊！」

別人還沒有覺得什麼，胡小天卻如同被霹靂擊中，他霍然轉過身去，卻見母親徐鳳儀身穿粗布棉衣正迎著寒風，擠開人群拚命向自己這邊趕來。徐鳳儀剛剛擠出人群，一名負責護衛的武士便衝了上去，一把將她推倒在地，怒吼道：「賤人！竟敢衝撞公……」他的話還沒說完，後領已經被人一把抓住，那武士轉身望去，沒等他看清對方的容貌，就看到一隻拳頭在眼前迅速放大，蓬的一拳重重砸在他的面門之上，卻是胡小天第一時間衝到母親身邊，拉開那名有眼無珠的武士，一拳將他打翻在地。

眼看著這廝竟然當著自己的面一把推到了自己的娘親，胡小天豈能容他，左手握住刀鞘，右手抓住刀柄，鏘的一聲烏金長刀已然出鞘，盛怒之下要讓這武士血濺當場，方解心頭之恨。

文博遠第一時間覺察到了這邊的動靜，大吼道：「刀下留人！」他的聲音如同在半空之中響徹了一個炸雷，胡小天的動作也不禁為之一頓。

而就在此時，安平公主的馬車也停了下來，車門打開，安平公主竟然從車內跳了下來，她快步來到徐鳳儀的身邊，挽住她的手臂，關切道：「胡夫人，您有沒有事。」

徐鳳儀只是一時衝動方才過來送送兒子，本來想著只是在人群中偷偷看上一眼，可看到胡小天就要離開京城的時候，一時間控制不住內心的眷戀之情，方才喊出聲來，卻想不到惹來了這麼大的麻煩，看到安平公主居然親自下車過來攙扶自己，徐鳳儀受寵若驚的同時又有些後悔，不該給兒子添這麼大的麻煩。

胡小天聽到文博遠那聲刀下留人之後，並沒有出刀，但是也沒有停下報復的打算，抬腳狠狠踢在那名武士的右肋下，胡小天這一腳毫不留情，那武士慘哼了一聲，有兩根肋骨被胡小天當場踢斷。其實這名武士也不知道闖入者的身分，攔住徐鳳儀也是他的職責所在，只是採取的手段粗暴了一些，卻沒有想到觸到了胡小天的逆鱗。

文博遠從馬背之上飛掠而下，一把抓住胡小天的手臂：「住手！」打狗還需看主人，那名武士是他的部下，胡小天當眾痛毆，等於是打了他的臉。

胡小天冷冷望著文博遠道：「應該放手的是文將軍吧。」

文博遠怒道：「你為何無故打人？」嘴上質問著胡小天，可卻放開了胡小天的手腕，畢竟剛才的事情他都已經看到，雖然文博遠並不認識徐鳳儀，但是從胡小天剛才的表現，已經猜出這中年婦人和胡小天有著極其密切的關係，自然也不好再為那名部下出頭。

胡小天根本沒有理會文博遠，來到母親身邊，攙住母親的另外一條手臂，關切道：「娘！您有沒有受傷？」

徐鳳儀搖了搖頭，看了看兒子，眼圈卻突然紅了起來，伸出手輕輕拍了拍他的面頰道：「娘沒事，就是過來送送你。」在安平公主和胡小天的攙扶下，徐鳳儀站起身來。

這會兒吳敬善也趕了過來，他一看到眼前的情景就明白了，要說那名武士也只能自認倒楣，胡小天畢竟是副遣婚使，這次送親隊伍中地位排名前三的人物，你當著他的面把他老娘給推到了，他豈能饒你。文博遠雖然怒火填膺，可也明白這事兒也只能忍了，換成是誰也會衝動打人。

吳敬善來到安平公主面前，恭敬道：「此處人多眼雜，為了公主的安全考慮，還請公主儘快上車。」

安平公主咬了咬櫻唇，輕聲道：「胡夫人，我走了。」

徐鳳儀躬身行禮，安平公主慌忙伸手將她攙住，柔聲道：「您老人家保重身體。」說完忽然感覺到心頭沒來由一酸，趕緊轉身去了，剛剛背過身去，眼淚就奪眶而出，自己出嫁之日，竟然沒有一個親人過來送自己。

吳敬善笑瞇瞇走了過來，招呼道：「我當是誰，原來是胡夫人。」

徐鳳儀慌忙還了一禮道：「參見吳大人。」

吳敬善笑道：「胡夫人客氣了，過去我和胡大人同朝為官，現在又和胡公公一起出使大雍，說起來還真是有些緣分。」他表面上雖然笑咪咪的，可故意強調公公這兩個字，分明是在往徐鳳儀的心口戳刀子。

徐鳳儀道：「小天少不更事，還望這一路之上吳大人對他多多照顧。」

吳敬善撫鬚笑道：「一定一定。」他轉向胡小天道：「胡公公陪胡夫人說會兒話，儘快趕上來，千萬不要耽擱了行程。」

胡小天道：「吳大人放心！」

隊伍重新前進，徐鳳儀握住胡小天的雙手，望著兒子，手越攥越緊。

胡小天笑道：「娘，您放心，用不了太久時間，我就回來了。」

徐鳳儀忽然展開臂膀抱住兒子，附在他的耳邊低聲道：「兒啊！若是有機會離開，就不用再回來。」

胡小天內心一驚，難道老媽知道了什麼？他微笑道：「娘，您別多想。」

徐鳳儀附在他的耳邊低聲道：「娘什麼都知道，你走你的，走得越遠越好，不用擔心你爹你娘……」

「娘！」

徐鳳儀放開胡小天，伸出雙手在他的面頰上輕輕拍了拍，滿懷深情道：「去吧！」

胡小天點了點頭，向後退了兩步，忽然跪倒在地上，恭恭敬敬向母親磕了三個頭，然後翻身上馬，再也不看母親一眼，縱馬向前方的隊伍追趕而去。

開始的幾天因為在大康境內，所有人對安全的問題並不是太過擔心，而且他們選擇的路線全都是向北的官道，康都往北三百里的範圍內城鎮密集，也沒有打家劫舍的盜賊出沒。因為距離三月十六還有兩個多月的時間，所以路程不用太趕，除了第一天離開康都天黑出發之外，每天都是天亮之後方才踏上征程，不等黃昏就入城休息，所有人的心情都非常輕鬆。

第一天被胡小天痛毆的那名武士因為肋骨斷裂所以不得不留在康都養傷，胡小天的這一行為直接導致文博遠手下的那幫武士對他同仇敵愾，當然其中也有例外，展鵬肯定不會恨他，只不過他們刻意保持距離，即便是擦肩而過也裝成素不相識，暫時不能讓其他人知道他們兩人之間的關係。

和展鵬一樣潛伏在隊伍之中的還有周默，周默混入腳夫的陣營之中，和那幫腳夫馬倌同吃同睡，屬於唐鐵漢、唐鐵鑫兄弟的管轄範圍內。唐家兄弟雖然和胡小天過去有仇，但是這兩天也沒有和胡小天正面接觸過。

胡小天自從在康都北門因為母親的事情發威之後，整個人也變得低調了許多，多半時間都護衛在安平公主左右，心中無時無刻都在謀劃著他的大計。計畫不如變化，再完美的計畫也需要根據實際情況行動。

轉眼之間已經到了正月十五，按照他們的既定行程，今日正午可到天波城。距離天波城還有二十里地的時候，天空中就開始飄起了小雪，北風呼嘯，讓他們的行進速度受到了影響，等到天波城的時候已經是未時了。

凜冽的寒風中，細小的雪粒不停拍打在路人的臉上，火辣辣的疼痛，胡小天騎在馬上，他已經脫去太監裝換上了幹練的武士服，外披黑色裘皮大氅，口鼻縮在毛茸茸的領子裡，只露出一雙眼睛，眉毛睫毛上也蒙上了一層白麵，看起來頗為滑稽。雖然風度大打折扣，可這樣的姿勢能夠最大限度地保持體內的溫度。

此時吳奎過來通報，說是吳敬善找他有事情商量，胡小天跟著吳奎來到隊伍前方。

吳敬善離開康都之後就躲到了馬車內，他老胳膊老腿的可禁不起馬背顛簸，文博遠盔甲鮮明，威風凜凜騎在一匹黑色駿馬之上，雖然胡小天打心底不待見他，可也不得不承認這廝精神抖擻，盔甲雖然威風，卻比不上棉襖裘皮來得暖和。

文博遠看到胡小天過來也沒有理會他，一抖韁繩，縱馬奔向隊伍最前方，顯然是不想跟胡小天交談，以此表達對他的不滿。胡小天心中暗罵，臭跩什麼？看你還能蹦躂幾天。

吳敬善掀開車簾，從裡面露出他那張滿是皺紋的面孔，大聲道：「胡公公，前面就是天波城，今天咱們就在城中休息。」

胡小天道：「好啊！」本來計畫就是如此，如果不是中途遭遇了風雪，此時他們已經在天波城內美美吃上一頓了。

吳敬善又道：「出了天波城往北，城鎮就會越來越少，今兒是上元節，又遭遇了風雪，不如咱們在天波城調整一日，後天一早出發，胡公公意下如何？」

胡小天道：「吳大人怎麼說怎麼辦。」反正他也不急著往大雍趕，即便是這輩子趕不到大雍也無妨。

位於隊伍最前方的文博遠做了個停止的手勢，因為他看到正前方一支隊伍正向他們飛速而來。文博遠手勢變幻，馬上有一騎馬從隊伍中飛奔而出，馬上卻是展鵬，展鵬騎在一匹黃驃馬之上，身姿矯健，馬若驚龍，宛如一道黃色閃電般射向對面的隊伍，他奉命前往探聽消息，沒過多久，展鵬就回到文博遠身邊，抱拳稟報道：「文將軍，前面來的是天波城太守王聞友，特地出城迎接安平公主大駕。」

文博遠兩道劍眉擰在了一起，冷冷道：「不是已經傳令下去，沿途各州郡官吏不得興師動眾，只需悄悄做好接待安排，難道他沒接到命令？」公主出嫁，沿途經過州郡，地方官員肯定不會放過這個巴結的機會，平日裡能見到皇親國戚的機會畢竟不多，而且反正招待費都是公款，誰也不會心疼。他們在出發伊始就考慮到了這個問題，為了避免造成太大的影響，所以提前讓人前往經過的州郡傳令，告訴這些地方長官，只需做好招待，免去了方方面面的禮節，什麼興師動眾的出迎，什麼沿街歡迎之類的活動一概取消。之前幾天所到之處，地方官全都嚴格遵守，今天到了這裡，天波城太守王聞友居然率眾迎接，顯然沒把他們的命令當成一回事。

轉瞬之間，天波城守王聞友已經來到了送親隊伍前方，他率領屬下翻身下馬，齊齊跪倒在雪地之上，朗聲道：「天波城王聞友率領屬下各部官員恭迎安平公主大駕，公主千歲千千歲。」一群人顯然事先經過排練，齊齊發聲，響徹四野。

文博遠正準備發作，卻聽身後響起一個聲音道：「來的可是聞友嗎？」原來是禮部尚書吳敬善在此時下了馬車，喜笑顏開地走了過來。

王聞友大聲道：「學生參見恩師！」他原來是吳敬善的門生。

得悉了這層關係，文博遠馬上明白，怪不得王聞友膽敢違抗命令出門迎接，背後卻是吳敬善的緣故，心中不由得有些鬱悶，吳敬善這老頭兒也有自己的盤算。

胡小天也湊了過來，樂呵呵望著那幫官吏道：「都跪著幹什麼？公主說了，讓你們平身。」

所有人同時望向這廝，如果他不說話還真沒人注意到這位，即便是傳話過去，一來一回的也需要時間，這貨根本是假傳命令啊，也未免太過明目張膽了。

吳敬善看到王聞友一臉錯愕，慌忙為他介紹道：「這位是紫蘭宮的總管胡公公，此次負責照顧公主殿下沿途的飲食起居。」

胡小天心中暗罵，吳老賊啊吳老賊，你是公然埋汰我，我是紫蘭宮的總管不假，可我這次好歹也是副遣婚使吧？你怎麼避重就輕呢？生怕別人不知道我是太監，老子可不僅是負責照顧公主沿途的飲食起居，老子還掌握此次出使的財權，這筆帳老子記下了。

王聞友的反應卻大大出乎所有人的意料之外，他驚喜萬分道：「謝謝公主殿下，謝謝胡大人。」他示意手下人全都站了起來，走上前去向胡小天深深一揖道：「下官對胡大人的風采仰慕已久，今日一見果然名不虛傳。」

胡小天都沒有想到這貨會當著這麼多人的面拍自己的馬屁，被這下拍得有些暈了，不是飄飄然的那種暈，而是一種搞不清狀況的暈，實在想不起自己跟這個王聞友有過什麼交情，他居然當眾向自己示好。

吳敬善的臉色也不好看，本來以為王聞友是衝著自己前來迎接的，卻想不到這貨突然風向一變拍起了胡小天的馬屁。

胡小天笑道：「王大人過獎了，這麼大的風雪還要麻煩您迎出城來，真是太隆重了。」

王聞友道：「胡大人護送公主大駕光臨，下官身為地方官自然要盡地主之誼。」他轉身傳令下去讓跟隨他前來的兩百名騎兵在前方引路，自己則陪同胡小天並轡而行。

文博遠遭遇對方冷遇倒沒有覺得什麼，吳敬善這張老臉實在是有些掛不住，王聞友畢竟是他的門生，其實所謂門生也不過是當年王聞友會考當年，吳敬善剛好是那期的主考官，說實話他對王聞友並沒有任何的幫助，當初還收了王聞友的不少銀子。吳敬善灰溜溜上了馬車，心中這個鬱悶，王聞友啊王聞友，搞了半天你根本不是衝著我來的，居然敢晃點老夫！

王聞友和胡小天晃晃悠悠走在隊伍之中，王聞友微笑遞給了胡小天一封信，胡小天接過一看，卻是姬飛花的筆跡，心中這才明白，這王聞友是姬飛花陣營中的一個，眼前的迎接陣仗，全都得益於姬飛花的事先安排。

胡小天看完那封信不露聲色地還給王聞友，低聲道：「王大人，公主入城的事情不宜聲張。」

王聞友道：「胡大人放心，下官已經做出妥善安排，勒令手下各級官吏嚴守秘密。」

胡小天點了點頭。

王聞友又道：「我讓人將碧波行宮和驛館全都收拾乾淨了，入住何處由胡大人定奪。」

胡小天道：「還是驛館吧，公主此前就已經說過，她不願入住行宮。」

王聞友點了點頭：「好！」

大康的太上皇龍宣恩年輕的時候喜歡遊歷天下，興建行宮無數，碧波行宮也是其中的一個，本來以安平公主的身分可以沿途入駐行宮，吳敬善和文博遠也建議這樣，可是安平公主不知出於什麼緣故，堅決不願入住行宮。

胡小天卻明白龍曦月的心思，對於皇宮她沒有任何的眷戀，那裡的紅磚碧瓦金碧輝煌對她而言只意味著一座牢籠。

天波城驛館雖然規模不小，但是也無法容納七百人同時入住，除了主要的人物和必須的防衛力量之外，其餘人都安排在周圍的客棧就近休息。

安平公主走下馬車，紫鵑抱著雪球跟在她的身後，雪球看到外面和牠毛色一樣的雪白世界顯得格外興奮，汪汪叫了起來。雖然只是短短的兩天，牠和安平公主主僕已經混得相當得熟悉了，也為龍曦月的旅程平添了許多的樂趣。

安平公主望著雪球的萌態不禁笑了起來，此時頭頂的細雪被一把紅傘遮住，卻是胡小天殷勤地為她遮住了頭頂的風雪，安平公主唇角露出一絲溫暖的笑意，這笑容只有他們彼此才懂，龍曦月小聲道：「你不用打傘，我沒那麼嬌氣。」

胡小天道：「公主殿下還請先進去暖和暖和。」

安平公主點了點頭，舉步走入屬於她自己的一方院落，這邊剛剛走進去，那邊文博遠就已經在外面佈防，安平公主聽到盔甲和兵器的響聲，不由得歎了口氣，忽然意識到自己雖然走出了皇宮，可她的生活和過去並沒有任何的分別。

胡小天讓紫鵑先陪著安平公主去房間休息，他轉身離開了小院，迎面遇到過來找他的展鵬，展鵬抱拳道：「胡公公，文將軍在吳大人房間等您，有要事商量。」

胡小天點了點頭，他和展鵬掩飾得很好，跟著展鵬一起來到吳敬善所住的房間外，展鵬停下腳步。

胡小天整了整衣領，這才推門走了進去，為了迎接他們一行到來，王聞友提前做好了準備，每個房間內都備有火爐，爐火熊熊將房間內烘烤得溫暖如春。

吳敬善已經脫去外袍，坐在火爐旁端著他的紫砂壺愜意地喝茶，文博遠靠牆坐著，盔甲仍然沒有來得及脫下，表情嚴肅一絲不苟。

胡小天走入房間內，不由得感歎道：「好熱！」連忙將披著的裘皮大氅脫掉，然後又摘下皮帽子掛在衣架上。

吳敬善道：「王聞友這邊準備得倒是充分。」

胡小天道：「我跟他不熟，聽說是吳大人的學生，這次我們都沾了吳大人的光。」

吳敬善心想不熟才怪，這一路上你們聊得如此熱乎，不知彼此間有什麼見不得人的來往呢。吳敬善道：「胡公公，叫你過來有件事想跟你商量，剛剛王聞友說今晚在驛站準備了宴席為安平公主接風洗塵，同時也一同慶賀上元節，你怎麼看？」

胡小天笑道：「我只是負責在路上照顧公主的飲食起居，一切都以吳大人的馬臉是瞻！」

吳敬善焉能聽不出這廝是在回敬自己初見王聞友時候所說的那番話，馬臉是瞻？還是頭一次聽到這個詞兒，馬首是瞻才對！他可不認為胡小天會說錯話，根本是存心消遣老夫來著，老夫的臉雖然長了一點，也輪不到你說。

吳敬善乾咳了一聲，臉上的笑容瞬間收斂，沉聲道：「胡公公，文將軍和老夫都認為不宜大操大辦，這些表面文章還是少做為妙。」

胡小天道：「吳大人的意思是，這飯不吃了？」

吳敬善道：「老夫的意思是不用辦什麼接風宴，我等最重要的責任就是將公主平平安安送到雍都，其他的事情還是能免則免。」

胡小天道：「好啊！我最討厭應酬，不過這事兒你們不應該跟我說，直接對王聞友說就是。」

吳敬善道：「王聞友說是為安平公主和胡公公一行接風洗塵，所以最好還是由胡公公親自去說。」

胡小天點了點頭，心想這吳敬善看來是吃味了，要說這王聞友也是，搞得這麼高調幹什麼？這不是幫著老子樹敵嗎？本來吳敬善和文博遠就看我不順眼，這樣一來，老子更是成為他們的眼中釘肉中刺了。

胡小天的目光投到文博遠臉上：「文將軍怎麼不說話？」

文博遠道：「倒是有話要對胡公公說，入夜之後，我會在安平公主所住的院子周圍進行嚴密佈防，任何人不得隨便出入。想要見到公主必須事先向我報備。」

胡小天笑道：「這話咱家倒是有些聽不懂了，難不成咱家去照顧公主也要經過你的同意？」

文博遠道：「在下肩負保護公主和各位大人的重托，離開京城之前，皇上對在下千叮萬囑，為了確保此行萬無一失，在下必須要採取一些必要的手段，還請胡公公多多配合。」

胡小天呵呵笑了一聲：「明白，明白！」看來這趟旅程必然不會順利了。

胡小天從吳敬善房間裡出來，本來想回去見龍曦月，走到中途正遇到了天波城太守王聞友，王聞友笑道：「胡大人是否安頓好了？」

胡小天笑道：「連自己房間門兒朝哪裡都不知道呢。」

王聞友笑道：「我陪胡大人過去。」

胡小天最初還以為自己的房間安排在和龍曦月一個院子裡，等到了才知道，文博遠將他的房間安排在小院之外，顯然是要嚴控他夜間隨意出入安平公主那裡，想起剛剛文博遠說過，入夜要見公主必須向他報備的話，胡小天心中暗罵，拿著雞毛當令箭，還真把自己當成一號人物，惹火了老子，抽出烏金刀把你們這幫雜碎全都剁了。可胡小天也明白，姬飛花給他的烏金刀並不是真正的尚方寶劍，真要是砍了人，還是要承擔責任的，所以輕易不能出刀，出刀也不能讓人察覺到是自己幹的。

王聞友陪著胡小天來到房間內，笑道：「本來給胡大人安排的房間在公主隔壁，可是文將軍又說不妥。」

胡小天環視了一下房間道：「也不錯啊！」

此時驛館的人送剛剛下好的湯圓過來，王聞友道：「胡大人先吃碗湯圓墊墊肚子，晚上我讓人在歸雁廳準備酒宴，給安平公主和各位接風洗塵。」

胡小天嘿嘿笑了一聲，端起湯圓吹了吹，喝了口熱湯方才道：「安平公主肯定不會去，剛才吳大人和文將軍找我過去，說宴會能免則免，他們不想大操大辦。」

王聞友道：「只是一頓飯罷了，下官可沒有其他的意思。」

胡小天道：「王大人，你的心情我領了，可既然吳大人發了話，我看宴會的事情還是算了吧。」

王聞友點了點頭道：「下官明白。」

「你明白？」

王聞友點了點頭道：「明白！」他停頓了一下道：「胡大人有什麼吩咐回頭直接讓驛丞去辦，其實下官晚上也有不少的事情，今日剛好趕上天波城一年一度的元宵燈會，城內的胥吏衙役幾乎都無法休息，必須要上街維持秩序。」

胡小天道：「燈會？在哪裡？」

「觀瀾街，現在已經在準備了，天黑後就會開始。」王聞友笑道：「胡大人若是有興趣，晚上可以去那邊轉轉。」

王聞友離去之後，胡小天又端起了那碗湯圓，對付了兩口，吃完之後前往安平公主所在的小院。雖然還是下午，小院門前已經有兩名武士負責值守，另外還有兩人在周圍巡視，文博遠在安防上做得倒是一絲不苟。

這會兒雪已經停了，風還在繼續，胡小天來到小院門前的時候，剛巧看到文博遠也走了過來，他總算捨得脫下那身威風凜凜的盔甲，換上了白色水貂皮大氅，頓時成為了一個面如冠玉的白袍公子哥兒，的確是風度翩翩，英俊瀟灑。女為悅己者容，男人何嘗不是？誰也不想邋裡邋遢地出現在心愛的女人面前。

胡小天也沒穿太監服，不過他的衣服顯然不如文博遠的富貴氣派，人家是太師之子，自己現在的身分只是宮裡的小太監，財力上自然無法相提並論。

文博遠向胡小天微微頷首示意，低聲道：「胡公公事情辦完了？」自從踏上征程之後，多數人都稱呼胡小天為胡大人，但是文博遠和吳敬善仍然稱他公公，這兩人的堅持，同時也反應出他們骨子裡對胡小天的那種不屑。

胡小天道：「辦完了！」他舉步走入院門，兩名武士卻迎上來將他攔住，按照文博遠的吩咐，任何人不得攜帶武器進入公主休息的院子，胡小天卻是懸掛著姬飛花送給他的烏金長刀。

胡小天虎目圓睜，冷哼一聲道：「滾開！」

兩名武士同時向文博遠望去，文博遠微微一笑道：「胡公公是自己人。」兩名武士聞言退到了一邊。

文博遠又向胡小天道：「胡公公不要見怪，他們也是職責所在，所有人不得攜帶武器進入公主休息的地方，這也是我和吳大人商量之後的決定。」他向上揚起雙臂，向胡小天示意自己也沒有攜帶任何武器。

胡小天唇角露出一絲冷笑，壓根沒有理會他，舉步走入院子。文博遠也跟著想要進去，卻被胡小天伸出手臂攔住：「文將軍，不好意思，你得先在外面等著，容我稟報公主之後，才能知道她願不願意見你。」

文博遠停下腳步，雙目蘊含殺機冷冷望著胡小天道：「那就勞煩胡公公前往通報公主一聲，就說我有要事稟報。」

第十章

不開心
自然就是關心

胡小天聽她說出這句話心中一怔，好好的怎麼會不開心，
順著方向望去，方才知道她是在念燈謎，謎面是不開心。
安平公主道：「你猜猜！」看她的樣子顯然是已經猜到謎底了。
胡小天笑道：「不開那就是關了，不開心自然就是關心！」

胡小天點了點頭，邁著四方步不慌不忙地走入院子，來到安平公主所住的房間外，恭敬道：「公主殿下，小鬍子來了！」

房門從裡面打開，先是一個圓滾滾的雪球滾了出來，那條小狗這兩天已經完全跟他們熟絡起來，撒歡兒跑到雪地上，紫鵑隨後追趕了出來，笑道：「雪球，你給我站住！」看到胡小天，她笑道：「公主正要找你呢，趕緊進去吧。」

胡小天進入房間之前，轉身向院門處看了看，看到文博遠仍然站在那裡，心中暗自感到好笑，跟我作對，小子，你好像還差上那麼一點火候。

龍曦月也剛剛吃過元宵，看到胡小天進來，俏臉之上頓時流露出喜悅之色，柔聲道：「你去了哪裡？怎麼這麼久都沒有見到你？」連她自己都搞不清為了什麼，離開京城之後，她心中對胡小天的依賴感變得一天比一天強烈。

胡小天關上房門，然後來到龍曦月身邊坐下，小聲道：「剛才老吳和小文兩個把我喊過去商量點事，一是讓我出面跟王聞友說一聲，把接風洗塵宴給取消了，說是什麼不想大操大辦。」

龍曦月點了點頭道：「取消了豈不是更好，本來我就不喜歡這樣的事情。」

胡小天道：「還有一件事就是通知我晚上不得隨隨便便出入你的住處，說是為了你的安全考慮。」

龍曦月俏臉一熱，首先想到的就是，難道他們之間的關係被別人察覺？所以才讓胡小天跟自己保持距離。

胡小天道：「你找我做什麼？」

龍曦月咬了咬櫻唇道：「我聽說今晚天波城有元宵燈會，所以……」她覺得有些不好意思，欲言又止。

胡小天笑道：「所以你想去燈會逛逛，看個熱鬧？」

龍曦月點了點頭，旋即又道：「既然這麼麻煩，我還是待在這裡算了。」

胡小天道：「久聞天波城的燈會乃是天下三大燈會之首，既然咱們這次剛巧經過，若是錯過豈不是遺憾。」

龍曦月美眸一亮，跟著又點了點頭。

胡小天當然明白她的心意，龍曦月此次離開大康，早已打定了這輩子不再回來的念頭，所以對大康的一切都無比的留戀，自從離開康都之後，胡小天也從未向她提及逃走的計畫，並非胡小天知難而退，而是他在尋找最為合適的機會，更不想給龍曦月增加太大壓力。男人就應該將所有的大事扛在肩頭，這就是所謂的責任感。

胡小天道：「文博遠就在外面站著，我看這件事公主最好直接跟他說。」

龍曦月愕然道：「跟他說？」

胡小天一臉奸笑道：「確切地說是命令，他若是敢抗命不尊，我馬上就寫一封奏摺讓人星夜送往康都，追究他的責任。」

龍曦月這才明白了他的意思，雖然吳敬善、文博遠、胡小天三人各司其職，負責此次送親的事情，但是他們的權力終究無法凌駕於自己之上，只要她發號施令，文博遠斷然沒有拒絕的道理。

文博遠本以為胡小天要借著這次機會故意整自己，已經做好了在門外等待的準備，卻沒有想到很快就已經得到了安平公主的傳召。

等他來到房間內，方才知道原來安平公主興起了要去觀燈的念頭，文博遠慌忙道：「公主殿下，此事萬萬不可。」

安平公主冷冷道：「本公主跟你說並不是徵求你同意的，我意已決，你去準備就是。」

「這……」文博遠向胡小天望去，在他看來一定是胡小天在背後慫恿。

胡小天歎了口氣道：「我也勸公主不要去，可公主既然做出了決定，咱們唯有服從的份兒，文將軍，您說是不是？」

文博遠心中暗罵胡小天虛偽，但是有句話胡小天沒說錯，安平公主既然決定要去觀燈，作為下屬只能服從，就算將吳敬善搬出來，結果也是一樣，想到這裡他點了點頭道：「公主殿下，末將馬上就去準備。」臨行之前，他將一個手爐呈上，卻是他送給安平公主的禮物。

龍曦月本不想收，想了想道：「我已經有了一個，胡公公，這手爐就轉贈給你了。」

「是！」胡小天喜孜孜接了過去，文博遠心中這個鬱悶啊，龍曦月還不如當面拒絕不收的好，拿他的東西，居然借花獻佛，更讓他惱火的是居然送給了胡小天。望著胡小天捧著手爐洋洋得意的樣子，文博遠恨不能一巴掌拍在他的臉上。

龍曦月雖然賢淑文靜但是並不代表她沒有性格，她的一顆芳心早已繫在胡小天的身上，任何人觸犯了胡小天的利益比傷害她還要緊張，所以之前明月宮失火的時候，為了幫助胡小天脫困，她不惜用一幅假冒的蜂戀花威脅當朝太師文承煥。同樣，目睹文博遠在途中處處針對胡小天的行為，她自然心中不悅，當著文博遠的面將手爐轉贈給胡小天乃是她有意為之。

文博遠強行壓制住內心的憤怒，當著龍曦月的面他也不敢發作，低聲道：「末將先行告退。」轉身憤憤然走了。

胡小天望著文博遠離去，心中大悅，雙手攏著手爐，來到門前將房門關了，笑瞇瞇向龍曦月道：「多謝公主的禮物。」

龍曦月俏臉微紅道：「你應該去謝文將軍才對。」說完有些俏皮地吐了吐嬌嫩的香舌道：「小天，我剛剛這麼做是不是有些過分？」

胡小天呵呵笑道：「過分，簡直是過分到了極點……」恰到好處地停頓了一下，向龍曦月身邊靠近了一些：「不過，我喜歡！」

龍曦月感覺他迫近了自己，幾乎能感覺到他熱辣的呼吸，芳心不由得怦怦直跳，垂首低眉，一雙手有些不安地揉搓著衣服下擺，小聲道：「跟你在一起久了，都被你帶壞了。」感覺胡小天越來越近，心中不禁有些緊張：「你……想幹什麼？」

胡小天一臉壞笑道：「公主想到哪裡去了？我對公主可沒有任何不敬的意思。」附在龍曦月的耳邊，用只有她才能聽到的聲音道：「除非公主主動，小天絕不會勉強你呢。」

龍曦月羞不自勝，握緊粉拳在他肩頭狠狠捶了兩下，這廝總會說這些挑逗人心的話兒，明明不敬，可自己聽起來卻為何那麼的喜歡呢。

手腕卻被胡小天握住，這廝的雙目中流露出灼熱的光芒，龍曦月不禁有些害怕了，手想要縮回去，卻無法掙脫開胡小天的掌控，她佯裝鎮定道：「你……你又想怎樣……」

自從離開康都之後，兩人的一舉一動無時無刻不在他人的監視之下，今天總算得到機會可以單獨相處，任何事情都逃脫不了壓抑之後必然爆發的規律，感情尤其如此，胡小天扶住龍曦月的香肩，龍曦月嬌軀一軟已經撲入他的懷中，四目相對情意綿綿，兩人前所未有熱烈地擁抱在一起，龍曦月在胡小天的擁抱下腦海中一片空白，什麼顧慮什麼恐懼什麼猶豫，頃刻間全都被她拋到了一邊。

胡小天更為警惕一些，雖然是在龍曦月的房間內，仍然不忘傾聽外面的動靜，在這種環境下雖然無法全情投入，可是卻有一種異常的刺激和新奇感。他依依不捨地放開龍曦月，低聲道：「我得走了，以免他們產生疑心。」

龍曦月點了點頭，纖手卻仍然抓住胡小天的大手，美眸中充滿了不捨的情意。

胡小天伸出手輕輕拍了拍她的俏臉：「晚上我陪你去觀燈！」

安平公主決定前往觀瀾街看燈，吳敬善第一個反應就是反對，但是聽聞公主已經下定決心，也明白不是自己能夠反對的，不由得歎了口氣道：「好好的怎麼想起去觀燈？」

文博遠冷哼了一聲道：「還不是那太監慫恿的緣故。」反正有什麼不好的事情他都會一股腦算在胡小天的頭上。

吳敬善歎了口氣道：「老夫一猜就是他！」他對胡小天也沒有什麼好感，這趟出使，他不求有功但求無過，希望平平安安地順利到達就好，千萬不要出什麼差池，所以對公主任何外出行為在心中都是反對的。

文博遠道：「這宮中太監只知道阿諛奉承，取悅主子，渾然將此次出門當成了一次遊歷，根本不知愁為何物，更不清楚自己應該承擔的責任。此次護送公主前往雍都，事關兩國未來的和平，若是發生任何的差錯，咱們如何面對陛下？」

「可不是嘛！」吳敬善深有同感道：「老夫自從離開康都，便沒有一刻放鬆過警惕，此番前往大雍可謂是任重道遠，正如文將軍所說，若是中途出了任何的差錯，咱們還有何顏面去見陛下。」他習慣性地摸了摸鬍子道：「不成，就算公主執意要前去觀燈，咱們也要讓天波城方面做好準備，如有必要，可以讓他們派兵協防，禁止閒雜人等進入觀瀾街。」

文博遠雖然也想這麼做，可他卻認為吳敬善所說的沒有可能，假如讓安平公主知道他們把平民百姓全都阻擋在外，肯定會發火。他沉吟了一下道：「事情既然是那太監挑起的，就讓他去安排……」話音未落，外面傳來胡小天的聲音：「兩位大人在嗎？」

吳敬善和文博遠對望了一眼，卻見胡小天已經舉步走了進來，外面剛剛又下起了雪，胡小天進門之後拍打著身上的落雪，又跺了跺腳，將腳上沾染的冰雪抖落在地上，等他做完這些事情，長歎了一聲道：「我勸了半天，可公主還是堅持要去觀燈，這該如何是好？」

吳敬善和文博遠兩人靜靜望著他，心想你就演吧，所有事情都是你搞出來的，在我們面前裝無辜，你騙誰呢？

胡小天看到兩人都不說話，知道他們肯定將這件事算在自己頭上了，他向文博遠走了一步：「文將軍，你不是說讓人守住公主居住的院子，閒雜人等不得入內，公主又是從何得知燈會之事？」

「呃……」文博遠一直都知道胡小天卑鄙，可沒想到這廝卑鄙到這種地步，居然倒打一耙，文博遠冷哼一聲道：「胡公公不是剛剛去過嗎？」

胡小天道：「文將軍這麼說就是懷疑我嘍？我敢對天發誓，我胡小天若是對公主主動提及燈會之事，天打雷劈，亂箭攢心。」燈會的事情真不是他說的，其實就算他說的，他也敢發誓，這貨從來都不信邪。

文博遠聽他發這樣的毒誓不由得也有些動搖了，難道公主提出觀燈的事情真和他沒有關係？

吳敬善道：「胡公公，大過年的，豈可發這樣的毒誓，誰也沒說不相信你，咱們三人一同出使大雍，還不是抱著同一個目的，要將安平公主平平安安地送到大雍，誰也不想多生枝節。依老夫之見不如這樣，胡公公再去勸勸公主，看看能不能勸她打消觀燈的主意。」

胡小天歎了口氣道：「我勸過了，公主不聽，你們是不瞭解，咱們這位安平公主的性情外柔內剛，她一旦決定的事情，九頭牛都拉不回來。」

吳敬善道：「真要是這樣，就只能早作準備了，必要時可以讓天波城方面派兵協防，封鎖觀瀾街。」

胡小天搖了搖頭道：「公主特地交代，絕不可以因為她前往觀燈而驚擾了當地百姓。依我之見，咱們等天黑之後護著公主早去早回，沒必要興師動眾。」他向文博遠笑了笑道：「文將軍武功高強，手下高手如雲，有你從旁保護，我看應該不會有什麼問題。」

文博遠皺了皺眉頭道：「既然公主執意要去，咱們也只能遵從她的意見，這樣吧，我讓人換上便衣沿途保護，再帶上幾名好手貼身保護。」

吳敬善道：「當真不用通知天波城方面？」

胡小天道：「保持警惕是應該的，可沒必要做得太過分，咱們現在還是在大康的地盤上，天波城治安向來良好，咱們還有這麼多人防護，只是去燈會逛逛，又不是上戰場，吳大人多慮了吧。」

吳敬善道：「謹慎些總是好的。」嘴上這麼說，可心中也認為胡小天說的這番話有些道理。

夜幕剛剛降臨，安平公主龍曦月就在胡小天等人的陪同下離開了驛館，從驛館到觀瀾街只有一里多路的距離，因為當晚燈會，天波城的居民拖家帶口全都前往觀瀾街去觀燈，黃昏時分這條道路上就熙熙攘攘，若是乘車還不如步行走得快。於是安平公主決定步行前往。

胡小天和紫鵑一左一右陪在龍曦月的身邊，文博遠率領兩名武士跟在龍曦月的身後，在龍曦月的前方還有展鵬和趙崇武，這兩人都是神策府雁組的高手，他們負責在前面開路。

一行人全都穿著便衣，紫鵑手中抱著雪球，帶著這隻小狗也出門見識見識。

胡小天離開驛館，舉目向兩旁望去，卻見街道兩旁全都懸燈掛彩，好一幅熱鬧的場面，雪並不大，稀稀落落，落地無聲，紅白相映更顯出一番新春佳節特有的喜氣，零星的鞭炮聲不時響起。

文博遠的目光投向兩旁的屋頂，各有十多道身影在屋頂圍牆之上騰躍行進，那些人也是他的手下，負責高處的警戒，排查可能遭遇的危險，應該說他們的防備措施非常到位，幾乎可以做到萬無一失。

龍曦月的手中拎著一支宮燈，溫暖的光芒照亮了前路，望著遠方星星點點璀璨如同銀河的燈市，龍曦月感覺到一種前所未有的輕鬆，空中的雪花時而落在她的俏臉之上，很快又被她的肌膚融化，帶給她一絲絲的沁涼，她終於意識到自己離開了康都，離開了那個等同於牢籠的皇宮，雖然她的未來命運只是從一座牢籠走向另外一座牢籠，但是至少現在她的身邊有心愛的人相伴。

美眸望向胡小天，不經意間流露出一縷柔情。胡小天卻似乎沒有看到她的目光，小心扶住她的手臂，恭敬道：「公主殿下走好！」他怎會沒有看到？只是當著這麼多人的面，不敢有明顯的反應。

正月十五乃是一年中第一個月圓之夜，代表著一元複始，大地回春，老百姓們慶賀這樣的夜晚，不僅慶賀新春的延續，也寄託著對新年美好生活的期盼。

按照大康的民間傳統，在這皓月高懸的美好夜晚，人們要點起彩燈萬盞，奔走相慶。出門賞月，燃放煙花，競猜燈謎，共吃元宵，闔家團圓，其樂融融。

來到大街之上，便融入了歡樂的人群中，看到一盞盞形態各異，千姿百態的花燈，看到周圍人們一張張的笑臉，心情也會受到感染，變得愉快起來。

暮色剛剛降臨，因為落雪的緣故，天空中並沒有看到月亮，天波城內的一磚一瓦，一草一木全都因為落雪而變得銀裝素裹，進入觀瀾街的入口處，豎起一座用花燈編成的大門，巍峨輝煌，燈火交輝，五彩繽紛。整個觀瀾街人潮湧動，已經成為一條燈火流動的人間銀河。

走入觀瀾街就走入了一個燈的世界，有姹紫嫣紅的百花燈，高高架在道路中心的九蓮寶塔燈，走馬燈、玉兔燈、孔雀開屏燈、子牙封神燈、三戰呂布燈、大鬧天宮燈，諸般神佛就在你的周圍，仿若進入了一個光怪陸離的神話世界。

再往前走，葫蘆燈、白菜燈、西瓜燈、辣椒燈、蘿蔔燈，猶如走入了一個春意盎然的菜園。到處都是歡歌笑語之聲。

安平公主猶如一個孩子一般抓住紫鵑的手，不時指指點點，發出陣陣歡笑。

胡小天一旁望著她嬌豔不可方物的容顏，在他的記憶中，龍曦月很少表現出這樣的快樂，也許這才是真正的她。本該是天真爛漫的年紀，卻要淪為政治利益交換的籌碼，胡小天在感慨安平公主不幸命運的同時，心底深處又生出保護她一世平安的決心，這一次無論付出怎樣的代價，都要將伊人救出虎口。

前方出現了一片動物燈，貓兒燈、羊羔燈、狗兒燈，被紫鵑抱在懷中的雪球或許是看到了同類，興奮的汪汪直叫。各色彩燈栩栩如生，色彩豔麗，美不勝收，稱得上匠心獨運，讓人目不暇接，眼花繚亂，真可謂大千世界盡收眼底。

文博遠和幾名負責安全的武士卻不敢專注欣賞周圍美麗的景象，他們時刻警惕著周圍經過的人們，又要護住安平公主，以免被人群擠散。

安平公主此前曾經瞭解過天波城的燈會，她向胡小天道：「天波城的元宵燈會，據說是天下間規模最大的一處，每年上元節前，匠人們就會忙碌起來，準備彩紙顏料，鐵絲竹篾，紗線布帛，經過剪、剔、繪、染、紮、纏、綳一道道工序。這些材料在匠人們一雙雙巧手的運作下，變成了活靈活現的各式花燈。」

胡小天恭維道：「公主真是博聞廣記，天文地理無所不通。」

安平公主笑道：「哪有那麼誇張，過去只是在書本上看到過，今天我也是第一次親眼看到。」

觀瀾街上萬燈競放光華，街上人頭攢動，燈光閃爍，熱鬧非凡。

前方人潮湧動，都往道路旁集中，卻是那邊掛起了燈謎兒，猜燈謎也是才子佳人最熱衷的活動之一，安平公主難得這麼開心，興奮之餘竟然忽略了周圍那麼多人在場，一伸手抓住了胡小天的手臂。

文博遠一直都在關注安平公主的一舉一動，看到她抓住胡小天的手臂，瞳孔驟然收縮，迸射出嫉妒的光芒，不過隨即這廝又想到，胡小天只不過是個太監罷了，自己何必嫉妒一個太監。

安平公主指著頭頂的燈謎道：「只有二人留府內，打一食物。」想了想便笑道：「豈不是豆腐？」

那邊負責猜燈謎的老者笑道：「這位姑娘你猜對了，就是豆腐！」他將一個布老虎遞給了安平公主作為獎勵，安平公主笑道：「多謝老人家。」此時方才意識到自己一直都在抓著胡小天的手臂，俏臉不禁紅了起來，慌忙鬆開手。文博遠看在眼裡，心中疑竇又生，看安平公主的羞澀模樣似乎有些古怪？她何以會對一個太監表現出如此神情？

安平公主指著另外一個燈謎道：「不開心？」

胡小天聽她突然說出這句話心中一怔，好好的怎麼會突然不開心，順著安平公主手指的方向望去，方才知道她是在念燈謎，謎面是不開心。安平公主眨了眨明眸道：「你猜猜！」看她的樣子，顯然是已經猜到謎底了。

胡小天笑道：「不開那就是關了，不開心自然就是關心！」

安平公主已經向他豎起了拇指，一旁老者笑道：「你們兩位年輕人真是郎才女貌，實在是般配得很。」

一句話把安平公主說得羞不自勝，她有些難為情地搖了搖頭道：「老人家誤會了。」

一旁又有一個老太婆湊了上來，也遞給胡小天一個布老虎，她笑道：「我家老頭子怎會看錯？一看就知道你們兩個情投意合，心心相印。」

胡小天接過布老虎乾笑一聲，郎才女貌？這對老人家眼力也太厲害了，安平公主這會兒想起文博遠還在身後，慌忙舉步向前走去。胡小天向兩位老人家道謝之後，拿著他的獎品離開，再看文博遠臉色已經變得鐵青，剛才那對老年夫婦的話他當然也聽得一清二楚。心中暗罵這對老傢伙有眼無珠，金枝玉葉的公主怎麼可能跟一個下賤的太監郎才女貌，又談得到什麼般配？

安平公主刻意拉開了和胡小天之間的距離，卻聽身後文博遠指著一盞花燈道：「大排小排，價錢便宜！」他望著胡小天道：「這個燈謎我猜到了！」

一群人全都望著他，文博遠卻只看著胡小天一個，一字一句道：「賤骨頭！」

胡小天心中大樂，這貨顯然是嫉妒了，看到安平公主對自己這麼好，這貨妒火中燒，你大爺的，你才是賤骨頭，我們小倆口逛街，你這麼大一顆燈泡跟在後面，實在是太礙眼了！

文博遠雖然不懷好意，可他的這個燈謎猜得倒是沒錯，畢竟家學淵源，也是有些才情之人。

安平公主興致盎然，又接連猜出了幾個燈謎，也得到了不少的獎品。

雪不知何時停了，前方燈火通明，有一個身穿破爛長袍的青衣秀才正在那裡賣畫，桌上雖然堆了不少，可惜無人問津，那秀才為了吸引顧客，於是在桌上攤開紙張，來了個現場潑墨。

安平公主也是好畫之人，加上她很少出門，凡事都感到新奇，於是湊過去觀賞，卻見那青衣秀才畫的是一幅臘梅圖，落筆大膽，墨彩縱橫交錯，倒是有些氣勢，只是點染勾勒不夠精緻。

安平公主向文博遠道：「文兄看這幅畫畫得如何？」

文博遠專攻花鳥畫多年，又是花鳥畫大師劉青山的親傳弟子，眼界也非同一般。聽到安平公主問自己的意見，淡然笑道：「塗鴉之作，技止此耳。」言語之間充滿不屑之意。

那青年秀才被他如此評價不禁面紅耳赤，抬起頭怒氣沖沖看了文博遠一眼道：「這位兄台想來也是懂畫之人，不如你畫一幅讓我見識見識。」

文博遠沒有說話，居然當真走了過去，從那秀才手中接過了筆。秀才看到他當真要現場作畫，於是就重新給他鋪上了一張宣紙。卻見文博遠筆走龍蛇，寥寥數筆就勾出一株旁逸斜出的白梅。行家一出手，就知有沒有，即便是龍曦月也不禁暗讚文博遠在花鳥畫上的功夫不是浪得虛名。

那青年秀才看到文博遠所畫的白梅，頓時啞口無言，他湊近看了看，低聲道：「這幅白梅很有劉青山劉先生的風範，這位公子果然出手不凡，在下楊令奇，敢問公子高姓大名。」

文博遠根本沒有理會他，將筆放在筆架上，轉身就走，以此表達對那秀才的鄙視，那青年秀才遭到如此冷遇，表情窘到了極點。

安平公主有些不忍，她向胡小天使了個眼色，胡小天明白她的心意，走過去拿了一錠銀子放在桌上。卻想不到那青年秀才拿起銀子又遞還給他道：「這位公子，我楊令奇雖然窮困潦倒，但是我只是賣些字畫糊口，並不是叫花子。」

胡小天笑道：「我也沒說你是叫花子，這錠銀子就是為了買你的臘梅圖，對了，你的右臂好像受過傷，想必對你造成了不少的影響。」胡小天觀察入微，剛才在楊令奇作畫的時候，已經留意到他的動作並不自然，在楊令奇還給他銀子的時候，看到他的手背之上有一道深深的刀疤，雖然已經癒合，可是右手的功能想必沒能完全恢復。

楊令奇道：「讓公子見笑了。」

胡小天指了指他的手掌道：「可以讓我看看你的手嗎？」

楊令奇伸出手去，右手的五根手指無法完全伸展開來，胡小天判斷出他是因為手背的刀傷斬斷了部分肌腱，後來的恢復並不如意，所以才留下了後遺症。胡小天又將目光投向他的左手，楊令奇的左手始終都藏在衣袖內，從胡小天的目光他讀懂了對方的意思，淡然笑道：「左手已經沒了，公子不必看了。」

對眼前的年輕人胡小天不由得生出一陣同情，他低聲道：「這樣的手能夠畫出這樣的畫已經很不容易，這臘梅圖我買下了。」

楊令奇道：「公子的好意我心領了，只是……」

胡小天將那錠銀子再次放在桌上，抓起那幅臘梅圖轉身就走。

沒走幾步，楊令奇卻又從後方追了上來：「公子請留步！」

胡小天停下腳步，以為楊令奇又追上來還錢，卻見楊令奇手中拿著一幅畫遞給胡小天道：「這位公子，如果您執意要買，這幅畫是我之前的舊作，公子拿去吧。」

胡小天接過那幅畫，緩緩展開卷軸，這是一幅花鳥小品，畫面之上幾枝修竹，一塊怪石，石上站立著一隻孤零零的小鳥，臨水而立，水中有幾尾遊魚，構圖空靈，筆墨清爽，整幅畫面生趣盎然，無論用筆還是用墨都已經到了爐火純青的地步。胡小天一看就知道這幅畫絕對是精品之作，看到畫面上的落款寫著楊令奇的名字，無意中看到一行小字，庚申年正月初九，令奇繪於西川青雲景明巷家中。

這幅畫雖然讓胡小天驚豔，可是還沒有讓他感到太多的震驚，當他看到這上面的落款，竟然發現這楊令奇居然是從青雲縣過來的，一種他鄉遇故人的感覺湧上心頭，胡小天驚喜道：「楊公子是西川青雲縣人？」可聽起來楊令奇說話卻不帶那邊的口音。

楊令奇道：「我祖籍並非那裡，可是我在西川青雲縣住過。」

胡小天道：「楊公子可曾去過青雲橋，是否去過鴻雁樓吃飯？」

楊令奇聽到胡小天提起青雲縣的幾個標誌性的建築如數家珍，不覺面露驚喜之色：「公子也去過青雲？」

胡小天心想何止去過，我還在那裡當過青雲縣丞。

其實楊令奇問完那番話之後，就知道自己根本問得多餘，若是胡小天沒有去過青雲，何以對這些細節瞭解得如此清楚？於是拱手行禮道：「敢問公子高姓大名？」

胡小天道：「免貴姓胡。」

「原來是胡公子。」

此時遠處龍曦月幾人都駐足向這邊看來，他們也搞不清胡小天為何會對這個窮書生有這麼大的興趣。文博遠明顯有些不耐煩了，皺了皺眉頭，向展鵬道：「你去催他一聲。」

展鵬準備過去，龍曦月卻道：「不用過去。」在她看來，胡小天之所以停下肯定有停下的理由。

胡小天總覺得楊令奇這個名字非常的熟悉，似乎過去曾經聽某個人提起過，仔細搜索了腦海中的記憶，他忽然想起，曾經有一次在紅柳莊和二哥蕭天穆初次相識的時候，蕭天穆提起過在他之前有位楊縣丞為人剛正不阿，後來被奸人所害，好像他不知所蹤的兒子就叫這個名字，胡小天的記憶力極其驚人，連這麼細微的小事都記得清清楚楚，他打量了一下楊令奇，低聲道：「青雲縣曾經有位縣丞楊大人，不知楊公子是否認得？」

楊令奇聽到胡小天提起這件事，臉上的表情變得驚詫莫名，他抿了抿嘴唇，忽然轉身就逃，甚至連自己的書畫攤都顧不上了，方才跑了兩步，前方有一人擋住了他的去路，楊令奇險些撞在那人的胸膛之上，抬頭一看，不是胡小天還有哪個，楊令奇顫聲道：「你是何人？為何要對我苦苦相逼。」

胡小天看到他這番模樣，已經知道自己果然猜中了他的身分，這楊令奇淪落到如此地步，其間不知歷經了多少人間疾苦，他歎了口氣道：「楊公子不用驚慌，我叫胡小天，曾經在青雲接替尊父的職位。」

楊令奇聽到胡小天的名字，將信將疑地望著他：「你……你就是胡小天？」

胡小天點了點頭道：「不錯，就是在下！」

楊令奇的神情這才顯得平靜了一些，輕聲道：「我聽說過大人的名字，知道您是個好官……」

胡小天道：「楊公子何以淪落到如今的地步？到底經歷了什麼變故？」

楊令奇歎了口氣道：「此事說來話長。」他向自己的書畫攤看了看，此時有人過去買畫，楊令奇道：「我得去忙活了，胡公子，您的朋友也在等著您呢。」

胡小天點了點頭：「楊公子現在住在什麼地方？」

楊令奇沒有直接回答他的問題，黯然道：「這幾日我都在這裡擺攤賣畫。」

胡小天和楊令奇分手之後，回到龍曦月身邊。

文博遠冷哼一聲道：「胡公公怎麼去了這麼久？害得大家都在這裡等你。」

龍曦月有些不滿地瞪了文博遠一眼，輕聲道：「文公子說話還是留些神，畢竟是在外面。」

文博遠心中越發不忿，真不知這胡小天用什麼辦法把公主給蠱惑住了，處處維護於他，連我說他一句都不行。

胡小天向龍曦月笑了笑道：「不好意思，只是感覺那書生可憐，所以多聊了兩句，讓您久等了。」

龍曦月微笑道：「我看你買了兩幅畫兒，給我看看。」

胡小天道：「等回去後再拿給您仔細欣賞。」

龍曦月點了點頭，一旁文博遠卻極為不屑道：「粗陋拙劣，難登大雅之堂。」

胡小天差點忍不住將代表楊令奇真正水準的那幅畫給亮出來，可想了想還是不要給他招惹麻煩的好，冷笑了一聲道：「你所謂的粗陋拙劣在我看來卻是大巧若拙，總比某些人自命瀟灑，嘩眾取寵的畫要好上許多。」

文博遠被他直接說到臉上，是可忍孰不可忍，他怒道：「你懂畫嗎？」

胡小天微笑道：「不怎麼懂，也不怎麼會畫，不過自我感覺比起你還是要強那麼一點點。」

文博遠認為這廝根本是故意在激怒自己，所以不怒反笑：「話誰都會說，改天我倒要欣賞一下胡公公的畫。」

龍曦月也沒見胡小天畫過畫，文博遠的花鳥畫已經有了不小的名氣，料想胡小天未必能夠勝過他，輕聲道：「今晚出來是欣賞燈會，你們鬥什麼氣？好好的心情都被你們弄壞了。」

胡小天道：「不是鬥氣，而是實話實說，我就是看不得別人自以為是，沾沾自喜，一葉障目不見泰山。」

「你……」

胡小天道：「反正明兒也不走，我說文公子，咱們不妨打個賭，每人畫一幅畫，明天拿出來比比如何？」

文博遠性情孤傲，向來目空一切，更何況是當著公主龍曦月的面，他大聲道：

「好！比就比！」

胡小天道：「那就讓龍小姐出個題目吧。」

龍曦月不無嗔怪地看了他一眼，顯然認為他對文博遠的挑戰毫無意義，她輕聲道：「你們兩個還真是有些無聊，紫鵑，你幫我想個題目。」

紫鵑道：「那就畫我家公……我家小姐，誰畫得更像，就算誰贏。」

龍曦月俏臉一紅：「胡說！」

胡小天哈哈笑道：「我看這題目不錯。」說實話他還真有些害怕紫鵑提出畫花鳥魚蟲啥的，畢竟他不擅長，山水他也不行，不過若是論到肖像畫，胡小天自問自己的素描功夫拿出來顯擺，肯定要秒殺一大片，以自己的強項對文博遠的弱項，肯定是勝券在握。

文博遠道：「好，就這麼定了，明天午時，咱們將自己的畫拿出來。」

胡小天道：「那可不行。」

「不行？」文博遠詫異道，旋即臉上浮現出一絲輕蔑之色，顯然胡小天還是有些自知之明的，知道畫畫比不過自己，所以知難而退，真是小人行徑。

胡小天道：「既然是比賽總會有輸贏，既然有輸贏那就有個獎懲，咱們得賭點東西吧。」

文博遠這才知道他是什麼意思，點了點頭道：「賭什麼你來決定。」

胡小天朝紫鵑懷中的雪球看了一眼道：「都是自己人也別傷了和氣，咱們誰敗了，誰就學兩聲狗叫如何？」

文博遠稍稍一怔，心想這種陰損的主意也只能是這個太監才能想出來，以為我怕你嗎？論繪畫論文采，論武功論人品我哪樣會輸給你，明天你學狗叫是一定的，於是點了點頭道：「好！」

「一言為定！」兩人還擊了擊掌，算是把這件事徹底定下來。

此時前方鑼鼓喧天，卻見一條金光閃閃的長龍在人群中翻騰舞動，圍觀的百姓也因為龍燈的到來頓時興奮起來，發出陣陣歡呼。

揮舞龍燈的全都是眼明手快、身強力壯、舞技高強的青年漢子，不顧天氣寒冷，仍然赤膊綁腿與巨龍翻騰融為一體。燈不熄，龍不停，鞭炮不斷，龍燈所到之處鞭炮不斷，煙花瀰漫，圍觀者水泄不通。

有的人家為了迎接龍燈進屋，門前排列大花筒炮三十六對，鞭炮數萬響，望膽大者進院一試。龍燈進入院內，四周門外的花筒炮、鞭炮騰空爆炸，焰花四起。此時除龍燈各節有燈光外，其他燈光全熄。龍燈在鞭炮與焰火餘光中飛舞，十分壯觀。膽大的觀燈者歡呼尖叫著從龍下鑽過，這叫沾龍光，又據說龍是多子多孫的吉祥物，且「燈」又從「火」從「丁」，鑽了龍燈，就可以人丁興旺，日子紅火。

胡小天忽然牽著龍曦月的手向龍燈下鑽了過去，龍曦月發出一聲嬌呼，美眸因為快樂和興奮灼灼生光，他們一動，文博遠和那幫武士慌忙跟著鑽了進去，胡小天帶著龍曦月東拐西拐，那幫武士明明看到他們就在眼前，始終差了他們幾步才能追上，卻不知胡小天用上了躲狗十八步。

在龍燈下方鑽了幾個來回，胡小天方才帶著龍曦月在龍尾處停下腳步，龍曦月一張俏臉變得緋紅，嬌喘吁吁，臉上蕩漾著燦若春光的笑容。

文博遠那群人這才趕了過來，文博遠自然還是一臉怒容，不過當著龍曦月的面他也不敢發作。

龍曦月生恐文博遠再找胡小天的麻煩，主動為他開解道：「是我帶著他鑽龍燈的。」

文博遠心中暗歎，安平公主真當自己是瞎子嗎？不知這太監到底有什麼魔力，居然會讓當朝公主如此維護於他。

胡小天笑道：「鬧花燈，關鍵就在於一個鬧字，我說文公子，是不是有人欠你錢啊？整天板著個臉，人生一世草生一秋，短暫的青春年華為何不活得開心一些快樂一些呢？」

文博遠冷冷道：「文某重任在肩，不敢有絲毫馬虎。」他向龍曦月身邊走了一步，低聲道：「小姐，時候不早了，咱們差不多應該回去了。」

龍曦月望著眼前這火樹銀花，歡歌笑語的場面，芳心中生出無窮眷戀，可她又明白，再快樂的事情也有結束的時候，正準備點頭答應，卻看到周圍人群朝這邊湧動過來，原來前方大戲台正在準備拋繡球，所以老百姓都趕過去看個熱鬧。

胡小天看出龍曦月仍然依依不捨，他笑道：「不如去那邊看個熱鬧。」龍曦月和他極有默契，輕聲道：「也好！看看咱們就回去。」

文博遠聽龍曦月這麼說，自己也不好再出言反對。一群人護衛著龍曦月來帶觀瀾街的大戲台，大戲台已經裝點得燈火通明，五彩斑斕，不少地方都有拋繡球的風俗，等姑娘到了婚嫁的年齡，就預定於某一天，一般來說都是正月十五或者八月十五。讓求婚者集中於繡樓之下，姑娘手拿繡球，看到如意郎君，就將繡球扔到他的身上以便心上人撿到。不過拋繡球一般都選擇在白天，終身大事怎麼都得看清楚再扔，而且拋繡球的地方往往是小姐的繡樓。

選擇在夜裡，又將地點選擇在大戲台的觀瀾街也是第一次，應該只是一場為了活躍氣氛的表演。

等他們到了地方，就發現果不其然，戲台子上有一群武生正在翻跟頭，跟頭翻得是又高又飄，引來人群陣陣喝彩，他們下去之後，又有四名赤膊健壯男子來到舞台之上，揮舞手中火棍，兩端燃燒的火棍在他們的舞動之下宛如流星，變幻出不同的軌跡，台下自然歡呼雷動。

龍曦月在台下將手掌都拍紅了，胡小天望著她，心中愛憐頓生，這位養尊處優的公主只怕還從未感受過現在這樣自由的滋味。

文博遠望著龍曦月美輪美奐的俏臉，內心卻變得越發糾結起來，此次出發之前，父親千叮萬囑，務必要阻止此次的聯姻，決不可讓龍曦月順利嫁給薛道銘，阻止這樁婚姻最直接的方法就是除掉龍曦月，可是……在他心底深處一直都仰慕著這位美麗單純的公主，為了她，甚至不惜讓文雅幫忙送畫，只可惜落花有意流水無情，龍曦月始終不為所動，上次為了胡小天那個小太監，竟然用一幅假畫去威脅自己的父親，想到這裡，文博遠心如刀割。

此時圍觀的人群爆發出一陣歡呼聲，卻見大戲台上，一位千嬌百媚的少女輕移蓮步緩緩走出，她身穿紅色長裙，在這樣寒冷的深夜居然絹裙輕薄似乎無懼寒意。她在舞台上轉了一個圈兒，風姿無限，陣陣暗香向周圍襲來。一雙明澈如水的眼眸向人群中看了一眼，幾乎每個人都認為她是在看自己的，如此美女讓人不禁生出迷惑，難道是天上的仙女誤墜人間？

胡小天看清那少女的容貌，心中卻吃了一驚，大戲台上仙子般的人物根本就是夕顏。想起之前和夕顏這妖女的交手經歷，胡小天頓時緊張了起來，這妖女詭計多端，無論武功心計都不在自己之下，出現在天波城絕非偶然。一種迫切的危機感湧上心頭，胡小天向龍曦月道：「小姐，咱們該回去了。」

龍曦月正看到精彩之處，哪裡捨得現在離開，輕聲道：「看她拋完繡球就走。」

戲台子上，夕顏的目光投向胡小天，她顯然也認出了人群中的胡小天，向他甜甜一笑，伸出手去，從一旁丫鬟手中接過繡球。揚起手臂，衣袖隨著她的動作滑落下去，露出一雙欺霜賽雪般的上臂，眾人看得更是目眩神迷。

文博遠皺了皺眉頭，他也感覺舞台上的這妖嬈少女似乎有些古怪，低聲道：「保護小姐。」

夕顏雙手一抖，那繡球倏然向胡小天的方向投了過來，與此同時，文博遠幾人已經護衛著安平公主向後退去，人群呼啦一下朝胡小天的位置湧了上去，如此妖嬈國色早已迷惑得一個個神魂顛倒，所有人心中都存著一個念頭，務必要將這繡球搶到手中。

胡小天不進反退，認出夕顏之後，他才沒有衝上去湊熱鬧的打算，對這位妖女他唯恐避之不及，什麼拋繡球？根本就是這妖女搞出的把戲。

夕顏看到自己拋出繡球之後，胡小天非但沒有上前爭搶，反而後退閃人，唇角泛起充滿魅惑的妖嬈笑意。

眾人圍上前去，爭先恐後地向繡球抓去，可是沒等他們抓住那半空中的繡球，繡球卻突然熊熊燃燒了起來，與此同時，以繡球為中心射出數十道炫目的煙花，翻滾著向下飛去，人們同聲驚呼，雖然貪圖夕顏的美色，可是生恐被煙火燙傷，誰也不敢冒險徒手去抓火球。眾人慌忙向周圍躲去，唯恐引火焚身。

那火球眼看就要落地，卻突然又飛了起來，朝著胡小天的後心徑直投去。

胡小天這個鬱悶啊，他和夕顏交手多次，對這妞兒的難纏早就有了心理準備，轉身望去，卻見那繡球已經變成了一個直徑約有一尺的熊熊火球，直奔自己而來。胡小天也不敢用手去碰，抽出腰間烏金刀，照著那火球一刀劈了過去。

身後傳來龍曦月的驚呼聲：「小天！」危急關頭，她心中太過關切，所以脫口叫了出來。

文博遠聽得真切，心中更是又嫉又恨，向周圍武士道：「保護小姐先走。」至於胡小天的死活他才懶得關心，這太監死了更好。

龍曦月道：「快去救他。」

此時胡小天已經一刀劈在繡球之上，噹啷一聲，劈了個正著。以繡球為中心，千萬道璀璨的光芒迸射出來，絢爛奪目，讓周圍人們下意識地閉上了眼睛。與此同時五彩濃煙以繡球為中心向四周彌散開來，空氣中帶著一股甜香。

龍曦月看到胡小天遇到了狀況，驚呼著胡小天的名字，想要過去救他，文博遠無奈，伸手點中了她的穴道，向兩旁武士道：「先送小姐回去。」又向展鵬道：「你過去看看。」

其實就算他不發話，展鵬也要過去，聽到他開口下令，迅速向胡小天身邊靠近。還沒有等他走到近前，蓬！蓬！蓬！接連發出幾聲巨響，幾朵煙花綻放在夜空之中，一條火龍將人群阻隔開來，等到火龍穿過，展鵬來到胡小天剛剛所在的位置，那裡還有他的身影。

胡小天看到煙霧瀰漫暗叫不妙，以他對夕顏的瞭解，這煙霧十有八九有毒。他屏住呼吸，準備抽身離開的時候，卻聽到耳邊一個嬌柔婉轉的聲音道：「你最好乖乖跟我來，不然我放蛇兒把你的寶貝公主咬得骨頭都不剩。」

請續看《醫統江山》卷十一　鯨吞大法

醫統江山 卷10 天道難言

作者：石章魚
發行人：陳曉林
出版所：風雲時代出版股份有限公司
地址：10576台北市民生東路五段178號7樓之3
電話：(02) 2756-0949
傳真：(02) 2765-3799
執行主編：劉宇青
美術設計：許惠芳
行銷企劃：林安莉
業務總監：張瑋鳳

初版日期：2020年4月
版權授權：閱文集團
ISBN ：978-986-352-800-5
風雲書網：http://www.eastbooks.com.tw
官方部落格：http://eastbooks.pixnet.net/blog
Facebook：http://www.facebook.com/h7560949
E-mail：h7560949@ms15.hinet.net
劃撥帳號：12043291
戶名：風雲時代出版股份有限公司

風雲發行所：33373桃園市龜山區公西村2鄰復興街304巷96號
電話：(03) 318-1378
傳真：(03) 318-1378
法律顧問：永然法律事務所 李永然律師
　　　　　北辰著作權事務所 蕭雄淋律師

行政院新聞局局版台業字第3595號 營利事業統一編號22759935

定價：270元

國家圖書館出版品預行編目資料

醫統江山 ／石章魚 著. -- 臺北市：風雲時代，
2020.02- 冊；公分

ISBN 978-986-352-800-5（第10冊；平裝）

857.7　　　　108022924